पाजामे में आदमी

[कहानी-संग्रह]

पाजामे में आदमी

नाग बोडस

राधाकृष्ण प्रकाशन

ISBN : 978-81-19989-06-5

पाजामे में आदमी (कहानी-संग्रह)

प्रथम संस्करण : 1995
पहली आवृत्ति : 2024

मूल्य : ₹395

प्रकाशक
राधाकृष्ण प्रकाशन प्राइवेट लिमिटेड
जी-17, जगतपुरी, दिल्ली-110 051
शाखाएँ : अशोक राजपथ, साइंस कॉलेज के सामने, पटना-800 006
पहली मंजिल, दरबारी बिल्डिंग, महात्मा गांधी मार्ग, प्रयागराज-211 001
1, अनमोल सोराबजी संतुक लेन, धोबी तलाव, मरीन लाइंस, मुम्बई-400 002
वेबसाइट : www.radhakrishnaprakashan.com
ई-मेल : info@radhakrishnaprakashan.com

मुद्रक
राजकमल प्रेस
नई दिल्ली-110 002

PAJAME MEIN AADMI
Stories by Nag Bodas

क्रम

भूरे बाबा की बस्ती

दिल्ली की ओर से आने पर इस शहर के बाहर गोल पहाड़ियों के पास पुल के नीचे से रेल आती है। ऊपर सड़क है। पुल की मुंडेर पर आप खड़े हों और नीचे से रेल जा रही हो, तो आपकी इच्छा कूदकर डब्बे की छत पर पहुँचने की हो सकती है। वैसे आउटर सिगनल पास होने से कई बार रेल धीमी हो जाती है या रुक भी जाती है। ऐसे समय में कूदने की इच्छा और गहरा सकती है। पर मुझे मालूम है, इच्छा होने के बावजूद कोई इस तरह से कूदता नहीं है, क्योंकि इस प्रकार के काम इच्छा होने पर नहीं, जरूरत होने पर किए जाते हैं। अब मान लीजिए, कोई किसी के पीछे लगा है। दौड़ते-दौड़ते अगला पुल पर आ जाता है और ठीक उसी समय नीचे से रेल जा रही होती है। तब वह कूद जाएगा। यह उदाहरण फिल्मी लग सकता है, पर केवल इस वजह से मेरी बात कमजोर नहीं हो जाती।

असल में जरूरत एक ऐसी चीज है जो कई कठिन काम बड़ी आसानी से करा देती है। केवल इच्छा से काम तो राजे-महाराजे ही करा सकते थे। जैसे शहंशाह शाहजहाँ की इच्छा हुई और ताजमहल बन गया। पर यह जरूरत का ही करिश्मा है कि इस पुल के नीचे पाँच-सात साल पहले भूरे बाबा की बस्ती का उद्घाटन हुआ।

हुआ यह कि एक बार भूरे जो कि भिखारी बनने के पहले भूरेलाल था, दिल्ली से निकल रही एक गाड़ी में चढ़ गया। अब हम-आपके लिए तो चढ़ने के पहले यह जानना जरूरी है कि गाड़ी कौन-सी है और कहाँ जा रही है, पर एक भिखारी के लिए यह जानकारी कोई मायने नहीं रखती। उसके मतलब की जानकारी तो यह है कि कोई डब्बा कम भरा

है या ज्यादा और हमारी-आपकी कोशिश के विपरीत एक भिखारी की कोशिश ज्यादा भरे डब्बे में चढ़ने की ही होती है।

भूरे की यह आदत थी कि वह गाड़ी चल पड़ने के बाद ही मांगने की शुरुआत करता था, और उसके पहले प्लेटफार्म के दूसरी ओर के बंद दरवाजे के पास बैठा या खड़ा रहता था। गाड़ी चलने के पहले भीख न माँगने की उसके पास तीन दलीलें थीं। बड़ी दलील यह कि गाड़ी चल देने पर उसके लिए यात्रियों की सहानुभूति बढ़ जाती थी, क्योंकि जमीन से कट जाने पर उसकी लाचारी भी बढ़ी हुई दिखती थी। छोटी दलीलें यह थीं कि एक तो रुकी गाड़ी में भीख माँगना चालू करने पर पूरा डब्बा जल्दी निपट जाता और तब अगला स्टेशन आने तक उसे फालतू में बैठे रहना पड़ता। इसके बजाय कुछ देर पहले और कुछ देर बाद में इंतजार करना उसे ठीक लगता; दूसरे, खड़े डब्बे में लोगों का चढ़ना-उतरना, आना-जाना लगा ही रहता, जिससे डब्बे के अंदर आगे बढ़ना ठीक से नहीं हो पाता था और धक्का-मुक्की से मुसाफिर नाराज होते सो अलग। उस दिन गाड़ी चल देने पर भूरे ने माँगना चालू किया। पास के तीन-चार लोगों के आगे वह अपना बायाँ हाथ बढ़ाता था, मुँह से 'बाबूसाब' कहता था और जो कुछ मिले न मिले, उसके साथ आगे बढ़ जाता था। इसी दौरान उसकी निगाह आगे कुछ दूरी पर बैठे चंदर मोहन की ओर गई। उसने फौरन अपनी पीठ उनकी ओर की और आसपास के लोग उसकी घबराहट भाँप न लें, इसलिए एक नौजवान से फालतू में भीख के लिए जिद करने लगा। नौजवान द्वारा झिड़के जाने पर वापस होने के लिए उसके पास पर्याप्त कारण था। वह दरवाजे के पास वापस आकर खड़ा हो गया।

पुरानी जान-पहचान का कोई दिख जाने पर भूरे को अपने भिखारी बन जाने की बड़ी कोफ्त होती। वैसे घर से इतनी दूर होने की वजह से जान-पहचान का चेहरा उसे कभी-कभी ही दिखता था, पर जिस दिन भी दिख जाता, उस दिन तो नहीं ही, उसके अगले दिन भी वह अपने-आपको माँगने के लिए तैयार नहीं कर पाता था। तब उसे लगता कि हाथ कटने के बजाय उसकी आँखें चली जातीं तो अच्छा था, क्योंकि उस स्थिति में

ज्यादा करके तो वह यह समझ ही नहीं पाता कि पहचान का चेहरा पास में है या नहीं। और अगर कोई अपनी ओर से उसे पहचान लेता या वह आवाज से किसी को पहचान लेता तो भी तब भीख माँगने के लिए उसके पास अधिक वजनी वजह होती।

चंदर मोहन सिर्फ उसकी जान-पहचान का ही नहीं था। बीस-बाईस साल तक वह उससे बँधा रहा था और उसे इस हाल तक पहुँचाने में उसकी बहुत बड़ी हिस्सेदारी थी। ऐसे आदमी के सामने भीख माँगना मरने से बदतर था। वैसे भूरे ने यह भी सोचा कि उसे भीख माँगता देखकर चंदर मोहन में उसे यहाँ तक ढकेलने के लिए प्रायश्चित्त की भावना पैदा होती, पर उसे लगा कि ऐसा होता तो भी चंदर मोहन उसे नसीहत देने से नहीं चूकता। और जहाँ तक प्रायश्चित्त होने का सवाल है, यह पूछकर कि लड़के-बहू ने उसे अपने पास क्यों नहीं रखा, वह इससे छुटकारा पा लेता। अपने को और छुपाने के लिए भूरे ने कंधे से लटका थैला मुँह के पास कर लिया और जैसे ही गाड़ी पुल के पास रुकी, बिना इस बात का खयाल किए कि प्लेटफॉर्म कितनी दूर है, वह नीचे उतर गया।

डब्बे से नीचे उतरकर वह दूसरे डब्बे में चढ़ पाता, उसके पहले ही गाड़ी चल दी। उसे तेज धूप का एहसास हुआ और छाया के लिए इधर-उधर निगाह दौड़ाने पर पुल के नीचे की जगह दिखलाई दी। चंदर मोहन को कोसता वह पुल के नीचे आ गया। जगह ढलानवाली थी। निचले हिस्से में पटरी से थोड़ा हटकर लोगों की सूखी टट्टियाँ पड़ी थीं और ऊपर छितरे-छितरे झाड़-झंखाड़ सूख गए थे। "साले चंदर मोहन, तू बैठ टट्टी में," कहकर भूरे ने थूक दिया और ऊपर की थोड़ी-सी जगह साफ करके वहाँ बैठ गया। फिर थैला सिरहाने रखकर और लेटे-लेटे सो गया।

जब वह उठा तो तरोताजा था, कुछ नींद हो जाने और कुछ धूप ढल जाने से। ऊपर की सड़क पर चल रहीं मोटरगाड़ियों की आवाज, सामने पड़ी सूखी टट्टी। पुल के बाहर ढलती धूप और उसमें सीधे खड़े केबिन पर ध्यान देते-देते भूरे को महसूस हुआ कि उसे प्यास लगी है। पानी के लिए इधर-उधर निगाह डालते हुए बार-बार उसकी आँखों के सामने से सूखी टट्टी गुजरती थी। उसे खयाल आया कि सोने के पहले उसने चंदर

मोहन को उसके बीच बैठा दिया था । 'भाग गया साला', सोचकर वह मुसकराया और पानी की तलाश में उठ खड़ा हुआ ।

थोड़ी दूरी पर ही गड्ढे में पानी भरा था, पर अभी तक वह अपने-आपको इस तरह का पानी पीने के लिए तैयार नहीं कर पाया था, जबकि कई बार दूसरे भिखारियों को उसने नालों-गड्ढों से पानी पीते देखा था। यह मालूम करने के लिए कि पानी कहाँ से आया है, वह गड्ढे की ओर गया । गीली जमीन से वह केवल यह अंदाज लगा पाया कि कोई पाइप टूटा होगा । 'सालों ने मरम्मत कर दी,' सोचकर वह वहाँ से हट गया और थोड़ा आगे बढ़कर पानी की तलाश में इधर-उधर निगाह दौड़ाने लगा । आसपास पानी का कोई आसार न दिखने पर उसने केबिनवाले से पानी माँगने का तय किया और उधर को चल दिया ।

उसे बड़ा अजीब लग रहा था । भीख माँगने लगने के बाद से उसने किसी से पानी नहीं माँगा था । 'पानी की भीख ?' उसने सवाल किया और रुक गया । उसे एहसास था कि जब वह फैक्टरी में काम करता था तो सफर करते समय या वैसे भी कइयों बार उसने लोगों से माँगकर पानी पिया होगा, पर तब उसका माँगना भीख माँगना नहीं समझा जाता था। मगर अब तो हर माँगने का मतलब भीख माँगना ही समझा जाएगा, उसकी समझ में आया । यह सोचकर कि शहर की ओर चलने पर कहीं-न-कहीं पानी मिल ही जाएगा, वह सड़क पर आ गया । कुछ दूर चलने के बाद जब उसे आसपास पानी मिलने की उम्मीद नहीं दिखी तो उसे लगा कि सब मन का खेल है, वर्ना पानी माँगना या और कुछ माँगना एक ही बात है । वह केबिन की ओर लौट पड़ा । केबिन के नीचे पहुँचने पर उसे लगा कि केबिनवाले को आवाज दे, पर फिर यह सोचकर कि केबिनवाला पैसे माँगने की बात समझेगा और बिना पूरी तरह से उसकी बात सुने केबिन में वापस घुस जाएगा, उसने झोले के अंदर से कटोरा लिया, झोला नीचे रखा और केबिन की सीढ़ियाँ चढ़ने लगा ।

वह दो-तीन सीढ़ियाँ ही चढ़ पाया था कि केबिनवाला बाहर आकर, "ऊपर नहीं ।·· ऊपर नहीं ।···नीचे उतर कमीने !" चिल्लाने लगा ।

"पानी चइए," भूरे ने कातर होकर कहा ।

"पहले नीचे हो !" केबिनवाला चिल्लाया ।

भूरे नीचे उतर आया और 'बोहोत जोर की प्यास लगी है बाबूसाब' कहकर कटोरा आगे की ओर बढ़ाया । केबिनवाले ने कुछ क्षण उसे घूरा, फिर दस का सिक्का जेब से निकालकर नीचे फेंकते हुए बोला, "जा पीआ भैंचो !"

भूरे ने सिक्का पड़ा रहने दिया और शहर पहुँचते-पहुँचते प्यासे मर जाने की बात कही । केबिनवाला इस शर्त पर पानी देने के लिए राजी हुआ कि वह ऊपर से पानी डालेगा, जिसे भूरे नीचे कटोरे में इकट्ठा करेगा । पर कटोरे में गिरकर बहुत-सा पानी इधर-उधर उचट रहा था, भूरे ने थोड़ा-थोड़ा पानी डालने और उसके बीच-बीच में पी लेने की तरकीब सुझाई, पर इससे केबिनवाला जल्दी ही ऊब गया और बीच ही में 'अब नहीं' कहकर अंदर चला गया । भूरे ने दस का सिक्का उसे वापस देना चाहा, पर जब उसने कोई ध्यान नहीं दिया, तो सिक्का सीढ़ी पर रखकर पुल की ओर चल दिया ।

पटरी के किनारे वह उसी जगह पर आकर खड़ा हो गया, जहाँ पर डब्बे से नीचे उतरा था । कुछ देर तक जब गाड़ी नहीं आई तो उसे बेचैनी होने लगी । गाड़ी-प्लेटफॉर्म से कटना महसूस होने लगा । 'कित्ते महिने बाद प्लेटफारम से बाहर खड़ा हूँ ? वह ताज्जुब करने लगा । उसके ध्यान में आया कि जब से वह उतरा है तब से गाड़ी का रुकना तो क्या, कोई गाड़ी गुजरी भी नहीं । अगर नींद में गुजरती तो भी जग जाता, रेलगाड़ी से अपने सम्बन्ध की नजदीकी को महसूसते हुए उसने सोचा । इस समझ के असर में कि गाड़ी तभी रुकेगी, जब वह उतरने की जगह खड़ा होगा, वह जाँच करने लगा कि जहाँ डब्बे से उतरा था वहीं खड़ा है या नहीं, पर ठीक से जगह का पहचानना मुश्किल था, और इसलिए कोई भूल हो गई हो तो उसे दुरुस्त करने के लिए वह आठ-दस कदम इधर-उधर हटकर खड़ा होता रहा ।

एक के बाद एक-दो गाड़ियाँ आईं और बिना रुके चली गईं । उसकी चिंता गहराने लगी । भूख भी लगने लगी थी । उसके पास कुछ रकम थी, पर कुछ खाकर वापस आने तक एकाध गाड़ी रुककर जा सकती थी ।

उसे सूझा कि केबिनवाले के पास जाकर उससे सिगनल देकर थोड़ी देर के लिए गाड़ी रोक देने को कहे। पानी पिलाते वक्त का उसका व्यवहार ध्यान में आने पर उसे लगा कि गाड़ी रुकवाना मुश्किल होगा। पर फिर उसे यह भी लगा कि गाड़ी रुकवाने का कहकर वह भीख नहीं माँग रहा होगा, क्योंकि एक तो गाड़ी केबिनवाले के बाप की नहीं है और दूसरे गाड़ी रोकना कोई चीज देना नहीं है। कोशिश करने में क्या हर्ज है, सोचकर वह केबिन की ओर चल दिया।

केबिन के नीचे पहुँचकर उसने 'बाबूसाब' की आवाज दी। केबिन वाले ने उसे दूर से आते देख लिया था। उसने समझा कि वह दस का सिक्का उठाने वापस आया है और इसलिए अंदर से ही 'मैंने नहीं उठाया वहीं देख,' चिल्लाया। भूरे की समझ में नहीं आया कि वह क्या कह रहा है और इसलिए ऊपर जाकर अपनी बात समझाने का विचार उसके दिमाग में उठा था, पर फिर उसकी डाँट-फटकार के डर से वह नीचे से ही 'बाबू साब ! सूनो तो मालिक !' चिल्लाता रहा। आखिर केबिनवाला 'तेरी साल्ले ! बोल, क्या है ?' कहता बाहर आया।

"बस, एक मेहरबानी बाबूसाब !···जिंदगी-भर एहसान मालिक ! गाड़ी रोक दो, बस थोड़ी-सी देर को, एक मिनट में चढ़ जाऊँगा," भूरे ने लगभग गिड़गिड़ाते हुए कहा।

माँग सुनकर एक मिनट के लिए तो केबिनवाला भौचक्का रह गया, फिर जोर-जोर से हँसता हुआ, "अबे वाह बे लफटेण्ट !" बोला।

"रहने को ठिकाना नहीं इधर मालिक !" भूरे ने अपनी अड़चन बतलाई।

"उधर क्या हवेली है ?" केबिनवाला मजा लेने लगा।

"नई साब, इधर अकेले में···" भूरे के बात पूरी करने के पहले ही उसने गाली दी, "भैंचो, अकेले में नहीं तुझे लूट ले जाएगा कोई !"

"रोक देना मालिक !" भूरे के मिन्नतें करने लगने पर उसने डाँटा, "अबे भाग बे उल्लू ! चेंटनेई लगा भैंचो !" और फोन की घंटी देखने अंदर चला गया। घंटी सुनकर भूरे को लगा कि कोई-न-कोई गाड़ी आनेवाली है और इसलिए तेजी से अपनी पुरानी जगह की ओर बढ़

गया। एक गाड़ी आई और बिना रुके चली गई। "साला कमीन! इसे रोक सकता था," केबिनवाले पर उसे गुस्सा आया पर फिर कुछ देर बाद यह अपने-आप पर के गुस्से में बदल गया, "एक भिखारी को कोई भीखई दे सकता है। भूरेलाल!" दुखी मन से वह सोचता रहा, 'जब गाड़ी रोकना भीख देना नई है, तो फिर वो क्यों रोकेगा?' जाने का इरादा छोड़कर वह सड़क पर आ गया।

जाने कितने दिनों बाद उसने ढंग से सड़क देखी थी। ढाँचे में सड़क उसे रेलवे प्लेटफॉर्म की तरह ही लगी। करीब-करीब उतनी ही चौड़ी पर उससे बहुत ज्यादा लंबी जैसे सभी प्लेटफॉर्म एक लाइन में कर दिए हों। सड़क पर स्कूटर, मोटरें, ताँगें और साइकलें चल रही थीं। पैदल लोग भी थे। देहाती किस्म के। प्लेटफॉर्म और रेल से कट जाने से पैदा हुए अटपटेपन में कुछ कमी आई। उसे एहसास हुआ कि आते-जाते लोग उसके कटे हाथ की ओर गौर से देखते हैं, अनजाने में ही उसका हाथ बगल से निकल रहे एक आदमी की ओर बढ़ गया! आदमी ने पाँच का सिक्का उस पर डाल दिया। उसने सिक्का जेब में रखा और सिक्कों में मिलाया और बाएँ हाथ से अपना दाहिना हाथ सहलाता रहा। रेल की जगह सड़क पर भीख माँगकर, लाइन बदलने की बात तब पहली बार उसके दिमाग में आई। शहर की ओर चलते-चलते वह इस पर गौर करने लगा। सबसे बड़ी जरूरत रुकने की जगह की थी। रेलवे प्लेटफॉर्म के बाहर किसी कोने में सोना आसान रहता है। शहर में उसे कोई खंडहर तलाशना पड़ेगा। पुल के नीचे की जगह उसे अच्छी लगी थी, पर वहाँ पर किसी के साथ ही रहा जा सकता था, वैसे रेल न मिलने पर आज एक रात तो वहाँ सोना ही पड़ेगा। दूसरी समस्या संगी-साथी की थी। दिल्ली के प्लेटफॉर्म पर तीन-चार भिखारियों के साथ उसका ठीक-ठाक जम गया था। यहाँ के भिखारी उसके साथ कैसा सलूक करेंगे, यह देखनेवाली बात थी। रास्ते में उसे एक बात अच्छी लगी कि ताँगे के घोड़ों को पानी पीने के लिए एक हौदी बनी थी, जहाँ पानी पिया जा सकता था। गुदड़ी का सवाल था। वैसे अभी गर्मी के मौसम में उसकी जरूरत नहीं थी। ठंड आने तक कोई-न-कोई इंतजाम हो सकता था और

तजुर्बे ने उसे सिखा दिया था कि एक बार इंतजाम हो जाने पर उसकी आदत हो जाती है, फिर चाहे वह कितना ही तेकजादू क्यों न हो। फिर धंनी का भी सवाल था। ठीक है कि अब तक छपरे की आँख बचाकर वह सिर्फ एक-दो बार उसके बदन पर हिचकिचाता हाथ फेर पाया था। पर उससे जमा लेने की उसे पूरी उम्मीद थी। 'मगर यहाँ पे कोई आजाद औरत फँस जाए तो और भी अच्छा हो,' उसने सोचा और लगा कि कुछ दिन रहकर इसकी जाँच करने में कोई हर्ज नहीं है।

रास्ते में उसे एक फायदा तो यह हुआ कि करीब आठ आने की भीख मिल गई, जबकि इस ओर उसने ज्यादा ध्यान नहीं दिया था। पैसे गिनने के बाद उसने नतीजा निकाला : शहर दान-धरमवाला है।

पास आ गई दुकानों की लाइट ने उसके सोचने पर रोक लगा दी। भूख जगा दी। दुकानों में दो ढाबे थे। उसकी इच्छा हुई कि वह धड़-धड़ाता एक ढाबे में घुस जाए और कुर्सी पर बैठकर सब्जी-रोटी का ऑर्डर दे डाले। पर यह उन कुछ इच्छाओं में से एक थी, जिनका व्यवहार से अब कोई सम्बन्ध नहीं रहा था और जो केवल उसे इस बात का एहसास कराती थीं कि अभी कुछ साल पहले ही वह इनका मालिक हुआ करता था। ढाबा मालिक की 'हुड़क ! हुड़क !···बाहर हो कीड़े !' उसके अंदर गूंजने लगी और कुछ देर के लिए वह सहमकर रुक गया।

दूर से उसने दोनों ढाबों का मुआयना किया। यह तय किया कि खाने पर दो-ढाई रुपये खर्च करेगा और चूँकि दूसरे शहर में है, इसलिए दाल की जगह रसेदार आलू की सब्जी खाएगा। ढाबेवाला यह न समझ बैठे कि वह भीख माँग रहा है, इसलिए उसने कटोरा पीछे किया और कम भीड़वाले ढाबे के सामने पहुँचकर पूछा, "छै रोटियाँ और एक प्लेट आलू कित्ते के ?"

ढाबेवाला सब्जी की प्लेट धो रहे छोकरे को घूर रहा था। बिना भूरे की ओर देखे उसने आदतन कहा, "आओ बाबूजी, बैठो," और अगले ही क्षण जब भूरे को देखा तो सकपकाया, "क्या है बे ?" भूरे थोड़ा घबराया। पीछे हटा और फिर वही सवाल दोहराया। "दूर खड़े होकर बात किया

कर बे !" ढाबेवाला अंदर झाँकते हुए गुर्राया । भूरे थोड़ा और पीछे हटा तो आगे बोला, "डेढ़ रुपये की रोटी, बारा आने की सब्जी। फटाफट दफा हो लेके ।" भूरे के 'दे दो' कहने पर उसने छोकरे को आवाज दी, "चक्कू ! इसे हटा पहले, एक प्लेट आलू, छै रोटी डाल !"

सब्जी-रोटी खरीदकर भूरे ढाबे के पीछे की सुनसान जगह पर जाकर खाने लगा । थोड़ी देर बाद उसे पीछे से एक धक्का लगा, जिससे वह लुढ़ककर एक ओर गिर गया । सँभलकर उसने देखा कि धक्का देनेवाला एक लँगड़ा भिखारी था, जिसके साथ दो छोटे लड़के और थे। भूरे के हाथ की रोटियाँ छिटक गई थीं और सब्जी का कटोरा लुढ़क गया था। लड़कों ने झपटकर रोटियाँ उठाईं, सब्जी कठोरे में बटोरी और एक ओर भाग खड़े हुए ।

"नहीं, नहीं ! मारूँगा," भूरे चिल्लाया ।

"हरामखोर ! तेरे बाप की जगह है ?" लँगड़ा बोला ।

"मेरी रोटी । मेरा कटोरा ।" भूरे ने शिकायत की ।

"घंटा तेरा ! इधर आकर क्यों माँगा कमीन ?" लँगड़े ने पूछा और भूरे को हमले की वजह समझ में आ गई । उसने जायजा लिया कि वे तीन तो हैं ही, झगड़ा होने पर और भी आ सकते हैं, फिर उसके लिए जगह भी अजनबी है। "मेरा कटोरा तो दो," उसने शांति प्रस्ताव रखा।

इधर अब माँगेगा कभी, बोल ?" लँगड़े ने अपनी शर्त रखी ।

"इधर नई माँगा मैंने", भूरे ने कहा, जिस पर लँगड़ा चिल्लाया, "तो क्या मराने आया था भैंचो ?"

"खाना खाने आया था, मेरा कटोरा दे ।"

'इधर अब आया तो भैंचो समझ लेना' की धमकी देकर लँगड़े ने लड़कों से कटोरा वापस दे देने के लिए कहा । "अबी सब्जी है," कहकर बड़ा लड़का जल्दी-जल्दी खाने लगा और छोटा 'मेरे को, मेरे को' कहता कटोरा नीचे खींचने लगा। "तुम्हारी माँ का···ला इधर," कहता हुआ लँगड़ा उनकी ओर बढ़ा । लड़के मजे-मजे में लँगड़े से दूर हटते-हटते खाते रहे । भूरे को जैसे ही लगा कि लड़कों का ध्यान उसकी ओर नहीं है, वह फुर्ती से लपका और अपना कटोरा छीनकर सड़क की ओर भाग गया ।

पत्थर की हौदी पर उसने पीछे मुड़कर देखा। कोई उसका पीछा नहीं कर रहा था। उसने कटोरा धोकर पानी पिया। वापस जाकर और रोटी लेने का सवाल ही नहीं था। वह पुल की ओर बढ़ गया। रह-रहकर उसे यह बात कचोट रही थी कि एक लँगड़ा उसे मार गया।

'एक हाथ से मुकाबला होगा, घंटा,' लँगड़े से बदला लेने के विचार पर रोक लगाते हुए उसने तय किया कि रात को अगर कोई गाड़ी मिलती है तो ठीक, वर्ना सुबह होते ही स्टेशन जाएगा और वहाँ से दिल्ली की गाड़ी में चढ़ेगा। फैसला करते ही उसे भूख महसूस होने लगी। उसके ध्यान में आया कि वह केवल दो रोटियाँ खा पाया था और आखिर तक चले इसलिए सब्जी भी थोड़ी-थोड़ी लगाकर खा रहा था। अनुभव से उसे पता था कि इस तरह की आधी भूख ज्यादा बेचैनी पैदा करती है, पर स्टेशन जाकर कुछ खा लेना उसे बहुत भारी लगा। 'काटूँगा रात कैसे तो भी,' सोचकर वह मनाता रहा कि चाहे भले ही रात-भर नींद न आए पर एकाध गाड़ी आकर रुक जाए।

पटरी के पास आकर वह गाड़ी आने की उम्मीद में पहले की जगह पर जाकर खड़ा हो गया। एक गाड़ी आई भी, पर धीमी होते-होते तेज होकर चली गई। 'साली रेल भी ऐन बहू जैसा बर्ताव कर रही है,' उसने सोचा और फिर गौर किया कि लड़के बहू की याद अब उसे बहुत कम आती है। 'सब खतम!' उसने उसाँस ली और पुल के नीचे जाने के लिए मुड़ा। सामने लँगड़े के दोनों लड़कों को देखकर वह हड़बड़ा गया। "क्या है?" चिल्लाने की कोशिश में गला भर्रा गया, "लँगड़े को छोड़ आए," बड़ा बोला। भूरे यह नहीं तय कर पाया कि लड़कों का व्यवहार सम्बन्ध जोड़नेवाला है या नहीं, यद्यपि उसने इतना जरूर समझ लिया कि उनमें द्वेष-दुश्मनी जैसा कुछ नहीं है। "क्यों?" उसने पूछा। "मारता है," बड़ा बोला, "तुमारे संग रहेंगे।"

भूरे ने उन्हें पास बुलाया। उसने अंदाज लगाया कि बड़े की उम्र दस-बारह और छोटे की आठ-नौ के आसपास होगी। नाम पूछने पर 'कीलू' और 'धेलू' मालूम हुआ। जिस पर उसने तय किया कि उन्हें 'बड़े' और 'छोटे' के नाम से ही जानेगा। इधर-उधर की जानकारी हासिल

करते हुए जब उसे यह मालूम पड़ा कि वह औरत जो लँगड़े के साथ रहती है और जिसे वे टुन्नी कहते हैं, लड़कों की माँ है तो उसकी दिलचस्पी बढ़ गई। उसने टुन्नी की उम्र, सेहत आदि के बारे में जानकारी ली और उसे अपने लिए उपयुक्त समझकर साथ में रखने की संभावनाओं को जाँचने लगा। एक टाँगवाले की बजाय एक हाथवाला ज्यादा पूरा आदमी होता है। यह बात उसे अपने पक्ष की लगी। लँगड़े के साथ एक अर्से से रहने की वजह से टुन्नी का उसके लिए कुछ न कुछ स्थायी लगाव होगा, यह चिंता की बात थी। पर इसके विपरीत यह संभावना भी थी कि ज्यादा साथ रहने से ऊब पैदा हो गई हो। उसने बड़े से इस बारे में जानकारी निकालने की कोशिश की, लेकिन वह कोई साफ तसवीर नहीं दे पाया। लड़कों के साथ में आ जाने से उसकी स्थिति मजबूत हो गई है और अगर वह उनके लिए कुछ कर सका तो और भी मजबूत हो जाएगी। उसे सबसे बड़ा खतरा इस बात का लगा कि लँगड़ा उसे बाहर का बतलाकर दूसरे भिखारियों को उसके खिलाफ भड़काएगा। उसने तय किया कि सबसे पहले इसी समस्या से निबटेगा। झगड़ा होने पर अपनी निश्चित हार की संभावना देखकर एक-एक भिखारी को फोड़ने की तरकीब काम में लाने का उसने फैसला किया। लड़कों से वह भिखारियों की तादाद, उनके माँगने-रहने की जगहों आदि पर बातें करता रहा। उसे यह जानकर तसल्ली हुई कि इस इलाके में भिखारी किसी मालिक के लिए काम नहीं करते। लड़कों के लिए कुछ करने की बात सोचते हुए उसे लगा कि बड़े को मूँगफली बेचने का एक थैला पकड़ाया जा सकता है। लड़कों के हाथ-पाँव साबुत होने की वजह से उन्हें बहुत कम भीख मिल पाती थी और खाने के लिए वे लँगड़े या टुन्नी पर ही निर्भर थे। ये बातें उसने जान ली थीं। उसने तय किया कि मौका देखकर बड़े को थैले का लालच वह जल्दी ही दिखाएगा। उसने यह भी तय किया कि सुबह पुल के नीचे की जगह साफ करके फिलहाल उसे सोने-बैठने लायक बनाएगा और आगे आड़ के लिए कुछ पर्दे-चटाइयाँ भी लगा लेगा। उसे लगा कि दूसरे भिखारियों को इस तरह की रिहायशी जगह का लालच दिखलाकर अपनी ओर किया जा सकता है। 'दिल्ली छोड़ दी' सोचकर उसने अपने इरादों को मजबूत

किया और एक ठीकरी से पुल की दीवार पर 'भूरे की बस्ती' खरोंच दिया, फिर लड़कों को साथ लेकर पुल के नीचे लेट गया।

सुबह जब भूरे की आँख खुली तो गाड़ी सामने खड़ी थी। वह हड़बड़ाकर उठ बैठा। पर फिर उसे ध्यान आया कि वह दिल्ली न जाने का फैसला ले चुका है। वह गाड़ी पर इधर-उधर निगाह घुमाता रहा। यह सोचकर कि जान-पहचान का कोई भिखारी हो तो उसे उतार ले, वह डब्बों के अंदर झाँकता गाड़ी के बराबर चलने लगा। जब कोई नहीं दिखा तो उसकी समझ में आया कि उसे इसकी उम्मीद ही नहीं करनी चाहिए थी, क्योंकि इतनी सुबह भिखारी भीख नहीं माँगते और अगर कोई अंदर हुआ भी तो किसी कोने में पड़ा ऊँघ रहा होगा, पर फिर भी उसे भरोसा करना चाहिए कि अगर उसे जरूरत पड़ी तो कोई-न-कोई दिल्लीवाला जरूर आ जाएगा।

गाड़ी चली जाने के बाद उसने देखा कि एक आदमी हाथ में डब्बा पकड़े पुल के नीचे की ओर आ रहा था। जैसे ही आदमी की निगाह उस पर पड़ी, वैसे ही हिचकिचाकर वह रुका और दूसरी ओर चला गया। भूरे ने तय किया कि वह बैठा ही रहेगा जिससे कि लोग इधर पाखाने के लिए न आएँ। दो लोग आए और उसे देखकर "सालों ने यहाँ भी नहीं छोड़ा" कहते हुए दूसरी ओर चले गए। उसे मजा आया। उसे लगा कि और लोग आएँ, उसे गालियाँ दें और दूसरी ओर चले जाएँ। मजा देखने के लिए लड़कों को उठाने की बात भी उसे सूझी, पर फिर यह सोचकर कि कच्ची नींद में उठेंगे तो साले ठीक से मजा नहीं ले पाएँगे, उसने इरादा छोड़ दिया।

लड़के उठे तो पहले उसने उन्हें गड्ढे के और आगे पाखाने के लिए भेजा। उनके आने पर उन्हें पुल के नीचे पाखाने के लिए आ रहे लोगों के उसे देखकर लौट जाने से आए मजे की बात बतलाई। उन्हें समझाया कि अभी और लोग आ सकते हैं। इसलिए उनमें से किसी-न-किसी को पुल के नीचे बैठे ही रहना चाहिए। दोनों लड़के बड़ी उत्सुकता से किसी आदमी के पाखाने के लिए आने की बाट देखने लगे। जब काफी देर तक

कोई नहीं आया तो छोटे ने पूछा, "कहाँ है मजा ?"

"अपने को तो अच्छाई है, नई आए कोई साला तो !" भूरे बोला। उसने बड़े की ओर कटोरा बढ़ाते हुए पत्थर की हौदी पर जाने, वहाँ हाथ-मुँह धोकर पानी पीने और उसके लिए कटोरा भरकर लाने को कहा। बड़े ने 'मजा देखकर जाऊँगा' कहकर उसे टाल दिया। भूरे को पछतावा हुआ कि फालतू में उन्हें मजा आने की बात बतलाई। उनका ध्यान हटाने के लिए उसने छोटे को केबिन की सीढ़ी दिखाकर वहाँ दस का सिक्का रखा होने की बात बतलाई, पर छोटा बात को समझ सके, उससे पहले ही बड़ा दौड़ चुका था।

बड़े के दस के सिक्के के साथ लौट आने पर छोटा भूरे से उसे भी एक सिक्का देने की जिद करने लगा। भूरे ने शर्त रखी कि अगर वह हौदी से उसके लिए कटोरा-भर पानी ले आएगा तो वह उसे पैसे दे देगा। छोटा कटोरा लेकर हौदी की ओर चला गया तो बड़ा भी दस पैसे की कुछ चीज लाने के लिए जाने लगा। भूरे ने उसे समझाया कि इतनी सुबह उसे दस पैसे की खाने की कोई चीज नहीं मिलेगी और थोड़ी देर बाद वह उन्हें चाय-नाश्ते के लिए ले जाएगा। बड़े के रुक जाने के बाद उसने उसे पुल के नीचे की जगह साफ करने, आगे वहाँ टाट-चटाई की आड़ बनाकर घर जैसा बनाने की योजना भी बतलाई।

छोटे के कटोरा भरकर ले आने पर उसने पानी पीया और झोला कंधे पर टाँग पाखाने के लिए निकल पड़ा। छोटे ने पैसे माँगे तो उसे आकर देने को कहा, पर वह जिद करता हुआ पीछे हो लिया। उसने चुपके से झोले से दस का सिक्का निकाला और पीछे की ओर फेंक दिया। कुछ आगे जाकर पीछे मुड़ा और जाँच लिया कि दोनों लड़के पुल के नीचे ही हैं। उसे झोले की चिंता हुई। उसे लगा कि मौका लगते ही लड़के उसकी तलाशी लेंगे और उसकी जमा रकम को साफ कर जाएँगे। 'किसी भी हालत में झोले को अलग नहीं करना है', उसने तय किया और इस निश्चय को कई बार दोहराया। 'कितना अच्छा हो कि टुन्नी जल्दी आ जाए और वो पैसे-टके का भरोसा करने लायक हो,' कभी न कभी उससे भूल होने और उस समय लड़कों के झोले को हाथ लगाने की आशंका के बीच,

उसने सोचा। उसे लगा कि बतौर सावधानी कम-से-कम फिलहाल उसे अपनी रकम बाँटकर दो जगहों पर रखनी चाहिए। दूसरी जगह का विचार करने पर पाजामे के नाड़े का घर उपयुक्त लगा और इसलिए झोले की आधी रकम उसने वहाँ सरका दी।

लौटते समय उसने गड्ढे के पास से कनस्तर की टूटी टिन उठा ली और सड़े कचरे के ढेर पर रुककर और इस तरह का सामान तलाशने लगा। ऊपर कोई ढंग का सामान न दिखने पर उसने तय किया कि बाद में कभी आएगा और ढेर को कुरेदकर सामान निकालेगा।

पुल के नीचे आकर वह दोनों लड़कों को लेकर काम में लग गया। उन्हें दिलासा दिया कि काम खत्म होते ही चाय-नाश्ते के लिए ले जाएगा। लड़के कुछ देर तक हिचकिचाते रहे, पर फिर भूरे की फुर्ती देखकर ठीक से काम करने लगे। 'जलाने के काम आएगा,' कहकर उसने झाड़-झंखाड़ का ढेर एक ओर लगा दिया। उसने लड़कों से कहा कि कचरे के ढेरों पर, गड्ढे के किनारे, जहाँ कहीं भी उन्हें टूटा-फूटा सामान, लोहा-लँगड़ मिले, वे उठा लाएँ। उसने बड़े लड़के को मूँगफली का थैला ले देने की बात भी बतलाई। बातों के बीच अपने कटे हाथ से छोटी-छोटी हरकतें कर वह उन्हें हँसाता भी रहा। काम खत्म होने को आते-आते वह नाश्ता-चाय के बारे में सोचने लगा। उसे लगा कि लँगड़े की वजह से सिर्फ रेलवे स्टेशन ही एक ऐसी जगह बची है, जहाँ वह बेखटके कुछ खा-पी सकता है। फिर उसे यह भी लगा कि रेलवे स्टेशन का आदी होने की वजह से वहाँ उसे किसी तरह की घबराहट नहीं होती। प्लेटफॉर्म पर थोड़ा-बहुत माँगने का काम हो जाने की भी उसे उम्मीद लगी। लड़कों को जब उसने स्टेशन जाने के बारे में बतलाया तो बड़े ने 'इत्ती दूर' कहकर अपनी असहमति दिखलाई। छोटे ने कहा कि उसे स्टेशन अच्छा लगता है। बड़े को उसने समझाया कि बाजार में जाकर वे लँगड़े की निगाह में आ जाएँगे। उसने यह भी कहा कि बड़े को जल्दी ही मूँगफली का थैला पकड़ना है और इसलिए उसे स्टेशन को अच्छी तरह से जान लेना चाहिए और वहाँ के लोगों से पहचान व मेल-जोल बढ़ाना चाहिए। बड़ा मान गया।

स्टेशन पर पहुँचते ही कम भीड़ ने भूरे को ठंडा कर दिया। माँगने

पर कुछ ठीक-ठाक मिलने की उम्मीद नहीं थी। ऐसी हालत में माँगकर वह लड़कों के सामने अपनी साख गिराना नहीं चाहता था। माँगने का इरादा छोड़ वह कुल्हड़ की चाय तलाशने लगा। कप में चाय मिलने का सवाल ही नहीं था और कटोरे में तीन कप लेने से लड़के ज्यादा-कम मिलने की झिकझिक करते। चायवाला अलग-अलग तीन बार देने में आना-कानी करता। कुछ देर तक जब चायवाला नहीं मिला तो पहले उसने खाने के लिए तीन बन खरीदे। बन लेकर जब वे ठेले से अलग हुए तो उसने देखा कि छोटे के हाथ में दो बन थे। "क्यों बे, यह क्या हरकत ?" भूरे ने छोटे को टोका। छोटा हँसकर रह गया। बड़े ने शिकायत की कि छोटा चीजें ऐसे ही उड़ा लेता है और उसे आधा हिस्सा देने में आना-कानी करता है। छोटे ने 'फिर तू क्यों पकड़ा जाता है ?' का ताना मारकर भूरे को बतलाया कि बड़ा दो-तीन बार चीजें उड़ाते हुए पकड़ा गया था, जिससे उसकी जमकर पिटाई हुई थी। भूरे ने उसे चेतवानी दी कि अगर आगे उसने ऐसी हरकत की तो वह उसे अपने साथ नहीं रखेगा, क्योंकि पकड़े जाने पर उन सबकी पिटाई होने का खतरा है। उसने अपनी बात बतलाई कि किस तरह से वह दो दिन तक भूखा रहा था, पर फिर भी कहीं से एक तिनका नहीं उठाया था। उसने यह भी कहा कि जब वह उनके खाने-पीने की फिक्र कर रहा है, तो फिर उसे इस तरह की हरकत करने की क्या जरूरत है।

"बाबा, मेरे को बी दिला देना मूँगफली का थैला," छोटे ने कहा। भूरे को हँसी आ गई। पीठ ठोंकते हुए उसने 'तू अभी छोटा है' कहा और 'बाबा' सम्बोधन पर मुग्ध होता रहा। उसे लगा कि पुल पर जो 'भूरे की बस्ती' उसने लिखा है, उसे बदलकर 'भूरे बाबा की बस्ती' कर देना चाहिए। कुछ देर और इधर-उधर घूमने-देखने पर जब कुल्हड़ का चाय-वाला नहीं मिला तो उसने बड़े को गेट के बाहर जाकर उसे तलाशने को कहा। बाहर बड़े को चायवाला तो नहीं दिखा, पर एक जगह नीचे पड़े कुल्हड़ दिख गये। उनमें से उसने दो साबुत कुल्हड़ उठाए और प्लेटफॉर्म पर आकर उन्हें नल पर धोया। भूरे को उसकी समझदारी अच्छी लगी। चाय पीने के बाद उसने एक-एक बन और लिया और पुल के नीचे आकर

उन्होंने देखा कि कोई आदमी उनकी साफ की जगह पर पाखाना कर गया है। भूरे तिलमिला गया। 'साला ! हरामी ! सूअर !' गालियाँ देता वह बाहर आया और दिखे तो 'देखने' के इरादे से इधर-उधर देखने लगा।

'वो उधर !' एक आदमी को जाता देखकर छोटा चिल्लाया।

"हाथ में डब्बा है उसके उल्लू !" बड़े ने उसे डाँटा। भूरे हताश होकर बैठ गया। अपनी योजना के लिए उसे यह सबसे बड़ा खतरा लगा। आखिर सारे दिन तो पुल के पास रहा नहीं जा सकता। फिर हगने आने वालों का टाइम भी तय नहीं। आसपास बहुत से लोग रहते हैं और कोई भी टाइम हो, किसी-न-किसी की आँतें तो पिलपिलाएँगी ही।

'नहीं, मैं अपने सपने को उजड़ता नहीं देख सकता,' टुन्नी का खयाल आते ही वह गरमाया। वह मुसीबत से छुटकारा पाने की तरकीबें सोचने लगा। झाड़-झंखाड़ और टूटे-फूटे सामान की बाड़ बनाकर जगह घेरने की बात उसे जँची। उसने लड़कों को इस काम के लिए तैयार किया। मगर पहले टट्टी हटानी चाहिए, सोचकर उसने पड़ी हुई टट्टी पर मिट्टी डाली और उसे टिन से पटरी के पास ढकेल दिया।

बाड़ बनाते हुए उसकी समझ में आया कि पूरी बाड़ के लिए झाड़-झंखाड़ इकट्ठा करने में दो दिन तो लग ही जाएँगे और साफ जगह में जाने के लिए जो रास्ता छोड़ना पड़ेगा। उसमें से सिर्फ वह और लड़के ही नहीं, पाखाना करनेवाला भी आ-जा सकेगा, लड़कों को निगरानी के लिए छोड़ना एक तो उसे इसलिए नहीं जँचा कि उन्हें अकेला छोड़ने में उनके भाग जाने का खतरा है और दूसरे उनकी चंचलता उन्हें ज्यादा देर तक वहाँ रुकने नहीं देगी। आड़ बनने तक खुद निगरानी रखने और जितनी जल्दी हो सके, आड़ बना लेने के सिवा उसे कोई दूसरा कारगर तरीका नहीं सूझ रहा था। खुद निगरानी का मतलब भीख न माँगना और जमा रकम में से खाना, उसे अखरनेवाली बात लगी। आड़ कितने दिन में बन जाएगी, इसका अंदाज लगाना भी मुश्किल था। 'जाऊँगा नई, चाय रोज ई टट्टी क्यों न उठानी पड़े,' सोचकर उसने अपना इरादा पक्का किया और 'हे बजरंगबली, मदद करना,' कहकर सिर झुकाया।

उसके ध्यान में आया कि अम्बाला में उसके मकान की गली में कोने

पर बने महादेव के मंदिर पर कुत्ते मूतते हैं, पर फिर भी मंदिर अपनी जगह पर है। उसे लगा कि टट्टी साफ करना बोहोत ज्यादा मुश्किल काम नहीं है। गली का मंदिर काफी देर तक उसके ध्यान में रहा और इसी दौरान उसे सूझा कि अगर साफ जगह पर वह कोई मूर्ति या महादेव की पिंडी रख दे तो फिर कोई आदमी उसके पास टट्टी करने की हिम्मत नहीं करेगा। फिर उसे लगा कि मूर्ति या पिंडी आसानी से नहीं मिलेगी और इसलिए उसकी बजाय एक मजार वना देनी चाहिए।

उन लोगों ने रेलवे लाइन के पास पड़ी मिट्टी को इकट्ठा किया और मिट्टी के साथ मिलाकर एक चबूतरा बनाया। ढूँढ़कर कुछ ईंटें लाए और उनसे मजार बना दी। पानी गड्ढे से लाए और मिट्टी से ही पुताई कर दी। काम से संतुष्ट होकर भूरे बाहर आया। सामने लिखा 'भूरे की बस्ती' ठीकरी से ही खरोंच दिया; और उसकी बगल में 'भूरे बाबा की बस्ती' लिखा। दोपहर ढली नहीं थी और इसलिए उसने तय किया कि सड़क के किनारे किसी पेड़ के नीचे खड़े होकर कुछ देर भीख माँगेगा। लड़कों को साथ लेकर वह उधर को निकल पड़ा।

जग्गी और उसके संगी—तेजा, टैनी जुए से उठकर रेलवे लाइन के साथ-साथ चल रहे थे। जग्गी टैनी पर इस बात के लिए नाराज हो रहा था कि साढ़े चार रुपए बचाकर क्यों लाया, जबकि इतनी रकम से वे लोग घंटा-आधा घंटा और खेल सकते थे। टैनी के इस जवाब ने कि वक्त-जरूरत के लिए जेब में कुछ पैसे रहने चाहिए, वह और भड़का, "उल्लू साला! हमारे रहते बख्त जरूरत की फिकिर क्यों भैंचो?' तेजा के फिर से चलकर खेलने के प्रस्ताव को उसने "जग्गी एक बार उठ गया, सो उठ गया" कहकर ठुकरा दिया।

पुल के पास आकर वे लोग रुक गए। उनकी निगाह भूरे की बनाई मजार पर गई और उन्होंने माथा टेककर उसे नमन किया। जग्गी के 'मजार अच्छी नहीं बनाई भैंचो,' कहने का दोनों ने समर्थन किया। "अपन चंदा करो, बनाने को उस्ताद" टैनी ने राय दी, जिस पर जग्गी ने उसकी पीठ ठोंकते हुए, "बहुत समझदार हो गया है बे तू तो!" कहा, "मगर पहले

फकीर का नाम मालूम होना चाहिए।" कुछ देर तक सोचने के बाद वह आगे बोला, "फकीर का नाम भूरे बाबा," तेजा बोला और "कैसे मालूम ?" के जवाब में दीवार पर लिखे की ओर इशारा कर दिया। जग्गी का ध्यान आखिर में लिखे 'बस्ती' पर अटक गया। उसने चारों तरफ निगाह दौड़ाई और पटरी के आसपास की जगह का गौर से मुआयना किया। बढ़ती खुशी के बीच वह 'बस्ती, बस्ती' बड़बड़ाता रहा। कुछ देर बाद उसने अपने संगियों को समझाया, "दस बाई पंद्रा के पिलाट बनेंगे इधर। हर पिलाट पे सुरु में बीस रुपया, बाद में हर महीना दस रुपया। यहाँ से ले के वहाँ तलक पिलाटई-पिलाट। सौ से ऊपर तो निकलेंगेई। गिनो तो कित्ते रुप्ये हुए।"

"बोहोत हो गए ये तो उस्ताद !" तेजा चहका।

"दो हजार तो सुरु मेंई, बाद में हर महिना हजार रुपये !" टैनी ने हिसाब लगाकर बतलाया। वे सब खुशी से उछल पड़े। तेजा की बात पे सबने 'भूरे बाबा की जय' का नारा लगाया और मजार की पाँच बार परिक्रमा की। वे इस बात पर सहमत हुए कि खरोंचकर लिखा 'भूरे बाबा की बस्ती' जँचता नहीं है और उसकी जगह पेंटर की लिखी तख्ती टँगनी चाहिए।

जग्गी ने पुल से नीचे उतरते हुए भूरे और दोनों लड़कों को देखा और अपने संगियों को बतलाया कि एक ग्राहक आ रहा है। उसने उन्हें हिदायत दी कि उसके सामने एक तो कोई बत्तमीजी नहीं करेगा और दूसरे धंधे की बात केवल उसे ही करने देंगे, अगर बीच में बोले भी तो बस उसकी बात का समर्थन करने के लिए। भूरे के पास आने पर 'आओ आओ' कहकर उसने स्वागत किया। भूरे उन लोगों को देखकर घबरा गया। दोनों लड़कों के अपने पीछे होने का उसे एहसास था, पर 'मुसीबत क्या है ?' यह ठीक से जाने बगैर उनसे नजदीकी दिखलाना उसने ठीक नहीं समझा और इसलिए बिना पीछे देखे चुपचाप पुल के नीचे जाकर चबूतरे के पास बैठ गया। लड़के दूर खड़े रहे।

"तुमने बनाई है मजार ?" उसकी घबराहट को पकड़ते हुए जग्गी ने पूछा। भूरे के कंठ से कैसे तो भी 'हाँ' निकला। "इत्ती खराब ?" जग्गी

ने पहले कुछ तेज आवाज में पूछा, पर फिर उसे लगा कि इस तरह से सफाई माँगने से आदमी और ज्यादा घबरा रहा है, जिससे अगर प्लाट लेना भी चाहे तो नहीं लेगा। "इत्ते बड़े फकीर की इत्ती खराब मजार नहीं होनी चाहिए," उसने अपने सवाल को राय में बदला।

"बोहोत पोंहोचे हुए फकीर थे भूरे बाबा," टैनी ने अपनी आवाज मिलाई।

"भाई कसम ! सट्टे का नम्बर तो ऐसे बताते थे—भैंचो बोई नम्बर आउट !" तेजा ने जोर दिया। जग्गी ने मुसकराकर उसकी तारीफ की और भूरे से बोला, "खैर कोई बात नहीं। हम बनवाएँगे अब बाबा की मजार, संगमरमर का चबूतरा और उसे पे रंगीन पत्थरों की मजार !" "टैनी और तेजा की 'वा उस्ताद वा,' सुनने के बाद उसने आगे पूछा, "इधर रहोगे ?" भूरे ने 'हाँ' में सिर हिलाया तो उसने उसे बाहर बुलाकर बस्ती की स्कीम समझाई और कहा कि वह पहला ग्राहक होने की वजह से एक तो उसे पुल के पास का प्लाट दे दिया जाएगा और दूसरे बीस की जगह पहले पंद्रह रुपए ही ले लिये जाएँगे, यद्यपि बाद के दस रुपए महावार में कोई कटौती नहीं की जाएगी।

भूरे भौंचक्का होकर उसकी बात सुनता रहा और बात खत्म होने पर पुल के नीचे की ओर जाते हुए बोला, "मैं वहाँ···"

"वहाँ कोई नहीं···!" जग्गी चिल्लाया, "वहाँ, बाबा की मजार बस," "रूह हजम कर जाएगी वहाँ पे बाबा की," कहकर टैनी ने डराया, जिसमें तेजा ने "बोहोत गुस्सा था भूरे बाबा में," और जोड़ दिया।

"मैं भूरे बाबा···" भूरे के मुँह से निकला, जिसे सुनकर तीनों थोड़ी देर के लिए सकपका गए। फिर जग्गी जोर-जोर से हँसने लगा, तेजा और टैनी भी 'भूत भूत !' कहते हँसने लगे। उन्हें हँसता देखकर दोनों लड़के भी हँसे।

लड़कों का हँसना ध्यान में आते ही जग्गी ने उन्हें अपने पास बुलाया और टैनी से बड़े को दो रुपए और छोटे को एक रुपया दिलवाए। लड़के जब खुश हो गए तो उसने उनसे कहा कि बेघरबारों, गरीब-गुरबों और भिखारियों से जाकर कहें कि रेलवे पुल के पास रहने को सस्ती जमीन

मिल रही है। लड़के जब चले गए तो उसने भूरे से पूछा, "बोल बे, क्या कहता है तू ?"

भूरे जब कुछ नहीं बोला और चुपचाप चबूतरे की ओर जाने लगा तो तेजा, टैनी ने उसका रास्ता रोक लिया। भूरे पलटकर स्टेशन की ओर चल दिया।

कागजी बाघ

मेहरा फूड प्रोडक्ट्स लिमिटेड के संपर्क में आनेवाला कोई आदमी आसानी से यह अंदाज नहीं लगा सकता कि मैं, कुलभूषण, कम्पनी के मालिक कर्नल सुमेरचंद मेहरा का बेटा हूँ। पर यदि मैं और कहीं काम कर रहा होता तो वहाँ मेहरा या कुलभूषण मेहरा या फिर के० बी० मेहरा के नाम से जाना जाता और तब भूले-भटके ही सही, पर कोई-न-कोई मुझसे या वहाँ के किसी और आदमी से यह सवाल जरूर पूछता कि मेहरा फूड प्रोडक्ट्सवाले कर्नल मेहरा से मेरा क्या सम्बन्ध है। और इस तरह हम दोनों के बाप-बेटा होने की बात बिना किसी ताज्जुब के उसे मालूम हो जाती। वैसे यह सही है कि रिश्ते केवल पारिवारिक नामों से ही नहीं पहचाने जाते और बाप-बेटे के रिश्ते की परिभाषा तो दोनों के आसपास के वातावरण में तैरती रहती है। पर मेहरा फूड प्रोडक्ट्स के वातावरण को इसने अब तक दूषित नहीं किया है। यहाँ कुलभूषण कम्पनी के तीन असिस्टेंट मैनेजरों में से एक हैं। उसे भी दूसरे कर्मचारियों की तरह मालिक के आने पर खड़ा होना पड़ता है, उनसे 'सर' कहकर बात करनी पड़ती है, उनकी डाँट खानी पड़ती है, और उनसे डरना पड़ता है। एक हिसाब से तो उसकी हालत दूसरे कर्मचारियों से भी बदतर है। दूसरा कर्मचारी इच्छा होने और मौका मिलने पर कम्पनी की नौकरी पर लात मारकर दूसरी नौकरी पकड़ सकता है, पर कुलभूषण की यह इच्छा भी साहब के कब्जे में है। इतनी सब आजादी खोने की एवज में तो यह कल्पना भी सुहावनी नहीं लगती है कि आगे कभी अपने को ही कम्पनी का मालिक बनना है।

मेहरा फूड प्रोडक्ट्स में काम करने लगने के बाद से पिता के लिए

साहब सम्बोधन दुबारा मेरी जीभ पर लौट आया है। दूसरे लोग उन्हें कर्नल साहब कहते हैं, पर मेरे मुँह से अधिकतर 'साहब' ही निकलता है। इससे पहले यह सम्बोधन मैंने बचपन में फौज के बेटमैन कुट्टी से सीखा था, 'सा'ब' रूप में। पाँच मद्रास रेजीमेंट में मेरे पिता का वह बेटमैन उनके बुलाने पर दौड़कर आता था और 'जी सा'ब' कहकर अटेंशन में खड़ा हो जाता था। साब उसे गालियाँ देते, डाँटते और कभी-कभी झापड़ भी रसीद कर देते थे पर वह चूँ तक नहीं करता था। तीन-चार साल की उम्र के दौरान उसने देहरादून में मेरी परवरिश की थी। उसकी देखा-देखी मैं भी पिता को 'सा'ब' कहने लगा था। उसके चले जाने के कई दिनों बाद ही मम्मी मेरी यह आदत छुड़ा पाई थीं। मुझे उस उम्र और कुट्टी की बिलकुल याद नहीं है, पर इसके बावजूद इतना सब मालूम होने का कारण मम्मी का इन बातों को अपनी गप्पों में बार-बार दोहराना है। मम्मी अब नहीं हैं, पर मुझे विश्वास है कि मेहरा फूड प्रोडक्ट्स में सीखा हुआ 'साहब' सम्बोधन वे भी नहीं छुड़वा सकती थीं।

कोई जवान अठारह साल की उम्र के बाद ही फौजी बन सकता है, लेकिन मुझे होश सँभालते ही फौजी बनाने की कोशिश की गई थी। मेरे जन्मते ही शायद साहब ने अपने-आपको मेरा कमांडिंग ऑफिसर नियुक्त कर लिया होगा, क्योंकि जहाँ तक मुझे याद आता है हम दोनों के आमने-सामने होने का कोई भी ऐसा मौका नहीं रहा जब उन्होंने मुझे कोई हिदायत न दी हो। बचपन में मुझे जो सबसे पहली बात सिखलाई गई थी वह थी सेल्यूट ठोंकना। सलीके से कपड़े पहनने, उठने, बैठने, चलने, हँसने, बोलने आदि की सीख स्कूल जाने लगने के बाद दी गई थी। टाइम का पाबंद रहने तथा नियन्त्रित रूप से निश्चित चीजें खाने की ट्रेनिंग तीसरे दौर में मिली थी। सीमाओं पर पोस्टिंग होने पर भी वे चिट्ठियों द्वारा मुझ पर कंट्रोल रखने की कोशिश करते थे। उन्होंने मुझे फौजी ऑफिसर बनाने की कोशिश में कोई कसर नहीं उठा रखी थी, पर इसके बावजूद मैं फौज में भर्ती नहीं हो सका। मन में कहीं गहराई तक फौजी जिंदगी से नफरत रही है और भर्ती करनेवालों की पैनी निगाहों से शायद यह बात छिपी न रह सकी हो।

फौज के लिए नालायक करार दे दिए जाने के बाद से तो साहब मुझसे नफरत ही करने लगे। न केवल मैंने उनकी उम्मीदों पर पानी फेरा था, बल्कि मैं उनके पाक-साफ फौजी केरियर पर कलंक का धब्बा भी साबित हुआ था। इसके बावजूद वे मुझे अपने पास बाँधे रहे। शायद सजा देने का इससे अच्छा दूसरा तरीका न सूझा हो इसलिए, या फिर अपनी असफलता दूसरों के सामने पूरी तौर पर उजागर न हो जाए, यह सोचकर। फौज से रिटायर होने के बाद चलाए इस काम में उन्होंने मुझे और किसी काम के लिए बेकार समझकर रख लिया। लेकिन मेरा विश्वास है कि यदि मैं उनकी परिभाषा के अनुसार ही कोई ढंग का काम कर रहा होता तो भी वे मुझे इसके लिए बुला लेते। आखिर धंधे में दबैल और भरोसेमंद आदमी की जरूरत किसे नहीं होती।

यह भी क्या जीवन है कि हमेशा एक आदमी की उपस्थिति दिमाग पर छाई रहे और कोई भी काम करने के पहले—चाहे फिर वह टट्टी-पेशाब जाने जैसा काम ही क्यों न हो—उसके गुस्से का विचार दिमाग में आता हो। मैं इस जीवन से ऊब गया हूँ। पर जानता हूँ कि सब कुछ ऐसे ही चलता रहेगा, क्योंकि मुझमें मुकाबले की बिल्कुल हिम्मत नहीं है।

अभी कुछ देर पहले जुनेजा से बातें करते वक्त भी बस यही खयाल दिमाग को कुरेद रहा था कि देर हो जाने के लिए घर पर साहब की डाँट खानी पड़ेगी। जानता हूँ कि बालिग आदमी के लिए कभी-कभी रात देर से घर पहुँचना एक साधारण-सी बात है। देरी होने के लिए मेरे पास उपयुक्त सफाई भी है। लेकिन साहब के सामने मेरा मुँह नहीं खुलेगा और चुपचाप मैं उनकी डाँट खाता रहूँगा।

जब तक जुनेजा साथ था, साहब उसके पीछे छिपे थे और केवल बीच-बीच में मेरी ओर झाँक देते थे। पर उसके जाने के बाद तो वे अपने पूरे डरावनेपन के साथ मेरे सामने आ गए हैं।

जैसे-जैसे घर की दूरी कम होती जा रही है, डर बढ़ता जा रहा है। अब तक का डर भोगे हुए से उत्पन्न था, इसलिए कुछ हल्का था पर सम्भावित की कल्पना से पैदा हुआ यह डर भारी लग रहा है।

साहब से टकराने के बाद का घटनाक्रम मेरी आँखों के सामने बार-बार आ रहा है : दरवाजा खुलने पर मैं अपने कमरे की ओर जा रहा हूँगा और कम रोशनी में सोफे पर बैठे साहब की दहाड़—'इधर आओ'—मेरे कानों पर पड़ेगी। मेरे अंदर का डर शरीर सुन्न कर देगा। मैं बेजान-सा उनकी ओर मुड़ूँगा और गर्दन झुकाए उनके सामने खड़ा हो जाऊँगा। वे गरजेंगे—'क्या है यह ?' मेरी गर्दन और झुक जाएगी। निगाह ऊपर नहीं उठा पाऊँगा। वे दहाड़ते रहेंगे—'इतने बड़े हो गए पर शर्म नाम की चीज नहीं है। मुझे खुद तुम्हें डाँटने में शर्म आने लगी है। यह तुम्हारा डिसीप्लिन है ? एक फौजी अफसर के यहाँ पैदा होने के बजाय तुम्हें तो किसी गंजेड़ी-भंगेड़ी के यहाँ पैदा होना चाहिए था। नालायक !' फिर कुछ देर चुपचाप घूरते रहने के तिरस्कारपूर्ण आवाज में कहेंगे—'जाओ अब यहाँ से।' और मैं चुपचाप सिर झुकाए अपने कमरे की ओर चल दूँगा। ओ हो ! कायरता और उससे पैदा बेशर्मी किस बुरी तरह से मेरे नाम के साथ जुड़ गए हैं !

'जो कुछ होना है जल्दी हो जाए,' सोचकर मैं लगभग दौड़ने लगता हूँ। इससे एक फायदा होता है। साहब के गुस्सैल चेहरे की कोई स्थिर तस्वीर दिमाग में नहीं बन पाती। हाँ, उनकी डाँट-फटकार के कुछ शब्द कानों में जरूर बज रहे हैं।

आखिर घर आ ही गया है। दरवाजा खुलते ही साहब का सामना होने की संभावना से मैं घंटी दबाने के बाद मरियल हो गया हूँ। पर दरवाजा बुआ ने खोला है। कुछ देर के लिए 'बला टली' की अनुभूति से मैं राहत महसूस करता हूँ। ऊपर साहब के कमरे की रोशनी दिखती है और मैं तुरंत डाँट-फटकार की दुनिया में लौट आता हूँ। बुआ खाने के बारे में कुछ कहती है, पर उस ओर मेरा ध्यान ही कहाँ है। मैं खाने की बात टालकर उससे साहब के बारे में पूछता हूँ ! वह उनके कमरे की ओर हाथ उठा देती है, बस।

भारी कदमों से मैं सीढ़ियाँ चढ़ता हूँ और गर्दन झुकाए साहब के कमरे से गुजरता हूँ। कानों पर शब्द पड़ते हैं—"इधर आओ भूषण !" विश्वास नहीं होता कि साहब ने बुलाया है, क्योंकि आवाज मुलायम है। शक

होता है कि यह कोई जाल है। आश्चर्य केवल इतना होता है कि मुझे अंदर-बाहर से अच्छी तरह जानते हुए भी साहब को जाल बिछाने की जरूरत क्यों पड़ी। मैं लौट पड़ता हूँ।

"अंदर आओ बेटे !" उनके कमरे के दरवाजे पर पहुँचने पर मुझे सुनाई देता है। आवाज कुछ बदली हुई है, पर साहब के अलावा किसी और के अंदर होने की गुंजाइश ही नहीं है। फिर भी पूरा विश्वास करने के लिए एक निगाह से सामने देखता हूँ। विश्वास करना पड़ता है कि पिता परमेश्वर के रूप में साहब ही कुछ कह रहे हैं। इस परिवर्तन से हत-प्रभ हो जाता हूँ। दिमाग स्थिति का जायजा लेने में बिल्कुल साथ नहीं दे रहा है। भूल गया हूँ कि साहब ने अपने पास बुलाया है, जिस पर ध्यान उनके 'आओ न अंदर'— कहने पर ही जाता है। पैर मुझे उनके पास ले जाते हैं। वे मेरे लिए पलंग पर बैठने की जगह बनाते हुए कहते हैं,"आओ, इधर बैठो।" मैं बैठता हूँ। वे मेरे बालों को सहलाते हुए कहते हैं,"कितना दुबला हो गया है।" मैं गर्दन झुकाए जबरन अपने आँसू रोकने की कोशिश करता हूँ। वे पूछते हैं, "खाना खाया ?" मैं सिर हिलाकर ही मना कर पाता हूँ। वे कहते हैं, "जाओ बेटा ! खाना खा लो पहले।" मैं इस डर से कि कहीं जोर से रोना न फूट पड़े, फुर्ती से उनके कमरे से निकल पड़ता हूँ।

खाने की टेबल पर कुछ देर बाद साहब के व्यवहार पर गौर करने के लिए थोड़ी-सी दिमागी स्थिरता आ जाती है। उनके व्यवहार में परि-वर्तन का कोई भी कारण समझ में नहीं आता। आज दिन की घटनाओं को याद कर उनका सम्बन्ध इस व्यवहार से जोड़ने की कोशिश करता हूँ। कुछ सूझ नहीं रहा, और इसलिए ध्यान उचटकर बार-बार दरवाजे पर से एक निगाह से देखते साहब के चेहरे पर चला जाता है। हारकर ध्यान उनके चेहरे पर ही स्थिर कर लेता हूँ। और लो, बात समझ में आ गई है : अभी जब साहब मुझसे लाड़-प्यार से बोले थे, तो उस समय उनके मुँह में बत्तीसी नहीं थी। एक भली-सी मुस्कान मेरे चेहरे पर बिखर जाती है।

संतानहीन

एक्आ ओरिएंटा के मई 1861 के अंक में राबर्ट मार्टिन का महाभारतीय नारी पर एक शोध लेख है। कुंती का उल्लेख करते हुए लेखक ने लिखा है कि राजा पांडु की संतति-प्राप्ति की इच्छा पूर्ण करने के लिए ही कुंती को देवताओं से नियोग के लिए बाध्य होना पड़ा था। सौति के महाभारत में इस कथा के सम्बन्ध में जो लिखा है वह इस प्रकार है: राजा पांडु एक ऋषि के श्राप—सम्भोग में मृत्यु—के कारण सम्भोगरत नहीं हो सकता था। पितृ-ऋण से मुक्ति के लिए संतान प्राप्त करना आवश्यक था और इसलिए उसने कुंती से कहा कि वह किन्हीं श्रेष्ठ पुरुषों से संतान प्राप्त करे। पांडु की सर्वगुणसम्पन्न पुत्र-प्राप्ति की लालसा के कारण देवताओं के संसर्ग से कुंती ने तीन, और पांडु की दूसरी पत्नी माद्री ने दो—इस प्रकार पाँच पांडवों को जन्म दिया। यह कथा मैंने कई बार पढ़ी-सुनी है, पर आलोचनात्मक दृष्टि से पहली बार ध्यान मार्टिन का लेख पढ़कर ही गया। हिंदू नारी के पतिव्रता होने की बात महाभारत-काल के बहुत पहले से आ गई थी। पतिव्रता पत्नी का परम्परा पुरुष की पत्नी पर एकाधिकारी मनोवृत्ति का उपप्रमेय है। पांडु जैसे पराक्रमी और शूरवीर राजा का अपनी पत्नियों पर एकाधिकार न समझना बड़ा ही अजीब लगता है। फिर पितृ-ऋण चुकाने की अनिवार्यता से निपटने के लिए एक ही पुत्र काफी था। दूसरों की सहायता से सर्वगुण संतान प्राप्त करने की लज्जास्पद इच्छा कोई निकृष्टतम व्यक्ति ही कर सकता है। मुझे राजा पांडु का चरित्र शोध की दृष्टि से विलक्षण लगा। एक अच्छा शोध-कार्य करने का निश्चय कर मैंने उसका विषय यों परिभाषित किया: 'महाभारतयुगीन मूल्यों के संदर्भ में राजा पांडु का चारित्रिक

मूल्यांकन।'

पितृ-ऋण से मुक्ति पाने के लिए संतानोत्पत्ति के प्रावधान को सम्पूर्णतः स्पष्ट करना शोध का एक आवश्यक पहलू समझकर मैंने सबसे पहले इसी पर ध्यान देने का निश्चय किया। प्रावधान का प्रथम उल्लेख (प० उप० 131, 11 14 11, रामेश्वर शास्त्री द्वारा अपनी पुस्तक 'प्रागैतिहासिक हिंदू समाज, खंड 2 में उद्धृत, पृ० 132) देखने के बाद मैंने इसे पूरा न करने के उदाहरण तथा इससे सम्बन्धित दंड की व्यवस्था पर खोजबीन प्रारम्भ की।

सौति के महाभारत में शांतनु के पुत्र विचित्रवीर्य के संतानहीन मरने का उल्लेख है, पर पूर्वजों का ऋण न चुका पाने के कारण मृत्यु-पूर्व या उसके उपरांत उसे कौन-सी यातनाएँ भोगनी पड़ीं, इसका वर्णन कहीं नहीं है। अन्य उदाहरण तथा दंड की व्यवस्था मालूम करने के उद्देश्य से मैंने देश के लगभग सभी महत्त्वपूर्ण पुस्तकालय देख डाले, महाभारत विषयों के विद्वानों एवं शोधकर्ताओं से इस सम्बन्ध में जानकारी उपलब्ध कराने का अनुरोध किया तथा वाराणसी, गया, ऋषिकेश, कांचीपुरम् के कुछ धर्मगुरुओं से भी मिला। पर सब मेहनत व्यर्थ गई। करीब छह महीने अथक परिश्रम के बाद मैंने उक्त पहलू पर अनुसंधान स्थगित कर, शोध के दूसरे पहलुओं पर ध्यान देने का निश्चय किया।

कुछ दिनों बाद गोरखपुर विश्वविद्यालय के एक शोधछात्र, निरंजन शांडिल्य, का मुझे एक पत्र मिला। उन्होंने लिखा था कि वाल्ट सोमरफील्ड द्वारा लिखित 'दास स्टडिअम इन इंडिस्चेन कलचुर' नाम की एक अत्यंत पुरानी जर्मन पुस्तक उनके हाथ लगी है, जिसमें पुत्रहीन राजा मल्लिकेश का दृष्टांत वर्णित है। मैं तत्काल पुस्तक देखने गोरखपुर गया था।

गुगिगंम फेरलॉग, हेमबुर्ग द्वारा ई० स० 1803 में प्रकाशित, वाल्ट सोमरफील्ड द्वारा लिखित 'दास स्टडिअम इन इंडिस्चेन कलचुर' के पृष्ठ 203 पर राजा मल्लिकेश की कथा निम्न प्रकार से वर्णित है (अनुवाद मेरा है)—

करील देश के राजा सुकेश के पुत्र मल्लिकेश का विवाह नागलोक की

कन्या मधुरमणि से हुआ। छब्बीस वर्ष की आयु में उसका राज्याभिषेक हुआ। राजा मल्लिकेश शूरवीर तथा पराक्रमी था, किंतु इंद्र के श्राप से वह संतान-सुख से वंचित था। श्राप-मुक्त होने के लिए उसने हर संभव प्रयत्न किए पर असफल रहा। नियोग के प्रावधान और राजगुरु तीर्थपि के आग्रह के बावजूद मधुरमणि इसके लिए तैयार नहीं हुई ! दूसरे विवाह के लिए मल्लिकेश श्राप की बात को ध्यान में रखते हुए तैयार नहीं था। जैसे-जैसे आयु बढ़ती गई, पितृ-ऋण से ऋण होने की चिंता से वह घुलने लगा। राज्य कार्यों में उसका मन न लगता। प्रतिदिन नींद में उसे भयानक स्वप्न आते, जिनमें उसके पिता तथा अन्य पूर्वज उसे शारीरिक यातनाएँ देकर अपने कर्ज की माँग करते। स्वप्नों के डर से मल्लिकेश नींद तक से घबराता। उसने सोना ही छोड़ दिया। पर इससे भी उसे छुटकारा नहीं मिला। जगे रहने पर भी स्वप्न उसका पीछा न छोड़ते।

मेरा दुर्भाग्य ! इसके आगे का वर्णन पुस्तक में नहीं मिला। उक्त सामग्री पृष्ठ 203 पर थी और 204 से 210 तक के पृष्ठ पुस्तक से गायब थे। लेखक ने संदर्भ और टिप्पणियाँ प्रत्येक अध्याय के अंत में देने की शैली अपनाई थी, और इस कथा से सम्बन्धित अध्याय पृष्ठ 210 से पहले ही कहीं समाप्त होता था। अंतः कथा का संदर्भ भी मालूम न हो सका। मैंने गुगिगंम फेरलॉग को पुस्तक की दूसरी प्रति उपलब्ध कराने के लिए लिखा। तीन महीने तक जब उनका कोई उत्तर नहीं आया तो मैंने लंदन में अपने एक मित्र विनोद सरकार को पुस्तक की खोज करने के लिए लिखा। उसका उत्तर था कि गुगिगंम फेरलॉग ने 1940 में ही प्रकाशन बंद कर दिया था तथा उसे पुस्तक अन्यत्र कहीं नहीं मिली।

आज सुबह के अखबार में प्रकाशित एक समाचार पर मेरा ध्यान गया है—'चार बाल हत्याओं का अपराधी गिरफ्तार' शीर्षक से प्रकाशित यह समाचार इस प्रकार है—

कानपुर के एक मोहल्ले के निवासियों ने एक बच्चे के हत्यारे को भागते हुए पकड़ लिया। पुलिस को उसने अपना नाम बद्रीप्रसाद

बतलाया है। पुलिस-सूत्रों के अनुसार यह आदमी तीन और बच्चों की हत्या कर चुका है। अपने बयान में बद्रीप्रसाद ने बतलाया कि वह कानपुर की एक निजी फर्म में क्लर्क है। शादी को सात साल होने के बावजूद उसके कोई संतान नहीं है। उसके माँ-बाप, रिश्तेदारों तथा मित्रों ने इस वजह से उसे परेशान कर डाला था। दूसरा विवाह करने के लिए माँ-बाप हमेशा उस पर जोर डालते और इसके लिए उसके राजी न होने पर उल्टी-सीधी बातें कहते। माँ-बाप के तिरस्कारपूर्ण व्यवहार तथा परिचितों के अश्लील मजाक से उसका मानसिक संतुलन बिगड़ गया था तथा प्रतिशोध की आग में जलकर उसने छोटे बच्चों को खत्म करने की ठान ली थी। बद्रीप्रसाद को मानसिक जाँच के लिए भेजा जा रहा है तथा आगे तहकीकात जारी है।

मुझे अब लगता है कि मल्लिकेश और पांडु भी संतान पैदा न कर पा सकने के पाप का फल भोग रहे थे—एक स्वप्न-आतंक से त्रस्त होकर और दूसरा अपनी पत्नियों को गैरों को सौंपकर।

जन्मदिन

परिवार में यह रीति है कि किसी बड़े का जन्मदिन बस तभी तक मनाया जाता है, जब तक कि उसके बच्चे का नहीं मनने लगता, मतलब पहला बच्चा पैदा होने के एक साल के अंदर-अंदर तक। इसके बाद जन्मदिन मनवाने की विरासत बच्चे को मिलती है, कि एक पीढ़ी का उत्सव दूस री को हस्तांतरित और अगली पीढ़ी की खुशी में ही पिछली संतुष्ट। अब अगर माँ-बाप चाहें तो केवल अपने बीच एक-दूसरे का जन्मदिन मना लें और बाहर जाकर दोस्तों यारों में खा-पी, हँस-बोल आवें।

परिवार में जन्मदिन मनाने का अर्थ है : इसके लिए निर्देशित पारम्परिक अनुष्ठान विधिवत् करना और परिस्थिति-अनुसार सीमित या बड़े पैमाने पर भोज देना। जन्मदिनवाले की उम्र बढ़ने के साथ-साथ भोज महत्त्वहीन होता जाता है, पर विधि-विधान बिना किसी तरह की कटौती या जल्दबाजी के पूरे किए जाते हैं।

ऐसा नहीं कि परिवार के रीति-रिवाज टूटे या बदले न हों। कुछ तो मेरे देखते-देखते ही बदले हैं, कि जैसे पहले शनिवार के दिन जितने भी शनि महाराज दरवाजे पर आते थे, उन सब पर एक चवन्नी और एक छोटी कटोरी तेल जरूर चढ़ाये जाते थे, पर अब केवल एक निश्चित शनि महाराज पर ही ये चढ़ाये जाते हैं और दूसरा कोई अगर आया तो उसे लौटा दिया जाता है। कोशिश के बावजूद उस भाग्यशाली शनि महाराज की पहचान बतलाना मेरे लिए मुश्किल है, कि हम उनके नाम जान लेने की फिक्र नहीं करते और वे होते भी बहुत हैं, कि शनिवार के दिन सड़क-पार्क-मंदिर-पानवाले की दुकान पर कई मिलते हैं और उन सबके चेहरों-मोहरों में भी कुछ-न-कुछ एकसापन तो आ ही जाता है और

जो भिन्नता होती भी होगी, उसमें हमारी दिलचस्पी नहीं होती कि ध्यान अगर गया भी तो इस बात पर जाता है कि मूर्ति के पास कितने पैसे बिखरे हैं और वह कितने तेल में डूबी हुई है कि महादेव के मंदिर में जाकर नंदी पर ध्यान क्यों जाए ?

परिवार की ही नहीं, खुद दद्दा की एक रीति में तब्दीली हुई है कि अभी तीन-चार साल पहले तक बुखार-बीमारी-बरसात-गर्मी-बुढ़ापे के बावजूद, वे हनुमान जयंती के दिन पचीस हनुमानों के दर्शन करने जरूर जाते थे, पर अब सिर्फ गढ़ी के हनुमान को जाते हैं, यद्यपि वह बहुत दूर है और उसके रास्ते में ही पाँच-छः हनुमान मंदिर हैं।

जन्मदिन के विधि-विधान में और उसके मनाए जाने में किसी तरह का बदलाव न आ सकने के पीछे खासकर तो दद्दा की जिद-दिलचस्पी-मोह है कि और जाने क्या मिले न मिले, पर विरासत में यह आयोजन तो एक पीढ़ी से दूसरी पीढ़ी को मिले ही और सो भी त्याग की भावना से मिले कि बच्चे का शुरू होते ही माँ-बाप का बंद, और जल्दी से जल्दी भी मिले कि पहले जन्मदिन पर ही। हम परिवार के लोगों ने भी समझ बना ली है कि कौन रोज-रोज आते हैं जन्मदिन और कौन मंदिरों-तीर्थों पर जाना पड़ता है इनके लिए, जो इस रीति को लेकर इतने परेशान हों। फिर यह भी लगता है कि बच्चों के लिए तो यह लगातार जोशीले इंतजार का दिन होता है कि न सिर्फ अपना बल्कि दूसरों का भी। कि अगर बच्चे के बाद माँ-बाप का नहीं मनता तो यह भी ठीक ही है, कि वर्ना तो भरे-पूरे परिवार में बस जन्मदिन ही जन्मदिन मनते रहेंगे। कि वैसे भी एक बार बच्चे पैदा करने के बाद माँ-बाप को उनकी बढ़ोतरी में ही अपनी खुशी ढूंढ़नी चाहिए और संतोष कर लेना चाहिए कि अपने पर का पारिवारिक ध्यान संतान को मिल रहा है।

परिवार में दद्दा सबसे बड़े हैं। उनके बाद नंद चाचा और बड़ी चाची की जोड़ी है, जो निसंतान हैं। दो बुआएँ अपने-अपने घरों-बाल-बच्चों में रहती हैं। दो और चाचा हैं, जिनके अपने-अपने बाल-बच्चे हैं। मेरी दो बहनें ब्याह दी गई हैं। हम तीन भाइयों में सबसे बड़ा मैं, दो लड़कों का बाप हूँ। मुझसे छोटे के एक लड़का, एक लड़की है और उससे

छोटे के एक लड़का है, पर वह अपनी ससुराल में रहता है, कि उनके यहाँ देखने-करनेवाला कोई जवान मर्द नहीं बचा है और उसके ससुर की दद्दा को बिनती आई थी कि अगर उसे भेज दें तो घर का इंतजाम सँभल सकता है, वर्ना तो जो हरि इच्छा। दद्दा को उसके लड़के के जन्म-दिन की भी फिक्र रहती है और इस शुभदिन के पहले चिट्ठी भेजकर इसे विधिवत् मनाने की उसे याद दिलाते हैं। मगर मेरी बुआओं-बहनों के बच्चों के लिए कुछ नहीं कहते, कि उनके परिवार दूसरे हो गए हैं। हाँ, उनके बच्चों के जन्मदिनों पर शुभ आशीष भेजना वे कभी नहीं भूलते।

नंद चाचा हमारे बच्चों से खूब स्नेह रखते हैं, कि उनके साथ मजे ले-लेकर खेलते हैं, हँसी-मजाक करते हैं, उन्हें घुमाने ले जाते हैं, तरह-तरह की चीजें ला-लाकर उन्हें देते हैं। बच्चे भी उनसे बेझिझक व्यवहार करते हैं, कि अच्छा बेटा नंद दादाजी, हमसे ही चालाकी ? कि बस इतना ही दम है आपमें ? खैर, इसके लिए वे अपने माँ-बाप की डाँट खाते हैं सो तो, पर नंद चाचा को उनसे कोई शिकायत नहीं रहती, उल्टे मजा ही लेते हैं वे इस तरह के बोलों से।

पिछले तीन-चार साल से, लेकिन, उनमें एक तब्दीली आई है कि बच्चों के जन्मदिन पर उदास हो जाते हैं। बच्चों की छेड़खानी पर वे गुस्सा तो नहीं होते, पर उन्हें टालते जरूर हैं कि जैसे हड़बड़ी दिखलाते हुए बाहर निकल जाते हैं, या अखबार-किताब पढ़ने का बहाना करते हैं। बड़े उनकी मनःस्थिति समझकर उन्हें नजरंदाज करते हैं। उनकी देखा-देखी बच्चों ने भी वैसे बहुत ज्यादा जिद करना छोड़-सा ही दिया है।

पिछली बार मेरे छोटे-बेटे बिष्टू के जन्मदिन से चार दिन पहले से ही उन्होंने हवा बनाना चालू किया कि दफ्तर के काम से सुमावली जाना पड़ेगा। दद्दा ने जन्मदिन से कटने की उनकी मंशा भाँप ली और जबाब-तलब करने लगे कि कैसा काम और क्यों काम, कि अभी तक तो तुम कभी गए नहीं दफ्तर के दौरे पर, फिर अब क्यों भेजा जा रहा है ? जब नंद चाचा इस बात पर अड़े रहे कि साहब का कहना है कि जाना ही पड़ेगा और बीमार होता तो भी साहब का कहना न टालता, तो दद्दा ने

अपने दबदबे की बात छेड़ दी, कि फिर तो करनी ही पड़ेगी तुम्हारे साहब से बात, कि भले ही रिटायर हो गए हों, पर इस शहर में ऐसा तो शायद ही कोई अफसर हो जो हमारी बात टाले। नंद चाचा ने उसी रात हथियार डाल दिए थे, कि हमी ने निरस्त करवा लिया है दौरा और आपको तकलीफ उठाने की जरूरत नहीं है अब दद्दा ! दद्दा को अपने पैंतरे पर इतना मजा आया कि उन्होंने बच्चों को उकसा दिया की नंद दादाजी से खूब तोहफों की माँग करो इस बार। शह पाकर बच्चे जन्मदिन तक चेंटते रहे थे कि अकेले बिष्टू के लिए नहीं, हम सबको तोहफे देने पड़ेंगे, कि सुमावली के जंगल में जाने से बचे हो दादाजी, कि चलो न दादाजी, तोहफे दिलाने। चाचा सचमुच चकरघिन्नी हो गए थे, कि हम लोग भी बच्चों को कितना डाँटते। जन्मदिन की सुबह से ही वे घर से खिसक गए। दद्दा और हम सब बहुत चिंता में रहे कि जाने क्या करने की ठान बैठे हों और वे दोपहर को लौटे तो बिष्टु के लिए सोने की अँगूठी और हर बच्चे के लिए कुछ न कुछ चीज लाए थे, यहाँ तक कि घर से दूर रह रहे मेरे सबसे छोटे भाई के लड़के के लिए भी।

नंद चाचा की उदासी के बावजूद बड़ी चाची के उत्साह में कोई कमी नहीं आई है। वे न सिर्फ खुशी-खुशी हर जन्मदिन की तैयारी में खुद जुटती हैं, बल्कि घर की दूसरी औरतों को भी अपने साथ लगाए रहती हैं। उनका काम भी सलीके का होता है और इसलिए दद्दा को कभी कोई चिंता नहीं करनी पड़ती। वैसे भी दद्दा का काम जन्मदिन की पूजा करवाना ही होता है, पर बड़ी चाची उसमें भी हिस्सेदारी करती हैं, कि दद्दा के साथ-साथ खुद भी पूजा के श्लोक कहने लगती हैं। इससे दद्दा का जोश बढ़ जाता है और वे श्लोक के एक-एक शब्द पर जोर देकर बोलने लगते हैं कि :

धूमकेतुर् गणाध्यक्षो भालचंद्रो गजानन्:
द्वादशैतानि नामानि यः पठेत श्रुणुयादपि ।।
विद्यारम्भे विवाहे च प्रवेशे निर्गमे तथा
संग्रामे संकटे चैव विघ्नस्तस्य न जायते ।।

सुनते-सुनते बच्चों की भी श्लोक याद हो गए हैं, सो आगे वे भी अपने स्वर मिलाते हैं और उनके बाद हम भी शामिल हो जाते हैं। समवेत स्वर में श्लोकोच्चार, विधि को समारोह का रूप देता है। नंद चाचा मगर पिछले कुछ सालों से चुप रहते हैं। बिष्टू के जन्मदिन पर तो खैर वे लौटे ही पूरी पूजा खत्म होने के बाद।

विडम्बना यही है कि पचपन साल की उम्र हो जाने के बावजूद नंद चाचा का जन्मदिन मनाने के लिए हम मजबूर हैं, यद्यपि, छोड़ बड़ी चाची के, किसी को भी इसमें उत्साह नहीं होता, कि दद्दा को भी नहीं। बच्चों में उत्साह के बजाय कुतूहल अधिक होता है। नंद चाचा लेकिन अपने जन्मदिन पर किसी प्रकार की ना-नुकुर या आनाकानी नहीं करते, और चाहे भले ही मशीनी ढंग से हो, पर हर क्रिया सफाई से पूरी करते हैं।

उनके जन्मदिन के दो-तीन दिन पहले से ही मुझमें मायूसी आ जाती है और एक-दो बार इच्छा भी हुई है कि कहीं भाग लिया जाए। पर दद्दा और खुद नंद चाचा की प्रतिक्रिया का भरोसेमंद अंदाज न हो सकने के कारण, मैं इसके लिए हिम्मत नहीं जुटा सका था।

आज नंद चाचा का जन्मदिन ही रहा। पिछली दो रातों से मैं सो नहीं पाया हूँ। पत्नी भी शायद ही सोई हो। मैं उससे कहता रहा कि हमें ही चाचा को इस त्रासद विधि से छुटकारा दिलाना चाहिए, कि उनका जन्मदिन न मनाये जाने की बात तो दद्दा मानेंगे नहीं और इसलिए हमें ही उन्हें बिष्टू को गोद दे देना चाहिए। बात सुनते ही पत्नी भड़की थी और मुझे खरी-खोटी सुनाने लगी थी कि निर्दयी ! पत्थर दिल !...कि हमेशा दूसरों का खयाल और मेरा और मेरे बच्चों का कभी नहीं !...कि जहर दे दो मुझे और फेंक दो फिर दोनों बच्चों को घूरे पर !... कि अपने जीते-जी तो अलग करूँगी नहीं अपने से उन्हें। आगे फिर मेरे लिए वह थोड़ा उदार हो गई थी, कि मैं समझती हूँ तुम्हारा दर्द और मुझे भी होता है दुख चाचा-चाची को देखकर और हमेशा ख्याल रखती हूँ उनका और चौकस रहती हूँ कि भूल से भी कोई ऐसी बात न निकले मुँह से जो उन्हें चुभे। इससे भी आगे फिर वह मुझे ही दोषी ठहराने लगी थी, कि बिष्टू के बाद जल्दी क्या पड़ी थी तुम्हें ऑपरेशन कराने की,

कि मैं तो खुशी-खुशी पैदा कर देती उनके लिए भी एक। इसके बाद सुझाव दिए थे कि कहो अब अपने किसी भाई से कि एक अपने चाचा-चाची के लिए भी पैदा कर दे, कि अनाथालय भरे पड़े हैं बच्चों से और लग जाओ तुम इसी काम में, कि कसम से मैं शिकायत नहीं करूँगी कि दिन-रात बाहर ही बाहर रहते हो और बस एक ही चिंता में रहते हो। मैं निराश और खिन्न हुआ था, पर हताश तब हुआ जब देखा कि वह बिष्टू पर नजर रखने लगी है और जैसे ही वह नंद चाचा के आसपास होता है, झट से अपने पास बुला लेती है।

सुबह मैं उत्तेजित जगा था और सीधे दद्दा के कमरे में पहुँचा था कि आज हो ही जाए तिया-पाँचा। उन्हें सुस्त पड़ा देखकर ठिठका था, कि इन्हें तो अब तक नहा कर तैयार हो जाना चाहिए था? पर उनकी सुस्ती से इत्मीनान से बात कर सकने की हिम्मत भी बँधी थी और मैंने पूछा था कि नंद चाचा का जन्मदिन मनाने का क्या तुक है, जबकि इससे न तो वे खुश हैं और न हम, कि अगर परम्परा ही निभाने की बात है तो आप उनसे यह क्यों नहीं कहते कि रोज की पूजा में ही जन्मदिन की पूजा भी निबटा लें। फिर मैंने यह कहा था कि ऐसा भी नहीं कि हमने परिवार की परम्पराओं में कोई तब्दीली न की हो, कि अगर आप चाहो तो मैं नाम गिना सकता हूँ एक-एक के। मैंने चिंता भी दिखलाई थी कि आप सुस्त पड़े हो और आपकी तबीयत ठीक नहीं लग रही, और ऐसे में नहाने और पूजा-पाठ की मेहनत करने से गड़बड़ हो सकती है, कि कुछ उल्टा-सीधा हो गया आपको तो और आफत।

दद्दा कुछ बोले नहीं थे ओर एकटक मेरी ओर सूनी निगाह से देखते रहे थे। मैं तैयार था कि वे अगर कुछ कहें तो उसका जवाब दूं। पर तभी नंद चाचा नहा-धोकर कमरे में घुसे, कि मैं तैयार हूँ। दद्दा उठ पड़े। मैं फिर क्या करता इस पर?

पूजा के लिए नंद चाचा कुशासन पर बैठे और उनकी दाहिनी ओर बड़ी चाची। उनके बाद की जगह खाली रही, कि अगर उन्हें कोई संतान होती तो वहाँ बैठती। चाचा ने इधर-उधर बिलकुल नहीं देखा और खाली निगाह से दद्दा की बाट देखते रहे। दद्दा के आते ही उन्होंने पवित्री

उँगली में डाली और दद्दा के 'आचम्य प्राणायाम कृत्वा' कहते ही आचमन प्राणायाम करने लगे। पत्नी अक्षत, पुष्प, हल्दी, कुँकुम, दही, दूध, घी आदि सोलह षोडशोपचार की सामग्री एक थाल में ले आई। दद्दा ने पूजा-मंत्र का पाठ कराया कि 'सुमुखश्चैक दंतश्चे कपिलो गजकर्णकः। लम्बोदरश्च विकटो, विघ्ननाशो गणाधिपः॥' आदि-आदि। नंद चाचा ही नहीं, हम सबको मंत्र पूरा याद है, पर चाचा ने इसे अपने आप नहीं कहा और दद्दा के कहे एक-एक चरण को दुहराते रहे, कि अनुयायी ही रहूँगा तुम्हारा ज्येष्ठभ्राता!

दद्दा ने संकल्प कराया कि 'देशकालौ सङ्कीर्त्य अस्य मम जन्मलग्नाव्दाद वर्षलग्नाद्ग्रहगोचराच्च उच्च-नीचस्थित-रवि-भौम' आदि-आदि। मैंने देखा कि चाचा के चेहरे पर एक निश्चय है, जो उम्र की रेखाओं को पछाड़ता है और साहस का सखा-संगी है और मुझे लगा कि जन्मदिन में भी एक सगुणता है और एक विजय है, कि समय के विरुद्ध विजय और चाचा के निश्चय में भी एक विजय दिखलाई दी थी मुझे, कि टिके रहने और परवाह न करने की जिद, कि अपनी हानि का सामना करने की जिंदादिली, और उसे प्रदर्शित करने और हमारी घबराहट को चुनौती देने की हिम्मत और मेरे मन से निकला था कि वाह चाचा!

पान के पत्ते एक कतार में रखकर देवताओं से उन पर विराजने का आवाहन किया गया, कि :

ॐ गणपतये नमः गणपतिमावाहयामि।
ॐ दुर्गाये नमः दुर्गामावाहयामि।
ॐ कुलदेवता भैरवाय नमः कुलदेवतामावाहयामि॥

भैरव का नाम आते ही चाची ने हाथ जोड़ दिए। इससे आगे प्रजापति, विष्णु आदि अनेक देवताओं का आवाहन हुआ। चाचा के अक्षत छोड़ते हाथों में कठोरता थी, कि आओ देव, तत्पर हूँ हर बार अर्पण के लिए।

अक्षत के अष्टदल बनाकर उन पर सुपारी से षष्टीदेवी, मार्कण्डेय, जमदग्नि का प्रतिष्ठापन हुआ और फिर से पंक्तिबद्ध पान बिछाकर सप्त-

चिरंजीवों का आवाहन हुआ और उसके बाद स्थान-देवता, वास्तु-देवता, क्षेत्रपाल आदि से लेकर अनन्त तक के आवाहन-प्रतिष्ठापन हुए, कि शेषाः देवताः सुप्रतिष्ठिता वरदा भवन्तु ।

आवाहन-प्रतिष्ठापन के बाद चाचा से मंत्र-जाप कराया गया :

> ॐ आवो देवास इमहे वामम्प्रत्ययध्वरे ।
> आवो देवास आशिषो यज्ञिया सो हवामहे ।।

चाचा ने यह मंत्र पचपन बार दुहराया। मैं उनके चेहरे पर टकटकी लगाए देखता रहा कि कहीं ऊब-खीज दिखलाई दे, कि क्या दरिद्री भाग्य है कि इस मंत्र का जाप बढ़ते-बढ़ते मेरे लिए पचपन बार का हो गया, जबकि दद्दा और दूसरे भाइयों और भतीजों तक के लिए यह आधी से कम संख्या पर ही टूट गया था। पर उनके चेहरे पर ग्लानि-द्वेष नहीं थे, ऊब खीज भी नहीं थी, बस वही निश्चय और कठोरता भी, कि कमाल है इस आदमी का !

मंत्र-जाप के बाद षोडशोपचार की पूजा हुई। षष्ठीदेवी को दही-भात तथा अन्य देवताओं को खीर का नैवेद्य अर्पण किया गया। नैवेद्य के बाद प्रार्थना हुई। दद्दा के शुरू करते ही चाची ने उनका साथ दिया। फिर हम लोग भी शामिल हुए :

> जय देवि ! जगन्मातर्जगदानन्दकारिणि !
> प्रसीद मम कल्याणि ! नमस्ते षष्ठिदेवते !
> आयुष्प्रद ! महाभाग ! सोमवंशसमुद्भव !
> महातपोनिधिश्रेष्ठ ! मार्कण्डेय ! नमोऽस्तुते।
> चिरंजीवो यथा त्वं भोः, भविष्यामि तथा मुदे।
> रूपवान् वित्तवानायुः श्रिया युक्तं च मां कुरू।

मैंने देखा कि चाचा की आँखों से आँसू निकलने को हैं और वे कठोरता से उन्हें रोकने की कोशिश कर रहे हैं। चाची ने भी इसे देखा था और उनके मुँह से श्लोकोच्चार में मिली-घुली हँसी भी निकली थी। मेरे ध्यान में आया था कि अगर आज चाची के बाद की खाली जगह पर उनकी

संतान बैठी होती तो 'मा कुरु' के स्थान पर 'शिशु कुरु' कहा जाता, कि हे मार्कंण्डेय ! तुम जैसे चिरंजीव हो, वैसा ही मेरा बालक होवे । कि मेरा शिशु सुंदर, धनवान, आयुष्मान, श्रीयुक्त होवे ।

वहाँ बैठने की मुझमें हिम्मत न रही और मैं उठ आया, कि इससे आगे तो मार्कण्डेय से यह प्रार्थना है कि मुझे आयुरारोग्य दो और कर्ता यदि पिता हो तो फिर कहा जाता है कि मेरे बालक को आयुरारोग्य दो । और इससे भी आगे तो मुनि शार्दुल, जमदग्नि, महाभाग से अपने पुत्र के लिए महोतेजोमयउज्ज्वल आयुरारोग्य सिद्धि का आशीर्वाद माँगने की बात है । यह सब अपने लिए माँगते हुए नंद चाचा का आंतरिक संघर्ष कितना तीव्र होता और इससे वे कितने टूट जाते, यह देखने-सहने की हिम्मत मुझमें नहीं बची थी, कि वे टूटते न टूटते, क्या पता मैं खुद ही टूट जाता ? और तब मुझे अपने दोस्त के पिता का ध्यान भी आया था, जो चौहत्तर की उम्र में भी वकालत करते हैं और अच्छी आमदनीवाला मेरा दोस्त हर महीने उनसे दो-चार सौ रुपए जरूर माँग लेता है, कि जिससे उन्हें लगता रहे कि बच्चों को अभी अपनी जरूरत है और उनमें काम करने और अच्छी तंदुरुस्ती रखने और लम्बा जीवन जीने की लालसा बनी रहे । और चाचा ने जरूर यह सवाल किया होगा कि आयुरारोग्य और महातेजोमयउज्ज्वल आयुरारोग्य सिद्धि की कामना किसके लिए ?

बाहर खड़े होकर मैंने प्रार्थना की कि हे षष्ठीदेवी ! ये चार-पाँच साल जल्दी-जल्दी निकाल दे और नंद चाचा का साठवाँ जन्मदिन ला दे, कि तब उनकी षष्टिपूर्ति होगी और वह बड़े उल्लास-आनंद से मनेगी, कि दद्दा की जो मनी थी, और पाँच संतानों के बावजूद दद्दा तो पूजा में अकेले ही बैठे थे, कि हमारी माँ बहुत पहले गुजर गई थी ।

पाजामे में आदमी

कपिल कुमार करीब एक महीने से बीमार है, शुरुआत में एक साधारण डॉक्टर और उसके बाद से एक विशेषज्ञ का इलाज चलने के बावजूद उसकी हालत में सुधार नहीं हो रहा है। वह चल-फिर नहीं सकता और मुश्किल से टट्टी-पेशाब के लिए अपना बिस्तर छोड़ पाता है।

असल में अभी तक डॉक्टर उसकी बीमारी ठीक से समझ नहीं पाए हैं। बीमारी न समझ पा सकने के लिए विशेषज्ञ-डॉक्टर कपिल को दोष देते हैं। उनका कहना है कि अपनी योग्यता और अनुभव के आधार पर वे बीमारी को समझने की पूरी कोशिशें करते हैं, पर केवल इतना ही काफी नहीं है। इसके लिए बीमारी का कोई प्रमाण होना निहायत जरूरी है, इस प्रकार के कोई प्रमाण कपिल की बीमारी बिल्कुल नहीं देती। उदाहरण के लिए वह शरीर में जगह-जगह दर्द होने की बात करता है, पर किसी प्रकार के दर्द से कराहता तक नहीं है। उसके भाव-शून्य चेहरे से किसी प्रकार की पीड़ा का आभास नहीं होता। उसके मित्रों ने विशेषज्ञ-डॉक्टर को बतलाया है कि शुरुआत के दिनों में वह दर्द से परेशान रहता था, पर इसके लिए विशेषज्ञ का तर्क है कि उस समय उन लोगों ने एक साधारण डॉक्टर का इलाज कराया था। बीमारी को पेचीदगियाँ समझना उस बेचारे के बूते के बाहर की बात थी। उसके चिकित्सा-काल में कपिल केवल दो दिन कराहा था और यह समय इतनी कठिन बीमारी को समझने के लिए बहुत कम था। डॉक्टर मानते हैं कि उनके पूछने पर कपिल अपनी तकलीफों का वर्णन करता है और उसकी अभिव्यक्ति की निर्विवाद योग्यता को देखते हुए कहा जा सकता है कि यह वर्णन तथ्यों के निकट होता होगा। लेकिन बीमारी के कारण उसकी अभिव्यक्ति की क्षमता

घटी नहीं है, यह बात भी दावे के साथ नहीं कही जा सकती, विशेषकर यह देखते हुए कि तकलीफों के भाव उसके चेहरे पर नहीं उभर पाते। और फिर तकलीफों को महसूस करने की उसकी क्षमता भी कम हो रही है। उदाहरणस्वरूप वे बतलाते हैं कि अब कपिल दर्द होने की जगह उतनी परिशुद्धता से नहीं बतला पाता, जितनी वह पहले बतलाता था। इन सबके बावजूद यदि यह मान भी लिया जाए कि वह अपनी तकलीफों का बिल्कुल सही वर्णन करता है, तो भी तकलीफों का वर्णन सुनने के बजाय एक अनुभवी डॉक्टर द्वारा उसका प्रभाव मरीज के शरीर पर देखा जाना, बीमारी समझने की दिशा में गुणात्मक परिवर्तन ला देता है।

डॉक्टर का विश्वास है कि कपिल के असहयोग के बावजूद वे जल्दी ही बीमारी समझने में कामयाब हो जाएँगे, जिसके बाद उसका इलाज एक आसान काम होगा। हो सकता है कि इसके लिए उन्हें कुछ ऐसी दवाइयाँ भी देनी पड़ें, जिनसे बीमारी बढ़े और तकलीफों का प्रभाव शरीर पर उभरे। डॉक्टर अक्सर जताते हैं कि कपिल के साहित्यकार होने के कारण ही वे उसकी बीमारी में इतनी दिलचस्पी ले रहे हैं, जो उनके जैसे व्यस्त डॉक्टर से अपेक्षित नहीं है।

अपनी बीमारी के बारे में कपिल कुमार की बिल्कुल अलग समझ है। उसका कहना है कि जीवन में कई बार उसे कई प्रकार की बीमारियाँ हुई हैं। ये बीमारियाँ पूरी तरह से कभी ठीक नहीं हुई थीं और उनके अंश उसके शरीर में छूट गए थे। अब इन अंशों ने मिलकर एक गम्भीर बीमारी का रूप ले लिया है। उसकी पिछली बीमारियों के स्वरूप कुछ इस प्रकार के हैं कि एक का इलाज दूसरी को बढ़ाता है। यही कारण है कि कोई भी इलाज कारगर साबित नहीं हो पा रहा है। इलाज की निरर्थकता की समझ के कारण ही डॉक्टर के प्रति उसका व्यवहार उपेक्षापूर्ण हो गया है।

बीमारी की शुरुआत में उसके कुछ मित्र इसे साहित्य-प्रेमियों की सहानुभूति प्राप्त करने का स्टंट समझते थे, लेकिन जैसे-जैसे बीमारी बढ़ती गई—और विशेषकर विशेषज्ञ-डॉक्टर का इलाज चालू होने के समय से—ये लोग भी उसकी चिंता करने लगे हैं। उसके मित्र तकरीबन हर रोज

आकर उसकी देखभाल तथा मनबहलाव करते हैं। ये लोग साहित्यिक चर्चाएँ तो करते ही हैं, पर समय की कमी न होने के कारण राजनीतिक, सामाजिक, व्यक्तिगत आदि सभी प्रकार के विषयों पर बातचीत करते हैं। कुछ मित्र अधिकतर उसके कमरे में ही रहते हैं तथा चर्चाओं में भाग लेने के अलावा हँसी-मजाक, गाली-गलौज भी करते हैं, ताश खेलते हैं तथा कभी-कभी शराब भी पीते हैं। उसके दूसरे मित्रों को उनका यह व्यवहार, कपिल के बीमार होने को परिस्थिति में, असंगत और कुछ हद तक अमानवीय लगता है। लेकिन पहले प्रकार के मित्रों का अपने पक्ष में तर्क है कि उनका मस्त व्यवहार देखकर कपिल में जीने की लालसा जागेगी और इससे बीमारी से ठीक होने के लिए उसका मनोबल बढ़ेगा। पर यदि उनके व्यवहार से कपिल खिन्न होता है तो इसमें भी फायदा ही है, क्योंकि वर्तमान असहाय स्थिति में यह खिन्नता मायूसी और दुख-दर्द की भावनाएँ विकसित करेगी, जिससे उसके आसपास विशेषज्ञ-डॉक्टर द्वारा अपेक्षित बीमारी का वातावरण बन सकेगा।

मित्रों के प्रति कपिल का दृष्टिकोण तटस्थ है, पर कभी-कभी यह तटस्थता उपेक्षा की सीमा तक चली जाती है और उसे वे वातावरण का ही एक हिस्सा लगते हैं—बिल्कुल दवा की शीशियों की तरह।

एक शाम साहित्यिक चर्चा के दौरान एक मित्र से अपनी कविताओं की तारीफ सुनने पर कपिल की इच्छा हुई कि वह इन कविताओं के प्रतीकों के भौतिक स्वरूपों को देखे। प्रतीक ही उसे अपनी कविता के मुख्य तत्त्व लगते हैं। अपने किसी मित्र से कही यह बात कि कवि की जगह प्रतीक-कार जैसा कोई सम्बोधन उसके लिए अधिक उपयुक्त है, उसे याद आ गई। उसने सोचा कि कविताओं में प्रतीकों का उपयोग उसने उनके भौतिक स्वरूप देखने एवं महसूस करने के कारण किया है। ये भौतिक स्वरूप उसकी आँखों के सामने आकर कविताओं के सृजन की प्रक्रिया को जीवित कर देंगे। एक-एक प्रतीक के लिए रात-रात-भर जागकर किए चिंतन पर उसका ध्यान गया। उसे लगा कि ये प्रतीक ही उसकी जीवन-भर की कमाई हैं, इसलिए भी इस समय उन्हें संग्रह करना चाहिए। उसने

मित्रों को अपनी इच्छा बताई और इसी सिलसिले में यह भी कहा कि वे इसे उसकी अंतिम इच्छा मानकर पूरी करें। वे सब इसके लिए सहमत हो गए। केवल एक मित्र ने आपत्ति उठाई थी कि कुछ अभौतिक प्रतीकों, जैसे टूटा हुआ स्वप्न, को संग्रहीत नहीं किया जा सकता। लेकिन कपिल के यह बतलाने पर कि ऐसे प्रतीक उसकी कविताओं में बहुत कम हैं और उन्हें देखने का कोई रास्ता वह बाद में निकाल लेगा, वह मित्र भी सहमत हो गया था।

मित्रों ने कपिल को उसकी कविताओं की डायरी लाकर दे दी तथा उनमें से सबसे अच्छी कविताएँ छाँटने के लिए उससे कहा। कविताएँ छँट जाने के बाद दो मित्रों ने उनमें से प्रतीक ढूँढ़कर एक कागज पर लिख लिये। फिर इन प्रतीकों में से उपलब्ध हो सकनेवाले प्रतीक अलग किए गए। कुछ अचल प्रतीकों जैसे आसमान का टुकड़ा, देवदार का पेड़, कुतुब-मीनार, बाढ़ की नदी आदि के बारे में तय किया गया कि या तो इनके बने-बनाए चित्र लाए जाएँ या फिर किसी चित्रकार से इनके चित्र बनाने का अनुरोध किया जाए। लाए जा सकनेवाले प्रतीकों के मिलने के स्थान, लाने की क्षमता आदि के बारे में विचार-विमर्श हुआ और एक-एक, दो-दो आदमियों को उन्हें लाने की जिम्मेदारी सौंप दी गई। वे लोग अपने-अपने हिस्से के प्रतीक लाने निकल पड़े।

कपिल के कमरे में प्रतीक जमा होने लगे। प्रत्येक प्रतीक के आ जाने पर वह उसे सब ओर से देखता, बारीकी से उसका अध्ययन करता और फिर सम्बन्धित कविता में उसका संदर्भ निकालता। यदि प्रतीक कविता में अपेक्षित आकार-प्रकार का न होता तो वह उपयुक्त आकार-प्रकार का प्रतीक लाने का अनुरोध करता। जैसे-जैसे प्रतीक आते जा रहे थे, उसका आत्मीय संतोष भी बढ़ रहा था। उसके पलंग के पास रखी मेज पर से दवा की शीशियाँ हटाकर छोटे आकार के प्रतीक जैसे 3′ × 3′ का चौकोर हरे काँच का टुकड़ा, पेपरवेट, बुद्ध का केलेंडर, पीपल के तीन हरे पत्ते आदि उस पर जमाए जा रहे थे। कुछ बड़े प्रतीक, जैसे—लम्बा बाँस टीन ड्रम आदि दीवार से सटाकर रखे जा रहे थे।

'लाल काँच की चूड़ियाँ' से सम्बन्धित कविता में संदर्भ निकालते

समय चूड़ियाँ खनकाती लड़की की कलाई कपिल की आँखों के सामने आ गई। बाँह, कंधे, उरोज और चेहरे से होती हुई उसकी दृष्टि लड़की के पूरे शरीर पर पड़ने लगी। फिर इस लड़की का चेहरा एक के बाद एक उसकी जान-पहचान की लड़कियों के चेहरों में बदलता गया। उसे लगा कि न सिर्फ 'लाल काँच की चूड़ियों' का बल्कि प्रत्येक प्रतीक का यहाँ तक कि 'बाँस' और 'टीन के ड्रम' तक का सम्बन्ध इस लड़की से जोड़ा जा सकता है।

यह सोचकर कि अभी तक एक भी लड़की से उसकी घनिष्ठता नहीं हो पाई है, वह उदास हो गया। सम्पर्क में आई लड़कियों पर उसका ध्यान गया। वह सोचने लगा कि यद्यपि कई लड़कियाँ उसके सम्पर्क में आई थीं, पर किसी से भी उसका सम्बन्ध एक सीमा से आगे नहीं बढ़ सका। चकित होकर वह लड़कियों से सम्पर्क बढ़ाने के लिए खुद के अपनाए तरीकों के बारे में सोचता रहा। उसे लगा कि यह समझ बैठना कि ये सभी तरीके बेकार निकले, ठीक नहीं है, बल्कि तथ्य तो यह है कि एक हद तक ये सभी तरीके सफल हुए थे, क्योंकि इन्हीं तरीकों के कारण कई लड़कियाँ उसके सम्पर्क में आ सकी थीं। हाँ, यह जरूर है कि इनमें से एक भी तरीका किसी लड़की से घनिष्ठ सम्बन्ध बनाने में सहायक नहीं हो सका था। गहराई से सोचने पर उसने पाया कि इस असफलता के लिए तरीकों को त्रुटिपूर्ण समझने के बजाए लड़कियों की अविकसित मानसिकता तथा सांस्कृतिक रूढ़िवादिता को जिम्मेदार ठहराना अधिक उपयुक्त होगा।

यह याद आने पर कि अभी तक उसका किसी लड़की से ढंग का परिचय तक न हो सका है, वह विचलित हो गया। रह-रहकर उसे इस बात का एहसास होता रहा कि बत्तीस साल की उम्र उसने बेकार ही गुजार दी। उसकी ध्यान अपनी बीमार हालत पर गया और इस विचार ने कि वह एक आम सांसारिक सुख के बिना ही मर जाएगा, उसे आतंकित कर दिया। वह हड़बड़ाकर उठ बैठा और लगभग चिल्लाकर बोला, मुझे एक लड़की दिखाइए। उसके दोस्त घबराकर उसके पास आ गए तथा उसे किसी भयंकर स्वप्न से ग्रसित समझकर लिटाने का प्रयत्न करने

लगे। उसने लेटने का विरोध करते हुए उन्हें अपनी स्थिति से अवगत कराया तथा मरने के पहले कम-से-कम एक बार स्त्री को देखने की इच्छा व्यक्त की। दोस्तों ने उसे बहुत समझाया और आश्वासन दिया कि स्वस्थ होने पर वे उसके सामने यह प्रतीक भी ला देंगे। उन्होंने उसे डॉक्टर के इस दावे की कि वे जल्दी ही उसकी बीमारी समझने में कामयाब हो जाएँगे, जिसके बाद उसे ठीक करना चुटकियों का काम होगा, याद दिलाई। उन्होंने आग्रह किया कि मरने की बात वह अपने दिमाग से पूर्णतः निकाल दे। कपिल ने बताया कि डॉक्टर पर उसका बिल्कुल विश्वास नहीं है और जहाँ तक मरने का प्रश्न है, इसका उसे पूर्वाभास हो गया है।

अंतिम हथियार के बतौर मित्रों ने कपिल को उसकी साहित्यिक उपलब्धियों का ध्यान दिलाते हुए सुझाव दिया कि यदि वह सचमुच मरणासन्न है, तो ऐसे समय उसे केवल अपनी उपलब्धियों का जायजा लेना चाहिए। उन्होंने सूचित किया कि प्रतीक इकट्ठे करने का काम अभी अधूरा है और अन्य कोई बात सोचने के पहले वे इसे पूरा करना चाहेंगे। कपिल ने माना कि उपलब्धियों का जायजा लेना बहुत महत्त्वपूर्ण है और इसीलिए अपने अंतिम क्षण प्रतीकों के सान्निध्य में गुजारने का उसने निश्चय किया था। पर अब उसे लग रहा है कि एक बद से बदतर आदमी जिसे प्राप्त कर लेता है, उसे जाने बिना उसकी उपलब्धियाँ खोखली हैं। आखिर उसकी जिद से तंग आकर दोस्त लोग लड़की लाने के लिए सहमत हो गए तथा जल्दी काम निबटाने के उद्देश्य से अलग-अलग जगहों को निकल पड़े।

दोस्तों के निकल जाने के बाद बीमारी के बावजूद कपिल फुर्ती से उठा। फारिग होकर उसने मुँह-हाथ धोए, बिस्तर ठीक किया और कपड़े बदलकर लड़की की प्रतीक्षा करने लगा।

बस के सफर में

प्रोफेसर बोस बहस को बार-बार लम्बा खींच रहे थे और जैसे-जैसे गाड़ी का टाइम होता जा रहा था, मेरी बेचैनी बढ़ती जा रही थी। यह सोच-कर कि गाड़ी के टाइम तक मीटिंग आराम से निपट जाएगी, मैंने आज ही निकल पड़ने का फैसला किया था। लेकिन बोस साहब मेरे इरादे पर पानी फेरने पर आमादा थे। दो-चार बार मैंने उनसे मीटिंग लम्बी न खींचने की विनती भी की, लेकिन थोडी देर तक तत्परता दिखाने के बाद वे फिर अपनी हरकत पर आ जाते थे। गाड़ी के टाइम तक मीटिंग चलती रही और हताश होकर कुढ़ते रहने के सिवाय मैं कुछ भी नहीं कर सका। मीटिंग में मेरी दिलचस्पी बहुत पहले से खत्म हो चुकी थी।

के० पी० से जब मैंने बोस साहब की बहसबाजी की शिकायत की तो पहले तो वह जोर-जोर से हँसता रहा था, फिर उसने बतलाया था कि लखनऊ में 'पीने' की दिक्कत होने की वजह से बोस साहब सागर में जम कर पीने का प्रोग्राम बनाकर आए हैं। सुबह मेरे बारे में पूछताछ करते वक्त उन्हें जब मालूम पड़ा कि मैं मीटिंग के बाद ही निकलनेवाला हूँ तो उन्होंने मुझे रोकने का तय कर लिया था। इसके लिए ही उन्होंने मीटिंग में बहसबाजी का हथकंडा अपनाया था। वो मुझे बख्श सकते थे, पर उनके हिसाब से दो आदमी ज्यादा देर तक पीने के लिए उत्साहजनक वातावरण बनाकर नहीं रख सकते थे और इसलिए मुझ तीसरे को रोक रखना जरूरी हो गया था। कोई अपना फैसला मुझ पर लाद दे, यह बात मुझे बिल्कुल गवारा नहीं और इसीलिए पीने की बात में आकर्षण होने के बावजूद, मैंने बोस साहब की जबरदस्ती को अपने आत्मसम्मान के लिए एक चुनौती के रूप में लिया। मैंने सोच लिया कि हर हालत में

सागर से या यूनिवर्सिटी से तो निकल ही जाना है, और निकलने के तरीकों पर गौर करने लगा। मुझे सूझा कि अगर झाँसी तक जाने के लिए कोई बस मिल जाए तो वहाँ से दिल्ली के लिए गाड़ी पकड़ी जा सकती है। मैंने के० पी० से इस बारे में पूछा तो उसने 'मजा आएगा, बहुत दिन हो गए हम लोग साथ नहीं बैठे,' आदि कहकर मुझे फुसलाने की कोशिश की, पर मैं जाने की बात पर अड़ा रहा। मेरी जिद देखकर उसने सुझाया था कि आधे घंटे बाद निकलनेवाली ललितपुर की बस अगर मैं पकड़ लूँ तो वह मुझे ललितपुर पर दक्षिण से मिला देगी। मैंने झटपट अपना सामान समेटा और के० पी० के साथ उसके स्कूटर पर बसस्टैंड के लिए निकल पड़ा।

सागर यूनिवर्सिटी पहाड़ियों पर है। तेज ढलान पर उतरते हुए मुझे डर लग रहा था, यद्यपि मैं स्कूटर पर पीछे बैठा था। इतनी ढलान पर स्कूटर चलाने के लिए मैंने के० पी० की तारीफ की। पर अपनी तारीफ पर फूल जाने की बजाय उसने स्वीकार किया कि शुरुआत में उसे भी डर लगा था—लेकिन अब आदत हो गई है। फिर अपनी आदत के मुताबिक उसने एक जुमला जड़ दिया—आदत और हिम्मत एक ही सिक्के के दो पहलू हैं।

यह अक्सर होता है कि मैं जो सोचता हूँ, बात उसके बिल्कुल उल्टी होती है। मैंने सोचा था कि बस खचाखच भरी होगी और मुझे टिकट मिल भी गया तो जगह खड़े होने की ही मिल पाएगी। पर बस आधी खाली थी। अधिकतर सवारियाँ देहाती थीं तथा अगली सीटें छोड़कर बैठी थीं। मैं आगे की तीन सीटोंवाली एक बर्थ पर, जो बिल्कुल खाली थी, बैठ गया। के० पी० सुबह से मेरे या बोस साहब के साथ लगा हुआ था और आगे उसे बोस साहब को अटेंड करना ही था, इसलिए मैंने उससे जाने के लिए कहा। थोड़ी आनाकानी के बाद वह चला गया था।

के० पी० के जाने के बाद मैंने इधर-उधर निगाह दौड़ाई। इक्का-दुक्का आदमी बस पर चढ़ रहा था। कंडक्टर चाय की दुकान के सामने बैठा गप्पें लड़ा रहा था। खोमचेवाले केले-मूँगफली बेच रहे थे। बस में आकर वे एक-एक सवारी से पूछ रहे थे, सिवाय मेरे। एकाएक अपनी

खिड़की पर मुझे सूखी कै के निशान दिखलाई दिए और एक झटके के साथ मैं पीछे हटा। सीट बदलने के लिए मैंने इधर-उधर देखा। खिड़की वाली कोई सीट खाली नहीं बची थी। किसी की बगल में जाकर बैठने के बजाय खिड़की से थोड़ा खिसककर बैठना अच्छा था। पर कुछ देर बाद अपने से पिछली सीट पर भी मुझे वैसे ही निशान दिखलाई दिए। थोड़ा गौर से देखने पर मैंने जान लिया कि निशान कै के न होकर तंबाकू की पीक के हैं। तभी के० पी० का एक और जुमला मुझे याद आया—सागर की पहचान, पान-तंबाकू की दुकान। मुझे हँसी आ गई।

मेरा दूसरा अंदाज, कि पहुँचते ही बस चल देगी, भी गलत निकला। कंडक्टर उठने का नाम ही नहीं ले रहा था। मुझे समय की विशेष चिंता नहीं थी, क्योंकि बस के ललितपुर पहुँचने का टाइम गाड़ी छूटने के डेढ़ घंटे पहले का था, पर बोरियत होने लगी थी। सौभाग्य से वह भी ज्यादा देर तक नहीं रही। दरवाजे पर चढ़ते-चढ़ते दो आदमियों ने आपस में कुछ तय किया और उनमें से एक कंडक्टर की सीट पर बैठ गया। दूसरा अपने झोले के साथ आगे जाकर सवारियों की ओर मुँह किए खड़ा हो गया। इस पर से यह अंदाज लगाना आसान काम था कि वह कुछ बेचने वाला है। झोले को देखकर कुछ-कुछ यह अंदाज भी लगाया जा सकता था कि वह किताबें बेचनेवाला है। पर कोई किताब दिख नहीं रही थी और इस अंदाज के गलत निकलने की भी काफी सम्भावना थी। उस आदमी ने पहले देवर-भाभी, ननद-भौजाई और औरत-मर्द के कुछ चालू किस्म के चुटकले सुनाए। फिर झोले में से एक किताब निकालकर दिखलाते हुए बोला, "ये सब चुटकुले आपको इस किताब में मिलेंगे, और भी रसीले हँसानेवाले चुटकुले इस किताब के अंदर हैं। पूरे सौ चुटकुले। और इसके अंदर हैं, घरेलू दवाइयों के नुस्खे। कान में दरद हो अरंडी का तेल डालो, दर्द गायब ! नक्सीर फूटी हो, प्याज का रस पिलाओ दो बूँद नाक में डालो, खून एकदम बंद ! और इस किताब के अंदर हैं फिल्मी गाने ! पाकीजा, एक मुसाफिर एक हसीना, मुकद्दर का सिकंदर और कई हिट फिल्मों के गीत आपको इस किताब के अंदर मिलेंगे। कीमत सवा रुपया ! जी हाँ, सिर्फ सवा रुपया !" मैंने मन ही मन मजा लेते हुए, 'सवा रुप्या

एक ! सवा रुपया दो ! सवा रुपया तीन !' कहा और अंदाज लगाया कि ज्यादा से ज्यादा दो-तीन किताबें वह बेच पाएगा । लेकिन इस बार फिर मेरा अंदाज गलत निकला । उसने दस से ज्यादा किताबें बेची थीं और खरीददारों में कई मध्यम वर्ग के लोग भी थे।

दूसरा आदमी पहले की बिक्री खत्म होने के बाद खड़ा हुआ । वह सुरमा बेचनेवाला निकला । इस तरह सुरमा बेचनेवाले अक्सर बसों में मिल जाते हैं । अतः उसमें मेरी कोई दिलचस्पी नहीं थी । उसके भाषण के दौरान ही कंडक्टर आ गया । और उससे जल्दी-जल्दी निबटाने का बोला । पर वह अपने हिसाब से बेचता रहा । सुरमे की तीन शीशियाँ बिकी होंगी ।

बस स्टार्ट होते ही एक देहाती हड़बड़ाता हुआ चढ़ा और मेरे बगल की सीट पर बैठने लगा । कंडक्टर ने डाँटकर उसे पीछे बैठने के लिए कहा । वह बिना आनाकानी किए पीछे जाकर बैठ गया । कंडक्टर पर यह मेरे सूट का असर था । के० पी० के मना करने के बावजूद मैं सूट पहनकर निकला था । कंडक्टर की समझदारी ने अपनी बुद्धिमानी पर मेरा भरोसा बढ़ा दिया ।

बस ने जल्दी ही स्पीड पकड़ ली थी । मुझे इस बात का संतोष हुआ कि पीने का प्रलोभन होने के बावजूद मैंने निकल पड़ने की दृढ़ता दिखलाई, और इस तरह से अपनी स्वतंत्रता को प्रमाणित किया । कंडक्टर ने देहाती को अपने पास न बैठने देकर मुझे विशिष्टता प्रदान कर ही दी थी । इस सबकी वजह से मन बिल्कुल तरंगित था । मैं खुशी-खुशी खिड़की के बाहर का पठारी इलाका देखने लगा था ।

तीन-एक जगहों पर इक्का-दुक्का सवारियाँ उतारने के लिए थोड़ा-थोड़ा रुकने के बाद, करीब घंटे-भर से एक कस्बे के स्टाप पर बस रुकी, तो कंडक्टर मुझसे बोला था, "चाय पीनी हो तो यहीं पर पी लो सा'ब ! ललितपुर तक इससे अच्छी चाय नहीं मिलेगी फिर ।" मेरी चाय पीने की इच्छा हो रही थी, पर नीचे उतरने से कंडक्टर पर पड़े रुआब में कमी होने की सम्भावना थी और इसलिए मैं उठते-उठते बैठ गया । कंडक्टर पर इसका अपेक्षित असर हुआ । वह "आप बैठे रहिए, मैं भेजता हूँ चाय"

बोला और नीचे उतर गया। चाय की दुकान पर जाकर वह चिल्लाया; "एक चाय सा'ब को बस में, चीनी कम।" चीनी कमवाली बात कन्फर्म करने के लिए वह थोड़ी देर बाद मेरी खिड़की पर आया और मेरी सहमति मिलने पर खुशी-खुशी बोला, "अपने को मालूम है जेंटलमेन लोगों को कम चीनी लगती है।" मुझे हँसी आ गई।

बस को रुके बीस मिनट के ऊपर हो गए थे। कंडक्टर जब मेरे पास से गुजरा तो मैंने उससे चलने के लिए कहा। उसने सीटी बजा दी और ड्राइवर को आवाज देकर बस में बैठ गया। कुछ देर बाद उसके दूसरी बार सीटी बजाने पर ड्राइवर ने आकर बस स्टार्ट कर दी। बस के स्पीड पकड़ लेने पर मुझे विचार आया कि बस रुकवाने को कहकर कंडक्टर पर पड़े रूतबे की गहराई को नापा जाए, लेकिन यह सोचकर कि अपने हुक्म को इस तरह से बरबाद करना ठीक नहीं, मैं चुप रहा।

बस चलने पर बिल्कुल पीछे बैठे देहातियों ने सामूहिक गान चालू कर दिया था। लोकगीतों से चालू होकर वे फिल्मी गीतों तक आ गए। उनके फिल्मी गीत गाने लगने पर मैंने अपने ब्रीफकेस में से रीडर्स डायजेस्ट निकाल लिया। मुझे ताज्जुब हुआ कि पढ़ने की बात मेरे दिमाग में अब तक क्यों नहीं आई। कुछ देर बाद यह विचार आने पर कि अंग्रेजी किताब पढ़ते देखकर कंडक्टर और ज्यादा रूतबा खा जाएगा, मैं डायजेस्ट थोड़ा ऊँचा उठाकर पढ़ने लगा।

पाँचवें स्टाप पर बस रुकी तो भीड़ का एक रेला अंदर घुस आया। पूरी बस भर गई। मेरी बगल की सीटों पर भी सवारियाँ बैठ गईं। मुझे यह एहसास था कि इतनी भीड़ में कंडक्टर उन्हें मेरी बगल में बैठने से रोक नहीं सकता था, पर केवल यह जानने के लिए कि उनके बैठने का उस पर क्या असर हुआ, मैंने पीछे मुड़कर देखा। वह अपनी सीट पर था ही नहीं। निराश होकर मैं सवारियों को देखने लगा। लोग देहाती, पर सजे-सँवरे थे, जैसे किसी बारात में जा रहे हों। मुझे यह सोचकर हँसी आई कि सूट पहने देखकर बाहर का आदमी मुझे दूल्हा समझ सकता है। यद्यपि मेरी उम्र ज्यादा है, पर दूल्हा तो किसी भी उम्र का हो सकता है। कुछ देर बाद मुझे खयाल आया कि अगर ये बारात है तो इसमें दूल्हा

भी होना चाहिए। दूल्हे की खोज में मैंने इधर-उधर निगाह दौड़ाई। वह मेरे पीछे की सीट पर सूट पहने दो लड़कों के साथ बैठा था, जो उसके दोस्त ही होंगे, क्योंकि वह उनसे खुलकर बात कर रहा था। हालाँकि अपने दूल्हे समझे जाने की बात मैंने बहुत ही हल्के-फुल्के ढंग से सोची थी फिर भी दूल्हे को ठीक अपने पीछे बैठा देखकर एक राहत महसूस की कि अब कोई मुझे दूल्हा समझने की गलती नहीं करेगा।

जब बस को रुके काफी देर हो गई तो मुझे टाइम से ललितपुर पहुँचने की चिंता होने लगी। मैंने खिड़की से बाहर झाँककर कंडक्टर को इधर-उधर ढूँढ़ा। बाहर अँधेरा था, पर वह दुकानों की लाइट में भी कहीं नहीं दिखा। बाहर जाने के इरादे से मैं उठा और दरवाजे पर खड़े-खड़े ही उधर की दुकानों पर निगाह दौड़ाई। वह जब उधर भी नहीं दिखा तो दरवाजे के पास बैठे एक नौजवान से उसके बारे में पूछा। वह 'पता नहीं' कहकर अपने साथी से बातचीत में मशगूल हो गया। मुझे कुछ देर तक वैसे ही खड़ा देखकर साथी बोला, "आ जाएगा, बैठो आप तो।" उसके यह कहने के पहले तक, नीचे उतरने का मेरा कोई इरादा नहीं था, पर उसके कहने पर बैठना मुझे अटपटा लगा। मैं नीचे उतरकर थोड़ी देर इधर-उधर टहलता रहा और फिर कुढ़ता-कलपता अपनी सीट पर आकर बैठ गया।

दक्षिण के बाद की गाड़ियों का ललितपुर का टाइम मुझे मालूम नहीं था पर इतना निश्चित था कि उसके बाद काफी देर तक दूसरी गाड़ी नहीं होगी, क्योंकि अगर होती तो के० पी० उसका जिक्र जरूर करता। सुबह तक ललितपुर पड़े रहने का अंदेशा बार-बार मुझे परेशान कर रहा था।

"कहाँ चले गए थे? वो बाबूजी पूछ रहे थे।" दरवाजे वाले नौजवान ने कंडक्टर के आते ही उससे पूछा।

"जाते कहाँ? पटेल सा'ब के पास खड़े थे," कंडक्टर ने उसे जवाब दिया और फिर मुझसे आकर बोला, "कोई काम था सा'ब?"

मैंने कठोरता के कहा, "घंटा-भर हो गया बस रुके। चलते क्यों नहीं?" वह "अभी चलते हैं।" कहकर दरवाजे की ओर मुड़ा। मेरा

गुस्सा बेकाबू हो गया । मैं उस पर बरस पड़ा, "क्या मजाक है ये ? घंटा-भर खड़ा रहने के बाद भी अभी चलते हैं, अभी चलते हैं । बस क्या तुम्हारे घर की है, जो जब जितनी जी में आई, रोक ली ? तुम लोग समझते क्या हो अपने आप को ?"

"तो मुझ पर क्यों भड़क रहे हो सा'ब ? क्या मैंने रोक रखी है बस ? जाकर कहो पटेल सा'ब से जिनने रोकी है ।" वह ताव में बोला था । मेरे हिसाब से यह गैरजिम्मेदारी की हद थी । उससे बोला, "कमाल करते हो तुम तो । बस चलाने की जिम्मेदारी किसकी है ? तुम्हारी या पटेल सा'ब की ।"

"कुछ नहीं होती जिम्मेदारी सा'ब ?" कहकर वह फिर दरवाजे की ओर मुड़ा । यह सरासर मेरी उपेक्षा थी । मैंने उसे रोका और धमकी दी, "मैं किसी पटेल-वटेल को नहीं जानता, समझे ! सीधे-सीधे बस चलाओ । वर्ना खैरियत नहीं तुम्हारी !"

"ऐ बाबू, ठीक बोल, नहीं तो अबी फिर हाँ ।" पीछे से किसी ने मुझे टोका । कौन है, यह जानने के लिए मैं मुड़ा तो एक अधेड़ को अपनी ओर घूरते पाया । उसकी नाराजगी मेरी समझ में बिलकुल नहीं आई, इसलिए पूछा, "मतलब ?" वह झपटता-सा बोला, "मतलब गया गधइया की गाँड में । अब की बोल पटेल-वटेल, फिर निकालता हूँ तेरी कलक्टरी ।" मैं सकपका गया । यद्यपि उसके पास के लोगों ने उसे दबाकर बैठा लिया था, पर बात बढ़ जाने पर उस गँवार का कुछ भी कर सकने का अंदेशा था । बुद्धिमानी चुप रहने में ही थी, पर अपनी पोजीशन भी बचानी थी । इसीलिए 'ठीक है, ठीक है' पुटपुटाया और लगभग अपील करता हुआ कंडक्टर से बोला, "ट्रेन छूट जाएगी हमारी, तुम्हारा कुछ नहीं बिगड़ेगा सारी रात पड़ा रहना पड़ेगा ललितपुर । कुछ तो खयाल कर लिया करो दूसरी सवारियों का ।" यह तय कर पाना मेरे लिए मुश्किल था कि कंडक्टर पर मेरी बात का कैसा असर रहा, क्योंकि कुछ देर तक वह पीछे की ओर जाकर सवारियाँ एडजस्ट करता रहा । पर उसके बाद 'पहुँचाता हूँ आपकी बात पटेल सा'ब तक' कहकर नीचे उतर गया ।

मेरे रुआब की पूरी हवा निकल चुकी थी । सूट में गर्मी लगने लगी

और यह भी लगा कि उस पर काफी धूल जमा हो गई है। इच्छा भी हुई कि कोट उतारकर रख दूं, पर यह सोचकर नहीं उतारा कि इससे देहातियों को मुझ पर हँसने का एक और मौका मिलेगा। अब तक पटेल के बारे में जानने की मैंने कोई फिक्र नहीं की थी, पर अब उसे अपने से ज्यादा ताकतवर पाकर उसके बारे में जानने का मन हुआ। अपमानित होने से, पास की सवारियों से दूरी बनाए रखने में भी कोई अर्थ नहीं था। पास बैठे देहाती से मैंने पटेल के बारे में बातचीत चालू कर दी। उसने जो कुछ बतलाया, उसके अनुसार गाँव में पटेल का बड़ा दबदबा है। किसी ठाकुर जगमोहन सिंह की बारात पास ही के एक कस्बे में जा रही है। गाँव की बारात में पटेल ने न जाए, यह कैसे हो सकता है। पटेल ने खूब पी रखी है और इस बात पर अड़ा हुआ है कि बारात में नाच-गाने का इंतजाम होना चाहिए। इतनी जल्दी नाचनेवाली का इंतजाम होना मुश्किल है। ठाकुर पटेल को समझाते-समझाते कहीं यह कह गया कि बस छूट जाएगी और सारी बारात यहीं रह जाएगी। पटेल को यह बात अपनी शान के खिलाफ लगी कि कोई उसे बस के चले जाने की धमकी दे। उसने कंडक्टर को बुलवाया और ताकीद कर दी कि जब तक वह न कहे, बस आगे न बढ़े। लोग पटेल को मनाने में लगे हैं और बस उसके बैठने के इंतजार में खड़ी है। पटेल जमींदारों की सत्ता के सामने शासन तंत्र के बौने होने की बात मेरे सामने बिलकुल साफ हो गई।

आखिर पटेल आ गया। पटेल के बस में चढ़ते ही ड्राइवर अपनी सीट पर लपककर बैठ गया और बिना कंडक्टर की सीटी का इंतजार किए उसने बस चला दी। मैंने अनुमान लगाया कि ड्राइवर को पटेल का दिमाग पलट जाने का अंदेशा रहा होगा और इसीलिए वह जल्द-से-जल्द बस कस्बे के बाहर ले जाना चाहता होगा। पर कंडक्टर को बिना उसने सीटी दिए बस का चल पड़ना अखरा होगा, क्योंकि थोड़ी देर बाद उसने बस चलाने की सीटी बजाई, जबकि बस पहले से ही चल रही थी।

पटेल को मुझसे दूसरी ओर की अगली सीट पर बिठलाया गया। उसके आगे आने पर उस सीट पर बैठे देहाती खड़े हो गए। पटेल ने किसी मलखान सिंह को अपने पास बैठने के लिए बुलाया और उसके आने पर

गालियाँ देता हुआ उसे कुछ समझाता रहा। मैंने घड़ी देखी। दक्षिण के टाइम में मुश्किल से सवा घंटा बचा था। मेरे हिसाब से बस के ललितपुर पहुँचने में इतना ही टाइम लगता, तत्काल रास्ते में बिना ज्यादा रुके चलने पर। बगल के देहाती से मैंने बस के पहुँचने में लगनेवाला सही टाइम जानना चाहा, पर वह निश्चित कुछ भी नहीं बता सका। हाँ, उसने यह जरूर बता दिया कि बस आगे कहाँ-कहाँ रुकेगी। उसके चौथी जगह का नाम लेते ही मैंने दक्षिण पकड़ने की उम्मीद छोड़ दी थी। खासकर यह सोचकर कि सभी परिस्थितियाँ मेरे खिलाफ जा रही हैं और इसीलिए गाड़ी लेट होना नामुमकिन है।

बस से निकलने का फैसला ठीक नहीं हुआ, यह एहसास मुझे होने लगा। मैंने विचार किया कि जिद की बात थी, वर्ना बोस साहब का पीने का निमंत्रण ठुकराने में हिम्मत या दृढ़ता जैसी कोई बात नहीं थी। ऐसी छोटी-छोटी हिम्मतों और दृढ़ताओं को चारित्रिक गुण बनाना मुझे बचकानापन लगा। ललितपुर में होनेवाली तकलीफों का बार-बार ध्यान आ जाने से अपनी गलती का एहसास और बढ़ जाता था। मैंने निश्चय किया कि दिल्ली जाकर कम-से-कम तीन रातों को तो लगातार पिऊँगा ही।

करीब आधे घंटे बाद अगले स्टॉप पर बारात उतर गई। सौभाग्य से पटेल ने उतरने में कोई आनाकानी नहीं की। उतरते-उतरते वह मुझसे बोला, "आओ बाबूजी ! तुम भी कर लो बारात।" इस पर सब हँस पड़े थे। मैंने कोई जवाब देना उचित नहीं समझा और पटेल की उपेक्षा करते हुए खिड़की के बाहर देखता रहा। बारात उतर जाने के बाद बस में मुश्किल से आठ-दस लोग बचे थे। पटेल के गुलाम उस कंडक्टर से कुछ भी कहने की मेरी इच्छा नहीं हुई। वैसे भी मैंने मान लिया था कि दक्षिण नहीं मिलेगी। और फिर बस भी बारात के उतरते ही चल पड़ी थी।

अगले स्टॉप की भीड़ कुछ दूरी से ही सड़क के किनारे खड़ी दिखलाई दे गई। यद्यपि बारात जितने लोग नहीं थे, पर बारह-पंद्रह तो होंगे ही। मैंने सोच लिया कि स्टॉप पर पाँच-दस मिनट तो लगने ही चाहिए।

पर आश्चर्य ! स्टॉप करीब आते ही कंडक्टर बस न रोकने के लिए जोर-जोर से सीटी बजाने लगा । जब ड्राइवर ने पीछे मुड़कर उसकी ओर देखा तो उसने सीटी बजाने की रफ्तार और तेज कर दी । ड्राइवर बिना स्टॉप पर रोके बस आगे ले गया और काफी आगे जाने के बाद उसे धीमी करने लगा ।

"चलो·· चलो···।" कंडक्टर उससे बोला ।

"बात क्या है ?" ड्राइवर ने पूछा ।

"कुछ बात नहीं । सा'ब को गाड़ी पकड़ना है ललितपुर ।" कंडक्टर ने मेरी ओर इशारा करते हुए बतलाया । ड्राइवर ने एक नजर मुझे देखा और स्पीड बढ़ा दी ।" 'उन बेचारों को तो छुट्टी हो गई । रात-भर पड़े रहेंगे ठंडे में,' पीछे से किसी ने कहा । जब उसकी बात पर कोई प्रतिक्रिया नहीं हुई तो उसने ताना मारा, "हाँ भइया ! ना तो वो लोग पटेल हैं और ना जेंटलमेन ।" इस पर कोई भी कुछ नहीं बोला, पर कंडक्टर ने जैसे उसे चिढ़ाने के लिए, बस न रोकने की सीटी बजाई, और ड्राइवर को ललकारा, "बढ़े चलो चाचा दन्नाटे से ।" मुझे लगा कि पार्टियों, समारोहों में जाने के लिए मेरे पास एक अच्छा-सा सूट होना चाहिए ।

दया का दर्द

रात सवा नौ बजे सुधीर लौटा है। ठंड बहुत है, हवा भी चल रही है। पंडित गंगाराम उसे देर से आने के लिए डाँटते हैं। सुधीर उनकी बात अनसुनी करके बतलाता है कि गली के नुक्कड़ पर उसकी साइकिल रास्ते में पड़े एक शराबी के साथ टकरा गई। खम्भे की बत्ती फोड़ने के लिए पड़ोस के बच्चों और दूसरी बत्ती न लगवाने के लिए नगरपालिका के बिजलीवालों को वह बारी-बारी से कोसता हुआ कपड़े बदलने लगता है। पंडितजी देर से आने का कारण फिर पूछते हैं। सुधीर कहता है, "डैडी, आप भी कमाल करते हैं। अभी नौ ही तो बजे हैं, दोस्तों से बात करता रह गया।" वे समझाते हुए कहते हैं, "बेटे, ठंड बहुत है, तबीयत खराब कर लोगे।" सुधीर गुसलखाने में चला जाता है। पंडितजी को उसकी शराबी से हुई टक्कर का ध्यान आता है और वे बिस्तरे से थोड़ा-सा उचककर उसकी साइकिल देखते हैं। साइकिल ठीक है। सुधीर के आने पर वे उससे पूछते हैं, "गिरा तो नहीं ?" सुधीर प्रश्नवाचक नजर से उनकी ओर देखता है, फिर समझता हुआ कहता है, "नहीं, थोड़ा-सा बच गया।" वे अंदाज लगाते हैं कि सुधीर अब रसोई में जाकर खाना खाएगा, पर जब वह अपने बिस्तर पर बैठने लगता है तो पूछते हैं, "खाना नहीं खाओगे ?" उसके 'भूख नहीं' कहने पर वे कहते हैं, "थोड़ा-सा खा लो।" सुधीर बिना कुछ बोले कमरे की बत्ती बुझाकर टेबिल लैम्प जला लेता है और पास रखी कापियाँ-किताबें पलटने लगता है। "इम्तिहान पास आ गए हैं, अब थोड़ा पढ़ लो, गप्पें बाद में लगती रहेंगी।" पंडितजी कुछ उत्तेजित आवाज में कहते हैं। सुधीर एक किताब उठाकर पढ़ने लगता है। वे उसकी ओर देखते रहते हैं। सुधीर एक बार आँख उठाकर उनकी

ओर देख लेता है। इंदू की चिट्ठी का ध्यान आता है तो वे बतलाते हैं, "इंदू की चिट्ठी आई थी, कोट की जेब में रखी है।" सुधीर किताब पटककर चिट्ठी लाता है। पढ़ने के बाद मुस्कुराता हुआ कहता है, "अच्छा, तो दीदी इस शनिवार को आ रही हैं!" पंडितजी उसकी ओर देखते रहते हैं। उन्हें सुधीर की प्रसन्नता अच्छी लगती है।

अचानक नींद खुल जाती है। किसी के जोर-जोर से कराहने की आवाज आ रही है। आवाज सुनकर पंडितजी को कुछ अजीब-सा लगता है। पहले समझ में नहीं आता कि क्या बात है। फिर समझते हैं, शायद कोई पीड़ा से कराह रहा है। वे याद करते हैं कि पड़ोस में कौन बीमार है। कोई ध्यान नहीं आता। वे पड़ोस के एक के बाद एक मकानों का जायजा लेने लगते हैं। कराहने की आवाज कुछ तेज होती है। उन्हें सुधीर के बताए शराबी का ध्यान आता है और उन्हें निश्चय हो जाता है कि वही कराह रहा है। वे तकिए के नीचे से घड़ी निकालकर देखते हैं। एकदम समझ में नहीं आता कि कितने बजे हैं। चमकता छोटा काँटा दो पर और बड़ा पाँच पर है। वे हिसाब लगाते हैं कि दो बजकर पचीस मिनट हुए हैं। घड़ी को तकिए के नीचे रखते उन्हें अहसास होता है कि 'दो बजकर पचीस मिनट' तकिए के नीचे रख रहे हैं।

शराबी की कराहने की आवाज सुन पड़ती है तो पंडितजी को ध्यान आता है कि कुछ देर से उसका कराहना बंद था। आवाज से वे अंदाज लगाते हैं कि शराबी गली के नुक्कड़ पर ही पड़ा होगा। सड़क पर से मोटरों के चलने की आवाजें लगातार आ रही हैं। बीच-बीच में उनके हॉर्न भी बज उठते हैं। जब हॉर्न बजते हैं तो शराबी के कराहने की आवाज नही सुनाई देती। वे चाहते हैं कि मोटरों के हॉर्न लगातार बजते रहें।

आँखें मूँदे हुए वे शराबी का चित्र खींचते हैं—लड़खड़ाता हुआ सड़क से आ रहा होगा। नाली की ठोकर लगने से गिर पड़ा होगा। वहीं पर बकता हुआ पड़ा रहा होगा। कुछ चलते-फिरते लोगों का जरूर ध्यान गया होगा। लेकिन कुछ देर रुककर वे लोग चले गए होंगे। शराबी ने दो-तीन बार कै भी की होगी। कपड़े बहुत कम पहने होगा। गरीब होगा

और हो सकता है इस भयंकर सर्दी से बचने के लिए उसने शराब पी हो। अब जब नशा उतर गया है तो सर्दी अपना प्रभाव दिखा रही हो।

आवाज से वे अंदाज लगाते हैं कि शराबी की उम्र पैंतीस के आस-पास होगी। अंदाज पक्का करने के लिए उसके फिर कराहने की प्रतीक्षा करते हैं।

इस बार कराहने की बजाय शराबी चिल्लाता है। 'बचाओ-ओ-ओ···! बचाओ-ओ-ओ-ओ···!' स्पष्ट सुनाई देता है। वे सोचते हैं, 'शराबी की मदद करनी चाहिए, अगर इसी तरह पड़ा रहा तो सुबह तक जरूर मर जाएगा, उसका कराहना भी अप्रिय लग रहा है।' कुछ देर तक वे शराबी की आवाज और दूसरी आवाजें सुनते पड़े रहते हैं। तकिए के नीचे से घड़ी निकालकर देखते हैं और अनजाने में फिर वहीं रख देते हैं। वे करवट बदलकर सुधीर के बिस्तर की ओर देखते हैं। उन्हें लगता है कि सुधीर गहरी नींद में सो रहा है। 'कितने बजे होंगे ?' वे सोचते हैं और घड़ी निकालकर देखते हैं—दो-पचास हुए हैं। घड़ी कलाई से बाँध लेते हैं।

पंडितजी को फिर लगता है कि शराबी ने ठंड से बचने के लिए ही पी होगी, क्योंकि आदतन पीनेवाला पहले भी कभी इधर दीखता। शराबी के प्रति उनकी सहानुभूति बढ़ जाती है। 'उसकी मदद जरूर करनी चाहिए,' सोचकर वे सहायता की योजना बनाने लगते हैं, 'सबसे पहले सुधीर को जगाऊँगा। उससे कहूँगा सामनेवाले पुरोहित को जगा ले। तीन लोग काफी हैं और किसी को साथ लेने की जरूरत नहीं है। वैसे गणेश का छोटा भाई बड़े काम का लड़का है, पर वह दूर रहता है। टार्च ले लेना जरूरी है। सड़क पर से टैक्सी कर लेंगे। शराबी से पता पूछकर उसके घर छोड़ आएँगे।

'टैक्सी के पैसे मुझे ही देने होंगे। पुरोहित कंजूस है। साथ चल दे, इसी में उसकी मेहरबानी होगी। एक पुरानी चादर भी ले लेनी चाहिए।

पर सुधीर को परेशान करना ठीक नहीं है। उसकी परीक्षा पास आ गई है। बीमार हो गया तो मुसीबत खड़ी हो जाएगी। उसकी जगह किसी ओर को ले लेंगे। पुरोहित से पूछकर तय कर लूंगा कि किसको

लेना चाहिए ।

हो सकता है, शराबी पता बताने की हालत में न हो या उसका कोई घर ही न हो । तब उसे यहीं लाना पड़ेगा । इसमें वैसे खतरा है । जाने कैसा आदमी हो ! सुबह तक कुछ लेकर ही चलता बना तो ? वैसे इस हालत में नहीं लग रहा कि कुछ लेकर चलता बने ।

मेरे घर मर गया तो जरूर मुसीबत खड़ी हो जाएगी । मैं फिजूल में फँस जाऊँगा ।'

वे निश्चय कर लेते हैं कि किसी भी हालत में उसे अपने घर नहीं लाएँगे । डर लगता है कि मुसीबत उनके गले पड़ सकती है । उन्हें पुरोहित के साथ चलने पर शक होने लगता है । सोचते हैं कि 'वह भी तो शराबी के चिल्लाने से जाग गया होगा और भी कई लोग जाग गए होंगे । थोड़ी देर में शायद कोई मदद करने निकल पड़े ।'

'मुझे और प्रतीक्षा करनी चाहिए ।' सोचकर वे पड़े रहते हैं । पहले आँखें खोलने पर जो दबाव पड़ता था, अब नहीं पड़ता । वह आँखें घुमाकर कमरे के चारों ओर देखते हैं । रोशनी का एक कतरा भी दिखाई नहीं दे रहा है । कमरे की दीवारें नहीं दीखतीं । वे अपने पलंग से दीवारों की दूरी का अंदाज लगाकर उनकी स्थिति निश्चित करते हैं । आँखें कुछ चौड़ी करके बगल की दीवार जो दरवाजे के सामने पड़ती है, देखने की कोशिश करते हैं । दीवार नहीं दिखती । उन्हें दीवार देखने की तीव्र इच्छा होती है । लगता है दीवारें, छत या कोई और बड़ी वस्तु दीखनी चाहिए । शराबी की आवाज आने पर विचार आता है कि वे मैदान में पड़े हैं और शराबी उनके पास ही चिल्ला रहा है । जानते हैं कि बंद कमरे में पलंग पर रजाई ओढ़े पड़े हैं, पर फिर भी यह विचार कुछ विचलित कर देता है । उन्हें लगता है कि दीवारें सुरक्षा की प्रतीक हैं और उन्हें देखना चाहिए । डर लगता है कि बिजली जलाने पर सुधीर जाग जाएगा । ठंड की वजह से रजाई छोड़ने की इच्छा भी नहीं होती । वे पलंग की चौखटों पर दोनों हाथ फेरते हैं और मैदान में होने के विचार को भूलने की कोशिश करते हैं । हँसते हैं कि इतना बचकाना विचार उनके दिमाग में कैसे आ गया ।

पास ही कहीं किसी मोटर के रुकने की आवाज आती है। शराबी जोर से चिल्लाने लगता है। उन्हें शराबी की सहायता की आशा बँधती है। वे अपना पूरा ध्यान उसकी ओर लगा देते हैं। काफी देर तक किसी के आने की आहट सुनाई नहीं देती। रुकी हुई मोटर भी स्टार्ट होकर चल देती है। शराबी ने चिल्लाना कम कर दिया है।

शराबी की आवाज को छोड़ अभी तक उन्होंने दूसरे किसी आदमी की आवाज नहीं सुनी। वे सोचते हैं, 'अभी तक कोई कमबख्त उसके पास नहीं आया। लगता है, मुझे ही कुछ करना होगा।'

इस समय मुझे थोड़ा-सा बीमार होना चाहिए था। हल्का-सा बुखार चढ़ जाता। वैसे सुबह बुखार होने का बहाना बना सकता हूँ। कुछ लोग समझेंगे कि बन रहा है। पर वे कौन-से फरिश्ते हैं?

पर मुझे दूसरों की तरह नहीं होना चाहिए। उनसे कुछ अलग, कुछ ऊपर रहना चाहिए।' शराबी की सहायता करने के अपने निश्चय पर उन्हें प्रसन्नता होती है।

'कम-से-कम चलकर देख तो लेना चाहिए कि क्या मामला है,' वे सोचते हैं, 'अगर बहुत अधिक झंझट हुआ तो उसके ऊपर एकाध पुराना कपड़ा डालकर चले आएँगे।' वे कलाई को मोड़कर घड़ी देखते हैं, 'तीन-आठ हुए हैं, तीन-पंद्रह पर उठ खड़ा होऊँगा।'

'अब तो चलना ही पड़ेगा।' तीन-बीस पर वे सोचते हैं और उँगलियाँ चटकाते हैं। बिस्तर पर बैठे हुए ही पास पड़ा मफलर उठाते हैं और उसे कानों पर लपेट लेते हैं। सोचते हैं, 'कमबख्त, शराबी को भी यही जगह मिली थी। जाने कहाँ से इस कड़ाके की सर्दी में परेशान करने चला आया।' पीठ में ठंड महसूस होती है। उन्हें लगता है कि बाहर की तेज सर्दी वे सह नहीं पाएँगे। सोचते हैं, 'हो सकता है कल बीमार पड़ जाऊँ। सर्दी, जुकाम, निमोनिया, फ्लू कुछ भी हो सकता है। उम्र भी तो अब पैंतालीस के ऊपर हो गई है।'

उन्हें आश्चर्य होता है कि शराबी की मदद करने का निर्णय लेते समय उन्होंने अपनी उम्र का खयाल क्यों नहीं किया। 'अब उम्र इस लायक नहीं है कि ऐसी सर्दी में बाहर घूमता फिरूँ।' सोचकर रजाई ओढ़ते हुए

लेट जाते हैं। अपने बूढ़े होने के अहसास से वे दुखी हो जाते हैं। शराबी का कराहना कुछ धीमा हो गया है। उन्हें लगता है कि उसमें जीवन का अंश कम होता जा रहा है। सोचते हैं, 'कैसी विडम्बना है कि एक आदमी केवल इसलिए मर जाएगा कि उसकी मदद करनेवाला दूसरा आदमी गिरे हुए स्वास्थ्य का बूढ़ा है।' उन्हें शराबी के बजाय अपने-आप पर तरस आने लगता है। अपने-आपको वे असहाय और शक्तिहीन लगते हैं। आँखों में आँसू आने को होते हैं।

'पर औरों को क्या हो गया है ?' कुछ देर बाद वे सोचते हैं, 'निश्चित रूप से आधे से अधिक लोग शराबी की चिल्लाहट सुनकर जाग गए होंगे ऐसा भी नहीं कि सब के सब कमजोर स्वास्थ्य के या बूढ़े हों। पर कोई निकलकर एक मरते हुए आदमी की मदद नहीं कर रहा। इस दुनिया में कौन किसकी चिंता करता है। सब अपने को बचाए रहते हैं। यह बस्ती नहीं जंगल है। मुझे इसे छोड़कर जल्दी ही कहीं चला जाना चाहिए। यहाँ सब कातिल हैं !'

उन्हें अहसास होता है कि वे गुस्से में हैं और उनकी साँस जोर-जोर से चल रही है। सिर से लिपटा हुआ मफलर निकलकर सिरहाने रख देते हैं। दाहिने हाथ को कपड़ों के नीचे छाती पर रखते हैं। दिल की धड़कनें कुछ बढ़ी हुई लगती हैं। हाथ को कपड़ों के नीचे से ही पूरी छाती और पेट पर फेरते हुए, पैरों पर जहाँ तक जाता है, ले जाते हैं।

उनके दिमाग में पड़ोस के लोगों का एक चित्र उभरता है : सब लोग अपनी रजाइयों में लिपटे और पास में टाइम पीस रखे हुए शराबी की आवाज सुनते पड़े हुए हैं। जानते हुए भी कि परिवार के अन्य लोग जागकर घड़ी की ओर देख रहे हैं, कोई बात नहीं करता। साढ़े छह बजने पर सब आदमी जल्दी-जल्दी अपने कोट-पैंट पहनकर भागते हुए शराबी के पास जाते हैं। शराबी मर चुका होता है। सब लोग सिर पीट-पीटकर रोने लगते हैं।

वे सोचते हैं, 'शराबी यदि मर गया तो सचमुच बस्ती के सब लोग दिन-भर उसी की चर्चा करेंगे, दुःख और हमदर्दी प्रदर्शित करेंगे। सुबह से ही घरों के बाहर आ जाएँगे। शराबी की लाश को घेरे हुए उसकी गरीबी

पर व्याख्यान देंगे। अगर कल छुट्टी होती तो जरूर ये लोग दोपहर तक उसकी ही चर्चा करते बाहर खड़े रहते। वैसे भी ऑफिसों में उसी की चर्चा होगी। काम में, खाने में, किसी भी बात में इनका मन नहीं लगेगा। रात को पत्नियों के साथ सोते हुए भी शराबी की बात करेंगे। सुबह सात से रात ग्यारह तक कल का पूरा दिन शराबी का होगा। अगर कहीं शराबी जिंदा बच गया तो सम्भव है कि बहुतों को इस बात का दु:ख हो कि सहानुभूति और संवेदना दिखाने का एक मौका हाथ से निकल गया।'

कुछ देर तक उन्हें लगता है कि वे खुद तड़पकर मर रहे हैं और पड़ोसी उनके चारों ओर खड़े खिलखिलाकर हँस रहे हैं। 'मौत भी कितनी आसानी से हो जाती है।' वे सोचते हैं, 'सबके सामने एक आदमी खुले आम मर रहा है और किसी को कोई फिक्र नहीं है। इस बस्ती के सब लोग कातिल हैं। शराबी की मौत की जिम्मेदारी सब पर है। मुझ पर भी पर बहुत कम—करीब पाँच प्रतिशत, क्योंकि मैं गिरे हुए स्वास्थ्य का बूढ़ा हूँ। बाकी सब पर 95-95 प्रतिशत। नहीं, सुधीर पर बिल्कुल नहीं होनी चाहिए, क्योंकि वह सो रहा है।' पर उन्हें लगता है कि वे सुधीर के लिए पक्षपात कर रहे हैं, इसलिए संशोधन करते हुए सोचते हैं, 'उन सब पर जो सो रहे हैं, शराबी की मौत की जिम्मेदारी बिल्कुल नहीं होगी।'

वे समझ लेते हैं कि कोई भी अब शराबी की मदद को नहीं आएगा और सुबह तक वह जरूर मर जाएगा। सोते-सोते उन्हें आभास होता है कि शराबी के कराहने की आवाज से एक प्रतिध्वनित होता शब्द—गंगाराम—आकृत हो रहा है।

नगरपालिका अध्यक्ष

हमारे नगर की आबादी दस-बारह हजार है। फिर भी इसका नाम दूर-दूर तक मशहूर है। आप यदि जाँच करना चाहें तो राजधानी जानेवाली या राजधानी से आनेवाली किसी भी बस या ट्रेन में पूछ लें, हमारे शहर का नाम जाननेवाले चार-छ: लोग जरूर मिल जाएँगे, जबकि एक तो हमारे यहाँ से राजधानी को कोई सीधी ट्रेन या बस नहीं जाती और दूसरे यहाँ से वह ठीक तीन सौ चालीस किलोमीटर है। और तो और, राजधानी के किसी पार्क या सिनेमाघर तक में हमारे शहर का नामलेवा मिल जाएगा। अब यह बात और है कि राजधानी या अन्य किसी राजभोगी नगर के लोग हमारे नगर को कस्बा कहते हैं, लेकिन चूँकि हमारे यहाँ एक नगरपालिका है, इसलिए इसे नगर कहना हम जायज समझते हैं।

'नागरिक बंधुओ ! आपके नगर में आज चौकवाले महादेवजी के मंदिर पे प्रदेस ई नहीं, बल्कि पूरे देस के जाने-माने ओजस्बी बक्ता धरम-गुरू परमपूज्ज ओजेस्वरपाद श्री श्री एक सौ आठ श्री भगबतानंद महाराज जी के प्रबचन होंगे। नगर की धरमपिरमी जंता से निबेदन है की उपसथित होंके प्रबचनो का लाभ उठाबें···धन्नबाद !' एनाउंसमेंट करनेवाला यदि हमारे यहाँ का है तो अपने एनाउंसमेंट में एक-दो बार 'नगर' जरूर लाएगा। हम फ़क्र के साथ अपने को नगरवासी कहते हैं। बाहर का आदमी कभी-कभी गलती कर जाता है। पिछले चुनाव में एक प्रचारक बाहर से आया था। ताँगे में लाउडस्पीकर फिट करके छोटे-छोटे भाषण देता और बीच-बीच में बच्चों से नारे लगवाता था। पहली-पहली बार अपने भाषण में उसने 'आपका कस्बा' कहा। यह बात झट से चर्चा का विषय बन गई। बात जब उसकी पार्टी के नेताओं तक पहुँची तो उसे

हिदायत दी गई कि आइंदा कस्बे का इस्तेमाल भूल से भी न करे। गलती सुधारने के लिए आगे अपने भाषणों में वह 'आपका महान् नगर', 'यह महत्त्वपूर्ण नगर' आदि ही कहता रहा।

हमारे नगर की शोहरत का कारण दाऊ हैं, जो करीब 'सत्रह महीने' प्रदेश के मुख्यमंत्री रह चुके हैं, और जिन्होंने पिछला चुनाव छोड़ उससे पहले के दो चुनाव नगर की विधान सभा सीट से ही जीते थे। पिछले चुनाव में भी उनकी हार से नगर का जितना नाम हुआ, उतना उनकी जीत से शायद ही होता।

चुनाव हारने पर कहने को तो उन्होंने बयान दिया कि जनता का फैसला उन्हें शिरोधार्य है, पर वास्तव में वे करीब तीन महीने नगर पर नाराज रहे। इन तीन महीनों में एक तो पास के राजभोगी नगर से, जहाँ कि उनका दूसरा घर है, एक दिन के लिए भी वे नगर में नहीं आए और दूसरे नगर का जो भी आदमी उन्हें मिलने जाता, उसे वे ताना मारे बगैर नहीं रहते थे, बाद में उनके राजनीतिज्ञ की उदारता ने उनके विवेक को सँभाला। वैसे कहा यह भी जा सकता है कि उनकी नाराज़गी भी विवेकपूर्ण ही थी, क्योंकि इससे वे नगर की जनता को जतला देना चाहते थे कि उनकी प्रतिष्ठा इतनी बड़ी है कि वे सब कुछ चुपचाप नहीं सहन कर सकते। उनकी नाराज़गी खत्म होने पर हमारे सहित उनके तमाम विरोधियों ने मगर यही कहा कि चार महीने बाद होनेवाले नगरपालिका चुनावों की वजह से दाऊ को झुकना पड़ा है।

दाऊ जब राजभोगी नगर में रहते हैं, तब भी नगर से उनका सम्पर्क बराबर बना रहता है। ऐसा कोई ही दिन जाता होगा जिस दिन यहाँ से कोई जीप या कार उनके यहाँ न जाती हो या वहाँ से यहाँ न आती हो। दिन में चार-छः टेलीफोन इधर-उधर हो जाना तो मामूली बात है। नगर में टेलीफोन लगाने का श्रेय भी दाऊ को ही है। अपने पहली बार विधायक बनते ही उन्होंने यह काम करवा डाला था। बाद में नल, बिजली भी उन्हीं की कोशिशों से आए। उनकी शिकायत यही है कि इतने काम करवाने के बावजूद भी नगर की जनता ने उनका साथ नहीं दिया। हम लोगों का इस पर यह जवाब रहा है कि एक तो नगर की जनता ने दाऊ को

इसके लिए कोई पट्टा नहीं लिख दिया था और दूसरे दाऊ की जगह अगर दूसरा कोई विधायक होता, तो वह भी ये काम करवा ही देता, ज्यादा से ज्यादा थोड़ी देर लगती, क्योंकि हमसे छोटी-छोटी जगहों पर ये सुविधाएँ पहुँच गई हैं, तो हमारे यहाँ यो आती ही आतीं। अपने नगर का विधायक रहने से फायदा यह रहता है कि अधिकारियों तक हमारी बात सही ढंग से पहुँचती है, अतः हम नगर के उम्मीदवार को ही अपना वोट देते हैं, फिर चाहे वह विरोधी पार्टी का ही क्यों न हो। हाँ, अगर केंद्र से ही कोई उम्मीदवार आ जाए तो बात दूसरी है, पर तब हमें यह भरोसा रहेगा कि हमारी समस्याएँ ऊपर तक पहुँच रही होंगी।

बात यह है कि हमारे नगर में बातचीत का या टाइम काटने का मुख्य विषय राजनीति ही है। इसलिए हर छोटे-बड़े मसले पर जमकर तर्क-कुतर्क होते हैं। पास के राजभोगी नगर से आनेवाली पहली बस से सुबह आठ बजे हमारे यहाँ अखबार आते हैं। कई लोगों को इस बात का सब्र नहीं रहता कि गुंजू सेठ का लक्खू घर आकर अखबार बाँट जाए और तब वे उसे पढ़ें। वे खुद ही बस स्टैंड पर पहुँचकर उसका इंतजार करते हैं और इस बात पर बहस करते हैं कि सुर्खियों में कौन-सी खबर आनेवाली है। चूँकि सभी ने रात को रेडियो पर खबरें सुनी होती हैं, इसलिए लगभग सभी के अनुमान एक जैसे होते हैं और उनमें सहमति भी बड़ी जल्दी हो जाती है। जब कोई अनसुनी खबर बतलाता तो सबके कान खड़े हो जाते—'बड़ी दूर की कौड़ी लाए यार!' एक कोई कहता है। 'दाऊजी के यहाँ से मिली होगी।' दूसरा कोई अंदाज लगाता है। 'बता यार! कहाँ से?' तीसरा पूछता है। खबर देनेवाला महत्त्वपूर्ण हो जाता है। वह तौलता है कि कौन-सा स्रोत बताने से उसका महत्त्व और बढ़ेगा और तीन-चार स्रोतों में से एक छोड़ देता है। यदि इन सभी स्रोतों का अनुमान लगाया जा चुका होता है तो 'खबरों की समीक्षा करते हैं और फिर हिसाब लगाते हैं,' कहकर अपने पांडित्य की धाक जमाने की कोशिश करता है। यह खबर अगर अखबार में नहीं आती तो दूसरे लोग 'कहो संवाददाता?' कहकर या उसकी किसी चिढ़, जैसे 'गमजे में फँसा रमजा' उच्चार कर उसका मजाक बनाते हैं। यह सब

नियमित रूप से नहीं होता, पर अक्सर होता है। होता यह है कि मैदान कभी बाबूलाल पंसारी के हाथ रहता है तो कभी कपड़ेवाले भाई सा'ब के हाथ। पर राजनीति की बात सुबह ही हो, ऐसी बात नहीं। कभी भी किसी भी मौके पर हो सकती है। हाँ, टहलने जानेवालों में सुबह या शाम, जब भी वे टहलने जाते हैं, जरूर होती है। इसके अलावा भी जब कभी किसी गुट के लोग एक-दूसरे से टकराते हैं, तो कोई-न-कोई राजनैतिक बात छेड़ ही देते हैं। अब जैसे कपड़ेवाले भाई सा'ब लड़के के रिश्ते के लिए आए लोगों से अपनी दुकान पर बैंठे बातचीत कर रहे हैं और सड़क पर उधर से हिंदी के लेक्चरार गुजर रहे हैं तो वे सड़क पर से ही सवाल दाग देंगे, 'क्यों सा'ब ! करबा दिआ बिधानसबा में हंगामा ?' भाईसा'ब अपनी जगह पर बैंठे-बैठे ही चिल्लाएँगे, 'चाल है इसमें बी गुरुजी !' और 'कैसी चाल' के जवाब में, 'रात को समजाइंगे जरा बिस्तार से' का आश्वासन देकर रिश्तेदारी के लिए बात करने आए लोगों पर इस ऊँची बात का असर पड़ा या नहीं यह जाँचेंगे और यह सोचकर कि पूरा रुआब नहीं पड़ा, थोड़ी देर रिश्ते की बात लगकर, आगे कहेंगे, "हिंदी के लेक्चरार थे। बड़ा ग्यान रखते हैं दुनिया की बातों का, मगर अपने को भी मानते हैं !' आए हुए लोग जब तक दाऊ की बात छेड़कर उन्हें दाऊ से उनके करीवाना। सम्बन्धों की बात छेड़ने का मौका नहीं देंगे वे राजनीति समझाते ही रहेंगे।

रात को अन्य कई दुकानदारों की तरह दुकान बंद कर, खाना खाकर कपड़ेवाले भाई सा'ब सरूपा पानवाले की दुकान पर आएँगे और हिंदी के लेक्चरार का बेसब्री से इंतजार करते हुए कोस रहे होंगे कि 'इधर सुलगाके अब जान-बूझके देर से आएगा साला मास्टर का बच्चा !' उन्हें इस बात का बिल्कुल ख्याल नहीं रहेगा कि आज वे ही जैसे-तैसे खाना खाकर जल्दी-जल्दी इधर को निकल पड़े हैं।

आखिर हिंदी के लेक्चरार आएँगे और 'पान खिलाओ सेठ' की फरमाइश बड़े ही अधिकारपूर्ण ढंग से करेंगे। 'साले फोकटिए' का दोस्ताना ताना मारकर भाईसाब पान के लिए कहेंगे और मन-ही-मन अपनी थ्योरी दोहाराएँगे। पान लेकर संतुष्ट हुए लेक्चरार आखिर पूछेंगे, 'कौन-सी

चालाकी की बात कर रए थे भाईसाब दुपेर में ?' और 'साला पूछेगा या अपने को ही छेड़ना पड़ेगी बात' की चिंता से मुक्त हुए भाईसाब 'पान के पैसे वसूल हुए' की तृप्ति से गद्‌गदा जाएँगे और 'चलो घूमने चलते हैं' कहकर वहाँ खड़े एक-दो को और साथ ले लेंगे।

नेहरू उद्यान की ओर जाते हुए भाईसाब अपनी थ्योरी पेश करेंगे : 'आबस्यक सेबा अधिनिअम पे हंगामा कम करने के लिए मुख्मंत्री ने बिरोधी दल के दो-तीन बिधाइकों को पटा लिआ है और उनसे अध्यच्छ के साथ झड़प और बाद में हंगामा खड़ा करबा दिआ है। बार-बार हंगामा करने से बिरोधी दलों के सदस्स बी उकता जाते हैं आखिर को ''सो जब आगे आबस्यक सेबा पे बेहेस होगी तो ऊधम बोहोत कम होगा !' थ्योरी पेश कर चुकने के बाद वे अपनी प्रतिक्रिया व्यक्त करेंगे, 'राजनीती की चालें हैं ये तो मुस्किल से समज में आती हैं।' लेक्चरार और अन्य लोग इसे 'दूर की कौड़ी' समझ रहे होंगे, पर इसका प्रतिवाद नहीं करेंगे, क्योंकि उन्हें पता होता है कि भाईसाब का दाऊ के यहाँ आना-जाना है और बातों-बातों में ही कब किस मौके पर उनकी बात मय नमक-मिर्च के दाऊ तक पहुँच जाए, भरोसा नहीं। उन्हें लगता होता है कि लेना न देना, फिर ख्वामखाँ राजधानी की बात पर भाईसाब की बात को काटकर उन्हें, तथा हो सकता है कि दाऊ को भी, नाराज करने में कोई तुक नहीं है। वे 'वा भाई-साब ! क्या पैनी नजर है तुम्हारी !' कहकर उनकी तारीफ ही करेंगे, पर नगरपालिका की राजनीति एक ऐसा विषय है जिस पर लोग अपने हितों के हिसाब से बेझिझक बात करते हैं। नगरपालिका की चर्चा वार्डों में हो रहे या न हो रहे कामों, मकानों-दुकानों के बारे में दिए गए नोटिसों और उनके निबटारों, अध्यक्ष तथा सदस्यों के साथ-साथ उनके साथियों-सम्बन्धियों के चरित्रों आदि तो लेकर होती है और इसमें लोग अपनी और अपने आदमियों की जायज-नाजायज तरफदारी करते हैं। वोटों से सम्बन्धित चर्चा चुनाव के दिनों में तो होती ही है, पर अगले चुनाव तक इस बात का हिसाब भी बार-बार दोहराया जाता है कि कौन-से वार्ड में किस-किस उम्मीदवार को कितने-कितने वोट मिले और वे किन-किन परिवारों के रहे होंगे। एक आम धारणा, जो काफी हद तक तथ्य-सिद्ध

भी है यह कि पूरे परिवार के वोट किसी एक उम्मीदवार को ही मिलते हैं। लोग अपनी पार्टी में रहकर भी दूसरी पार्टी के अध्यक्ष या सदस्य का इस हिसाब से समर्थन करते हैं कि वह उनका काम करा चुका है या करानेवाला है। इस प्रकार के व्यवहार को पार्टी-नेताओं द्वारा भी पार्टी-विरोधी या अनैतिक नहीं समझा जाता, क्योंकि पार्टी-सदस्य से अपेक्षा यह जाती है कि वह पार्टी की मीटिंगों में आए। (विशेषकर तब, जबकि बाहर का कोई नेता आया हो), समय-समय पर चंदा दे या चंदा इकट्ठा करवाए, और अपने-आपको पार्टी का कहता रहे। वैसे बिना रसीद के चंदा अन्य पार्टियों को भी दिया जा सकता है और अपनी पार्टी का खुद चंदा दूसरे से भी दिलवाया जा सकता है। नगरपालिका की राजनीति ही राजनैतिक चर्चा का मुख्य हिस्सा होती है। होता यह है कि बात राष्ट्रीय या अंतर्राष्ट्रीय मुद्दे से शुरू हुई और कुछ देर बाद नगरपालिका पर आ खिसकी।

दाऊ की पार्टी के लोगों की यह धारणा है कि नगर में राजनीति के प्रति इतनी दिलचस्पी दाऊ जैसे बड़े नेता का नगरवासी होने के कारण है। उनका कहना है कि वे जब मुख्यमंत्री थे तो तकरीबन रोज ही अखबारों में उनके फोटो आते थे या उनका जिक्र होता था, जिसे नगर के लोग बड़े चाव से देखते-पढ़ते थे और इसके बाद उनकी तथा उनके विरोधियों की चर्चा करते थे। दूसरी पार्टियों के लोग इस बात को नहीं मानते। उनका कहना है कि नगर के लोगों में राजनैतिक दिलचस्पी दाऊ के मुख्यमंत्री बनने के बहुत पहले से है। हाँ, दाऊ के मुख्यमंत्री बनने के बाद से वह बढ़ जरूर गई है। उनकी धारणा है कि दिलचस्पी की शुरुआत नगरपालिका बनने से हुई है और दाऊ का इसमें इतना योगदान जरूर है कि वे इसके पहले अध्यक्ष थे। वे कहते हैं कि जब दाऊ मुख्यमंत्री बने तो शुरू-शुरू में तो कुछ लोग यही समझे कि नगरपालिका राजधानी तक बढ़ गई है और दाऊ इसके फिर से अध्यक्ष हो गए हैं। मुख्यमंत्री होने का ठीक-ठीक मतलब तो काफी दिनों बाद इन लोगों की समझ में आया था।

लेकिन यह बात नहीं है कि दाऊ ही हमारे नगर के एकमात्र बड़े नेता हों। इस नगर को दो और विधायक तथा एक सांसद पैदा करने का

सौभाग्य प्राप्त है। जिला-स्तर के नेता तो कई रह चुके हैं, जिनमें हमारी पार्टी के वर्तमान जिला अध्यक्ष, साथी लाडली मोहन भी हैं। नगरपालिका के अलावा जो अन्य दो महत्त्वपूर्ण संस्थाएँ नगर में हैं, वे हैं—महाविद्यालय की संचालन समिति और सहकारी बैंक। पर नगर के लोगों की इनकी गतिविधियों में अपेक्षाकृत कम दिलचस्पी रहती है। पहली में इसलिए नहीं रहती कि उस पर एक ही पार्टी—दाऊ की पार्टी—का कब्जा है और इसलिए उसके गठन और काम के ढंग में बहुत कम तब्दीली हो पाती है। सहकारी बैंक के चुनावों में ग्रामीण क्षेत्र के लोगों का वर्चस्व रहता है। यह सही है कि बैंक के लिए चुने जानेवाले गाँवों के लोग भी नगर में घर बनाकर रहते हैं या चुने जाने के कुछ समय बाद घर बना लेते हैं, पर बैंक का कारोबार मुख्यतः गाँवों में ही रहता है।

दाऊ यद्यपि विधान सभा चुनावों में हारे थे, फिर भी उनकी ताकत टक्कर की थी। नगरपालिका के चुनाव में उन्हें कम आँकना अविवेकपूर्ण होता, इसीलिए प्रदेश में हमारी सरकार होने के बावजूद अन्य पार्टियों के साथ मिलकर हमने नागरिक मोर्चा बनाया। मोर्चे और दाऊ की पार्टी में काँटे की टक्कर रही। दाऊ खुद पंद्रह दिन तक नगर में पड़े रहे। इस बात के महत्त्व का अंदाज इससे लगाया जा सकता है कि विधान सभा चुनाव में अपनी पार्टी के उम्मीदवारों के समर्थन में भाषण देने के लिए अपना चुनाव-क्षेत्र छोड़कर वे दो-दो तीन-तीन दिनों के लिए कम-से-कम दो बार तो गए ही थे। इस बार नगर के हर घर में जाकर उन्होंने वोट माँगे। उनका कहना होता था, 'अदालत भी एक जुर्म की सजा एक बार ही देती है। मुझसे जो भी कसूर हुआ, उसकी सजा एक बार आपने दे दी है। अब दुबारा तो नहीं मिलनी चाहिए।' हमारा नारा होता था, 'भ्रष्ट लोगों को आपने प्रदेश से हटाया, अब नगर से भी हटाओ, तब काम पूरा होगा।' प्रचार के काम में भी हमने कोई कमी नहीं रहने दी। पोस्टरों, बैनरों, झंडियों और दीवार पर की लिखाई से नगर को रंग दिया था। प्रदेश के दो मंत्रियों को प्रचार के लिए बुलाया था। मुख्यमंत्री यदि नहीं आए तो इसलिए कि कहीं हम बहुमत में नहीं आ सके तो उनकी प्रतिष्ठा को

धक्का लगेगा। इस पर भी हमें अहसास था कि सभाओं, पोस्टरों आदि काम तो वातावरण बनाना होता है। वोट, उम्मीदवार तथा उसके प्रचारकों के व्यक्तिगत सम्बन्ध और सम्पर्क से तय होते हैं और उन्हें सँभालने के लिए न केवल रोज का सम्पर्क बल्कि पोलिंग के आखिरी वक्त तक कड़ी निगरानी की जरूरत होती है। हमने इन्हें भी नजरंदाज नहीं किया। नतीजा यह निकला कि हम उनसे एक सीट ज्यादा ही ले आए।

दाऊ को हम जानते थे और इसलिए बहुमत मिलने के बावजूद खुश नहीं हो पाए थे। प्रलोभन और ताकत से कुछ लोगों को अपनी ओर फोड़ने और इस तरह से अपने ज्यादा एल्डरमैन चुनवाकर अपना अध्यक्ष बना लेने की उनमें क्षमता थी। प्रलोभन और ताकत से हमें भी कोई परहेज नहीं रहता, पर इन कामों में हम उनसे उन्नीस ही रहते हैं। राजधानी में हमारी सरकार चलती थी। पोलिंग बूथों के अंदर पहुँचकर लोग हमें वोट भी देते ही थे, पर खुल्लमखुल्ला दाऊ का दबदबा हमसे बहुत ज्यादा था। सरकारी तंत्र इसका मुकाबला करने में बहुत ज्यादा कारगर साबित नहीं हो सकता था, और फिर अपने मुख्यमंत्रित्व काल में दाऊ ने इसमें भी अपने आदमी भर लिये थे।

लाडलीजी अपने मिलनसार स्वभाव के कारण भले आदमी समझे जाते हैं। दूसरी पार्टियों के लोग भी उनकी इज्जत करते हैं। शासक पार्टी के जिला अध्यक्ष होने के नाते उनकी प्रतिष्ठा भी अच्छी है। हमने उन्हें नगरपालिका अध्यक्ष के लिए सम्भावित उम्मीदवार के रूप में प्रचारित करना चालू किया। हम भरोसा कर रहे थे कि इससे मोर्चे के अधिकतर सदस्य तो सहमत हो ही जाएँगे, हम यदि एक-दो टूटनेवाले सम्भावितों को सँभालने में कामयाब हो गए तो बाजी मार ले जाएँगे।

मोर्चा कमेटी की मीटिंग में जब एल्डरमैनों के नाम तय करने का मसला आया तो बावजूद इसके कि हमारी पार्टी के सबसे ज्यादा और दूसरी पार्टियों के एक-एक दो-दो उम्मीदवार ही चुनकर आये थे। ये पार्टियाँ अपने-अपने लोगों के नाम आगे बढ़ाने लगीं। उनका तर्क था कि चूँकि हमारी पार्टी के लाडलीजी अध्यक्ष-पद के उम्मीदवार होंगे ही, इसलिए उन्हें एल्डरमैन तो मिलने ही चाहिए। हम समझ रहे थे कि इनके द्वारा

लाए गए एल्डरमैन दाऊ की सौदेबाजी में जरूर बिक जाएँगे और इसलिए उनकी बात मानने के लिए तैयार नहीं थे। यह नहीं कि हमारी पार्टी में बिकनेवाले लोग नहीं हैं, पर नाम तय करते वक्त हम इस बात का ध्यान तो रखते ही कि पार्टी के प्रति नहीं तो कम-से-कम लाडलाजी के प्रति तो ये लोग वफादार हों ही।

हमने मोर्चे के साथियों को कई प्रलोभन दिए, पर उन्होंने शायद यह समझ बना ली थी कि मोर्चा कायम रखने में हमारी अटकी है और इसलिए हम झुकेंगे ही। हमें भी समझ में आ रहा था कि सीधे-सीधे यह मामला सुलझनेवाला नहीं है। आगे विचार करने के लिए हमने मीटिंग स्थगित करवा दी।

मीटिंग के बाद मैंने लाडलीजी के सामने अपनी शंका—कि अब मोर्चे को बचा पाना मुश्किल है—रखी। उनका कहना था कि इतनी जल्दी उम्मीद नहीं खोनी चाहिए और चाहे भले ही हम अपना अध्यक्ष न बना पाएँ, पर मोर्चे को टूटने से बचाना चाहिए, क्योंकि इसके रहने से आगे अपना अध्यक्ष बना लेने की उम्मीद रहती है। इस सम्भावना का सबसे बड़ा आधार उन्होंने यह बतलाया कि प्रलोभन देकर दाऊ अभी चाहे भले ही कुछ लोगों को फोड़ने में कामयाब हो जाएँ, पर वे सब लोगों को हमेशा संतुष्ट नहीं रख सकते, विशेषकर ऐसी परिस्थिति में जबकि प्रादेशिक सरकार हमारे पास है। मैंने उन्हें याद दिलाया कि दाऊ के पास केवल प्रलोभन ही नहीं, धमकी और जोर-जबरई भी है, जो हमेशा काम में लाई जा सकती है। दूसरे अगर एक-दो सदस्य भी निकल गए तो मोर्चा नाम के लिए रह जाता है। उन्होंने 'छोड़ो' कहा पर मुझे अनुमान था कि वे खुद भी इस सबके बारे में फिक्रमंद थे।

मोर्चे की अगली मीटिंग में लाडलीजी ने लम्बी-चौड़ी भूमिका बाँधते हुए कहा कि पिछले कई वर्षों से हमारी नगरपालिका का प्रशासनिक ढाँचा कमजोर हो गया है, भ्रष्टाचार बढ़ा है, जिससे कि करों की वसूली ठीक से नहीं हो पा रही है और इस तरह से आर्थिक स्थिति संकटपूर्ण होती जा रही है। नगर में विकास-कार्यों की गति बहुत धीमी है। ढीले प्रशासन के कारण कई महत्त्वपूर्ण योजनाओं की रूपरेखाएँ मंजूरी के लिए सरकार के

पास प्रस्तुत ही नहीं हो पातीं। ऐसी परिस्थिति में हम सबका कर्तव्य है कि अपने पार्टीगत और व्यक्तिगत स्वार्थों से ऊपर उठकर सोचें और संकुचित दृष्टिकोण त्यागें। उन्होंने आगे कहा कि एल्डरमैन सैन हो, इससे कोई खास फर्क नहीं पड़ता, पर अध्यक्ष ऐसा होना चाहिए जिसका न केवल दबदबा हो, बल्कि जिसे प्रशासन का भी समुचित अनुभव हो। लाडलीजी ने यह वाक्य शुरू किया और हम लोग साँस रोककर इस बात की प्रतीक्षा करने लगे कि वे अब किसका नाम लेते हैं। एक घुटे हुए रातनीतिज्ञ की तरह उन्होंने 'आप समझ ही गए होंगे कि मेरा इशारा किसकी ओर है,' कहा और दाऊ का नाम ले दिया। सा'ब हड़कम्प मच गया।

"मजाक छोड़ो सभापतिजी ! गम्भीर बात करो।" एक सज्जन बोले।

"आप अच्छी तरह से जानते हैं कि मजाक करने की मेरी आदत नहीं है।" लाडलीजी ने जवाब दिया, "मैं यह बात पूरी गम्भीरता से कर रहा हूँ।"

"तो क्या आप ये मुग़ालता पाले हो कि जो ब्यक्ती एक दफे प्रदेस का मुक्ख्यमंत्री रेह चुका होय, बो आपकी इस टुच्ची नगरपालिका का अध्यच्छ बनने को राजी होयगा ?" दूसरी पार्टी के एक सज्जन भड़के।

लाडलीजी ने जवाब दिया कि हमारी नगरपालिका छोटी तो है, पर टुच्ची हरगिज नहीं है, और जहाँ तक दाऊ के राजी होने का सवाल है, जनता अगर उन पर दबाव डालती है तो उन्हें राजी होना ही पड़ेगा। बात टालने के लिए कुछ लोगों ने प्रस्ताव रखा कि पहले एल्डरमैनों की उम्मीदवारी की बात तय कर ली जाए, बाद में अध्यक्ष पर विचार कर लेंगे, पर लाडलीजी इस बात पर अड़े रहे कि पहले दाऊ को अध्यक्ष बनाने का फैसला हो जाए, फिर एल्डरमैन कोई भी बने। उन्हें एतराज नहीं होगा। आखिर यह बैठक भी स्थगित करनी पड़ी।

दाऊ को जब इस बात की खबर लगी तो उन्होंने इसे लाडलीजी की शरारतपूर्ण हरकत बतलाया और कहा कि वे नगर की जनता की सेवा करने के लिए व नगर की तरक्की में अपना तुच्छ सहयोग देने के लिए हमेशा तत्पर रहे हैं और आगे भी रहेंगे, पर इस समय उन पर प्रदेश में

पार्टी का काम देखने की जिम्मेदारी है, जिस कारण वे नगरपालिका में समय नहीं दे सकेंगे। उन्होंने यह स्पष्ट किया कि जनसेवा के किसी भी काम को वे छोटा नहीं समझते और यदि उनके पास समय होता तो नगर-पालिका अध्यक्ष तो क्या, वे कमेटी का साधारण सदस्य बनने में भी अपना गौरव समझते।

लाडलीजी का जवाब था कि दाऊजी को अध्यक्ष बनाने का उनका प्रस्ताव उन्हें नीचा दिखलाने की नीयत से न होकर नगर के हित को प्राथमिकता देने की गरज से है। उन्होंने कहा कि दाऊजी की महानता और उनकी ख्याति से वे भली-भाँति परिचित हैं, पर दुर्भाग्य से पिछले विधानसभा चुनाव के बाद उनकी पार्टी का प्रदेश में अत्यधिक विघटन और संकुचन हुआ है, जिससे अब प्रादेशिक स्तर की पार्टी भी वह बड़ी मुश्किल से कही जा सकती है। हाँ, दाऊजी जैसे प्रादेशिक ही नहीं, बल्कि राष्ट्रीय स्तर के नेता उसमें अभी हैं। पर चूँकि पार्टी के काम से दाऊजी को अभी थोड़ी फुरसत मिली है, अतः इसका उपयोग उन्हें नगर की उन्नति के लिए करना चाहिए। उन्होंने आगे कहा कि दाऊजी नगर की जनता के पहले हैं, प्रदेश अथवा देश के बाद में, और इसलिए नगर की जनता का यह अधिकार है कि उनकी योग्यताओं पर वह अपना दावा करे। फिर नगरपालिका वह पेड़ है जिसका पौधा दाऊजी ने ही रोपा है और प्रथम अध्यक्ष के रूप में इसे सिंचित भी किया है। अब जबकि कुछ शरारती और गैर-जिम्मेदार लोग इस पेड़ की शाखें और टहनियाँ काटने पर आमादा हैं, तो दाऊजी को इसकी रक्षा के लिए आगे आना ही चाहिए, क्योंकि उन जैसा दबंग आदमी ही अब इसकी रक्षा कर सकता है। उन्होंने फिर यह भी कहा कि जहाँ तक दाऊजी की व्यस्तता का सवाल है, हम जानते हैं कि उनके पास टाइम की कमी है, पर बतौर नगरपालिका-अध्यक्ष उनकी उपस्थिति ही स्थिति को सुधारने के लिए पर्याप्त होगी। फिर बाबू मंगलदासजी जैसे व्यस्त वकील और सेठ जगमोहनजी जैसे व्सस्ततम व्यापारी भी इस पद की शोभा बढ़ा चुके हैं। उन्होंने अंत में कहा कि यदि दाऊजी ने जनता का यह अनुरोध नहीं माना तो इसे मनवाने के लिए जनता को मजबूर होकर आंदोलन का सहारा लेना पड़ेगा।

लाडलीजी हमारे लिए डरावने होते जा रहे थे। शुरू में हम लोगों ने उनसे 'आखिर आप चाहते क्या हैं ?' किस्म के सवालात किए, जिनके उन्होंने 'बस देखते जाइए' क़िस्म के उत्तर दिए। बाद में अपने आत्म-विश्वास और लगन की ऊष्णता के कारण वे हमसे ऊपर से और ऊपर होते गए। हमारा काम उनके बनाए कार्यक्रमों को पूरा करने तक ही सीमित रहा। हमें लगता था कि उन्हें न तो यह विश्वास है कि दाऊ नगर-पालिका अध्यक्ष बनने को राजी हो जाएँगे और न ही यह उनकी इच्छा ही रही है। पर उनकी इच्छा दाऊ के लिए समस्या खड़ी करना मात्र है, यह भी हमें नहीं लगता था। कभी-कभी मुझे यह आभास जरूर होता था कि लाडलीजी का रास्ता उन्हें अध्यक्ष की कुर्सी तक ले जानेवाला है तथा दाऊजी को भी इस बात का एहसास है, पर इसके संकेतसूत्र पकड़ में नहीं आ पा रहे थे। बहरहाल उस दौर में उन्हें हमारा जितना विश्वास मिला, उतना शायद ही और कभी मिला हो या आगे मिले।

मोर्चे के हमारे अन्य साथी एल्डरमैनी के लिए उम्मीदवार तय करने को मीटिंग बुलाने पर जोर दे रहे थे, पर लाडलीजी का उनको उत्तर था कि हम तो इस वक्त एक महत्त्वपूर्ण मसले में उलझे हुए हैं। अगर आप लोगों को इस मौके पर भी एल्डरमैनी के उम्मीदवार तय करने की बात ज्यादा अहम् लगती है तो आप शोक से नाम तय कर लो। हमें उनसे कोई एतराज़ नहीं होगा। हाँ, दाऊजी का एक नाम जरूर रखिए, क्योंकि हमें उन्हें अध्यक्ष बनाना है। खैर, वे लोग इतने भोले नहीं थे कि लाडलीजी की बात का कटाक्ष न समझें, इसके बावजूद और किसी मौके पर लाडली जी की जुबान पकड़कर शायद वे उम्मीदवार तय भी कर लेते, पर दाऊ को अध्यक्ष बनाने का विवाद इतना आगे बढ़ गया था तथा आम जनता की उसमें दिलचस्पी इतनी बढ़ गई थी कि हम से अलग होकर इस मसले पर विचार करना इन लोगों के लिए बहुत ही भारी पड़ जाता। चुप हो गए बिचारे।

हमने दाऊ की कोठी के आगे टेंट डाला और उसमें पाँच-पाँच के जत्थों में लोगों को चौबीस-चौबीस घंटे की क्रमिक भूख हड़ताल पर बैठाना चालू किया। जगह-जगह 'दाऊजी अध्यक्ष बनो हम तुम्हारे साथ हैं', 'दाऊ

को लाओ, नगर बचाओ' आदि नारे लिखवाए। पर्चे-पोस्टर छपवाए और जुलूस निकलवाए। हमारे ग्रामीण साथियों ने भी यह कहकर कि हमें मंडी के लिए नगर में आना-जाना पड़ता है और नगरपालिका का काम ठीक होने पर मंडी का काम भी ठीक होगा, एक जुलूस निकाला। और तो और मुख्यमंत्री तक ने एक बयान दे डाला कि अगर उनके नगर की जनता चाहती है कि दाऊजी नगरपालिका अध्यक्ष बनकर उसकी सेवा करें, तो दाऊजी को इसे प्रतिष्ठा का प्रश्न नहीं बनाना चाहिए और जनता का अनुरोध स्वीकारना चाहिए। इस बयान के बाद तो अखबारों की दिलचस्पी भी इस मामले में एकदम से बढ़ गई। कई प्रतिष्ठित दैनिकों के पत्रकारों ने नगर में आकर लम्बी रपटें लिखीं। एक-दो ने तो दाऊजी और लाडलीजी के फोटो तक छापे। पर सबसे मजेदार प्रतिक्रिया दाऊ की पार्टी के प्रांतीय नेताओं की रही। यद्यपि उनके किसी के सार्वजनिक बयान तो नहीं आए, पर यह एक विश्वस्त रपट थी कि उनके प्रांताध्यक्ष ने व्यक्तिगत बातचीत में यह कहा कि—'दाऊजी बुनियादी रूप से स्थानीय नेता ही हैं,' जिस पर वहाँ बैठे एक दूसरे नेता ने आगे जोड़ा कि 'वो तो परिस्थितियों का कमाल था कि वे एक बार मुख्यमंत्री बन गए।'

दाऊ पर इस सबका बहुत धीरे-धीरे असर हुआ। धरना, प्रदर्शन आदि की सीमाओं से वे वाकिफ थे, इसलिए उनसे खास विचलित नहीं हुए, यद्यपि जहाँ भी वे जाते लोगों की जाग्रत जिज्ञासा का केंद्र बनते। असल में बाहर से उनकी मनःस्थिति को समझना आसान नहीं था। उनकी तकलीफ समझी जा सकती थी। जवाबी हमले के लिए उनके पास कोई हथियार ही नहीं था। वे यह तो कह ही नहीं सकते थे कि मुझे नहीं, लाडलीजी को अध्यक्ष बनाओ। खुद उनकी पार्टी में ऐसा कोई व्यक्ति भी नहीं था जो इन दोनों की क्षमता के आसपास भी हो, कि जिसके लिए वे कह सकें कि अगर इतना ही नगर के हित का खयाल है तो इसे क्यों नहीं अध्यक्ष बनवा देते? वे रक्षात्मक ही रह सकते थे और हमारे आंदोलन व प्रचार के सामने उनका एकमात्र रक्षात्मक हथियार—मैं प्रांत की जिम्मेदारी सँभाल रहा हूँ— भोथराता जा रहा था।

हमने इस बात को नजरंदाज नहीं किया कि इधर हम दाऊ को

अध्यक्ष बनाने का आंदोलन चलाते रहें और उधर दाऊ के लोग मोर्चे में तोड़-फोड़ की कार्यवाही करते रहें तथा ऐन मौके पर दाऊ का नाम भी वापस हो जाए और उनके एल्डरमैन भी ज्यादा चुन लिये जाएँ। एक तो उनकी कोठी के आगे धरने पर बैठे हमारे लोग इस बात की निगरानी रखते थे उनके यहाँ कौन-कौन आता-जाता है। खैर, वे निगरानी ठीक से न भी रख पाते हों तो भी आने-जानेवालों को यह अंदेशा तो बना ही रहता होगा कि उन पर निगरानी रखी जा रही है। और फिर आंदोलन के कारण इन लोगों को यह भी तो लगता ही होगा कि जब हम लोग ही दाऊ को अध्यक्ष बनाने पर तुले हैं तो उनकी पूछ ज्यादा नहीं होगी। तीसरे हमारे आंदोलन की सुर्खी के कारण दाऊ के लोग इन बातों पर पूरा ध्यान नहीं दे पाते थे। कितना सच है, यह तो कहा नहीं जा सकता, पर बाद में हमें मालूम हुआ कि एल्डरमैनों की उम्मीदवारी पर वे लोग चर्चा कर रहे होते और बात घूम-फिरकर हमारे आंदोलन पर आ जाती थी।

तभी एक रात दाऊ की पार्टी के पद्मसिंह ने हमारे पास आकर हमें आश्चर्य में डाल दिया।

"दे डाली आप लोगों ने दाऊ को मात !" आते ही वे बोले।

"हो गए राजी ?" हममें से एक-दो ने लगभग उछलते हुए पूछा।

"राजी तो खैर नहीं होंगे···और लल्ला, तुम चाहते भी नहीं कि वे राजी हो जाएँ।" उन्होंने कहा।

"नईं-नईं ! ऐसी बात नहीं···" कुछ ने कहा, पर उन्हें विश्वास नहीं हुआ। आगे उन्होंने बतलाया कि कल रात दाऊ मुख्यमंत्री पर बहुत नाराज हो रहे थे। बोले, "हमें नगरपालिका अध्यक्ष बनाएगा साला ! आने दो हमारा टाइम ! साले को किसी मोहल्ला सुधार समिति का अध्यक्ष नहीं बनाया तो हमारा नाम भी दाऊ नहीं···"

दाऊ की बौखलाहट से ज्यादा हमें इस बात की खुशी हुई कि पद्म-सिंह इसे लेकर हमारे पास आए। इसका नतीजा भी जल्दी ही सामने आ गया। कहने की आवश्यकता नहीं कि एल्डरमैनों के चुनाव में उन्होंने हमें वोट दिया और बाद में लाडलीजी नगरपालिका अध्यक्ष और पद्मसिंहजी स्टैंडिंग कमेटी के चेयरमैन बने।

बीमार

शुरुआत में बच्चे को मामूली खाँसी और बुखार था, यद्यपि बाद के एक विशेषज्ञ की राय यह थी कि बच्चे को बुखार बतलाई हुई तारीख के बहुत पहले से रहा होगा। उसका कहना था कि बच्चे बुखार में भी खेलते-कूदते रहते हैं, बल्कि कई तो कुछ ज्यादा ही उछल-कूद करते हैं, कि खून की रफ्तार जो बढ़ जाती है और इसीलिए बुखार का शक होने के बजाय माँ-बाप को लगता है कि वा ! बच्चा फुर्तीला हो रहा है, कि बजाय चिंतित होने के वे और खुश होते हैं। उसका कहना यह भी था कि हम लोग अमूमन बच्चे को बुखार होने का शक उसके बदन के गर्म लगने से करते हैं, जो कि छूनेवाले के हाथ के गर्म या ठंडे होने पर भी निर्भर करता है। उसने बतलाया था कि उसका यह पक्का अनुभव है, अधिकतर माँ-बाप का ध्यान बच्चे के बुखार पर तब तक नहीं जाता जब तक कि कोई दूसरा चिह्न जैसे कि जुकाम-खाँसी-पेट-कान-नाक-गले का दर्द सामने नहीं आता और इस तरह के किसी लक्षण के उभरने में कई बार महीना-डेढ़ महीना भी लग सकता है, जिसके बाद ही माँ-बाप को लगता है कि चलो थर्मामीटर लगाकर देख लो कि कहीं बुखार भी तो नहीं है मुन्ने को। सबसे पहले जिस डॉक्टर ने बच्चे को देखा था, उसने उसे मामूली जुकाम-खाँसी से आया बुखार ही बतलाया था और इसे ठीक करने के लिए दवाएँ दे दी थीं। पर जब तीन दिन बाद भी बुखार नहीं उतरा तो उसे मामला पेचीदा होने का खुटका हुआ और उसने टट्टी, पेशाब, खून, फेफड़ों की जाँच करवाई और इनके नतीजे आने तक कोई भी दवा नहीं दी। आदमी, औरत का कहना है कि बीच के ये दो दिन बच्चे की लम्बी बीमारी में उनके लिए सबसे बेफिक्री के दिन थे, कि उन्हें पूरा भरोसा जो

था कि जाँच के नतीजे ठीक-ठीक बीमारी बतला देंगे और डॉक्टर इसका ठीक-ठीक इलाज लिख देगा और इलाज पूरा होते ही बच्चा एकदम से ठीक हो जाएगा।

जाँच के नतीजों को देखकर डॉक्टर ने दवाएँ और उनकी खुराकें लिख दीं। दो दिन तक इनका असर भी दिखलाई दिया, कि बुखार थोड़ा कम हुआ और बच्चा ठीक नींद सोया और थोड़ा ही सही, पर खाना पहले से ज्यादा खाया। लेकिन इसके बाद हालत वैसी ही रही। डॉक्टर का कहना रहा कि बच्चे की उम्र देखते हुए जान-बूझकर उन्होंने हल्की दवाएँ दी थीं और अब जबकि मालूम पड़ गया है कि बच्चा इन्हें पचा सकता है, वे उसे सही जोर की खुराकें दे रहे हैं।

इन खुराकों का भी जब कोई असर नहीं हुआ तो पड़ौसियों-दोस्तों की सलाह पर उन्होंने बच्चे को शहर के मशहूर विशेषज्ञ को दिखलाया। विशेषज्ञ ने पहले के डॉक्टर की दवाएँ बंद कर दीं, कि किस नौसिखिए के पास चले गए थे आप लोग? उसने पुरानी जाँचें भी रद्द कर नई जाँचें करवाईं और इनके नतीजे आने तक आम किस्म की दवाएँ दीं और जाँच के नतीजों के बाद उनके हिसाब से दवाएँ दीं, पर पहली दवाएँ बंद नहीं कीं, कि वे दूसरी शिकायतों से निबट लेंगी। चार-पाँच दिनों के बाद भी इन दवाओं का कोई असर नहीं हुआ, बल्कि एक-दो बार तो उल्टे बुखार बढ़ गया। पर विशेषज्ञ का कहना था कि कई मरीजों पर इनका असर देर से होता है, मगर एक बार होने लगने के बाद यह तेजी से होता है और इसलिए जब तक वह खुद न बदले, इन्हें न तो बंद करना है और न ही इनकी खुराक कम करनी है, कि अगर ऐसा किया गया तो तबीयत में अनसोचा और अनचाहा बिगाड़ आने का खतरा है।

उन्होंने इस विशेषज्ञ की दवाएँ तो बंद नहीं कीं, पर अपनी ओर से इलाज का दूसरा तरीका आजमाने का फैसला किया और पारम्परिक शास्त्रीय पद्धति के एक मशहूर गुरु के पास बच्चे को ले गए। गुरु ने जड़ी-बूटियों के चूर्ण सत्व और घोल दिए और हिदायत दी कि इन्हें बतलाए तरीके से, बतलाए समय पर दिया जाए। उन्होंने गुरु को विशेषज्ञ डॉक्टर की दवाएँ चालू रखने के लिए राजी कर लिया। जड़ी-बूटियों से बच्चे

की तबीयय में थोड़ा सुधार हुआ, पर लम्बे इलाज के बावजूद बुखार एक सौ डिग्री से नीचे नहीं उतरा, कि दिन में दो-तीन बार तो इससे ऊपर भी जाता रहा।

शुभचिंतकों की सलाह पर उन्होंने इलाज का तीसरा तरीका भी आजमाया, जिसके लिए इस तरीके के कई जानकारों से मिलने के बाद एक ऐसा जानकार पकड़ा जो शास्त्रीय गुरु और विशेषज्ञ डॉक्टर के इलाज जारी रखने पर भी राजी हो। इस तरह से बच्चा तीन-तीन तरीकों की दवाओं पर रहा। इसके बावजूद जब उसकी हालत में कोई उल्लेखनीय सुधार नहीं हुआ तो पड़ौसियों ने उन्हें डाँटा की बच्चे की तंदुरुस्ती के साथ खिलवाड़ कर रहे हो, और मजबूर किया कि शहर में नए आए एक काबिल विशेषज्ञ का इलाज कराएँ, कि जिसके बारे में यह तक सुना गया था कि उसने कई बच्चों को मौत के मुँह से बाहर निकाला है।

इसी विशेषज्ञ का कहना था कि बुखार जब से बतलाया जा रहा है, उससे बहुत पुराना है। उसका यह भी मत था कि पिछले डॉक्टर और जानकार बीमारी के केंद्र तक पहुँच ही नहीं पाए हैं और सिर्फ उन रास्तों का इलाज करते रहे हैं जो इस केंद्र से फूटे हैं और इसी वजह से बीच-बीच में बच्चे की तबीयत कुछ-कुछ सुधरती रही है, कि केंद्र से निकले किसी एक रास्ते का इलाज होने से मिला आराम। मगर सब रास्ते खत्म नहीं हुए हैं और केंद्र तो वैसा का वैसा ही है, कि चूँकि रास्तों को खत्म करना उसके इलाज के आड़े नहीं आता, इसलिए वह किसी का इलाज बंद नहीं करेगा और खुद बीमारी के केंद्र को खत्म करने का इलाज करेगा और इसीलिए सबसे पहले उस दौरान का इलाज करेगा, जबकि बच्चा बुखार में था और माँ-बाप को इस बात का पता ही नहीं था।

उनका ज्यादातर समय बच्चे की देखभाल, तीमारदारी, चिंता में जाता। शुरुआत में दोनों मिलकर उसके काम करते, कि बुखार देखते, ज्यादा बुखार होने पर ठंडी पट्टियों से बदन पोंछते, बहुत ज्यादा बुखार होने पर इसे उतारने की दवा देते, उसे खिलाते-पिलाते, सुलाते, दवाएँ देते, रोना चुप करते, डॉक्टर, गुरु या जानकार को दिखलाने जाते। आगे फिर ऐसा होता कि एक अगर बच्चे के पास होता तो दूसरा अपने को उससे

अलग रखता, कि अखबार पढ़ने लगता या बच्चे के खिलौनों को छेड़ता, पर उसका ध्यान बच्चे के पास ही रहता और कान यह जानने के लिए लगे रहते कि दूसरा बच्चे का काम किस तरह से निबटा रहा है। यही बात आगे फिर अपने आप एक व्यवस्था में बदल गई कि दिन में बच्चे की अधिकतर जिम्मेदारी औरत सँभालती और रात को आदमी। वैसे इसमें लचीलापन था, कि दिन में अगर आदमी दफ्तर न गया होता तो औरत के बच्चे से अलग होते ही उसके पास पहुँच जाता और रात में अगर औरत की अचानक आँख खुलती तो उसका हाथ बच्चे के बदन पर चला जाता और यह चाहे भले ही गर्म न लगे, पर खुद को तसल्ली देने के लिए उसे थर्मामीटर लगा ही देती। थर्मामीटर वे दिन में भी कई बार लगाते, कि थोड़ी देर पहले ही औरत बुखार देखकर अलग होती और बच्चे के कमरे में जाकर आदमी को लगता कि बुखार देखे न जाने कितनी देर हो गई है और थर्मामीटर उठा लेता, जिस पर बच्चा एतराज भी करता कि अभी-अभी तो माँ देखकर गई है, पर आदमी को लगता कि बार-बार बुखार देखे जाने से बच्चा परेशान-चिड़चिड़ा हो गया है और उसे बहला-फुसलाकर थर्मामीटर लगा ही देता। दूसरे कमरे में औरत यह सब सुनती होती, पर वह नहीं टोकती, कि क्या पता बुखार चढ़ गया हो और बदन गर्म लगा हो। शुरू में तो उन्हें थर्मामीटर गलत होने की शंका भी हुई थी और दूसरा लाकर उसे जाँचा गया था और दोनों में दो पॉइंट का फर्क पाया था और फिर तीसरा लाया गया था और इनमें से उन दो को सही माना था, जो एक-सा बुखार नाप रहे थे।

याददाश्त पर ज्यादा निर्भर न रहने की गरज से उन्होंने बुखार का हिसाब रखने के लिए एक चार्ट बनाया और बच्चे की चिड़चिड़ाहट को ध्यान में रखकर तय किया कि जब बुखार बढ़ रहा हो तब जरूर आधे-आधे घंटे बाद, वर्ना दो-दो घंटे बाद बुखार नापकर इसमें उतारेंगे। पर तत्काल उतारने के काम में कभी-अभी आलस हो ही जाता और तब वे क्या पढ़ा था, इसका अंदाज लगाते और इस अंदाज पर उन्हें भरोसा न होता और चार्ट में खाली जगह छूटतीं और इसके लिए वे एक-दूसरे को दोष देते और विवाद होता और उन्हें महसूस होता कि इसका बच्चे

पर गलत असर पड़ रहा है और इसलिए इसे टालने के लिए उन्होंने एक-दूसरे को टोकना छोड़ दिया और उनके बीच एक समझ बन गई कि जो जैसा कर रहा है, दूसरा उसे सही मानता रहे और अपने शक से अगर बहुत परेशान होता हो तो अगली बार वह काम खुद करने की पहल करे।

दोस्तों-रिश्तेदारों की चिट्ठियों के जवाब, शादी-ब्याह के बधाई तार देना वे भूलते और बाद में पछताते और खुद को समझाते कि बच्चा ठीक होने पर सबको वजह बतला देंगे और माफी माँग लेंगे। भूलें और गलतियाँ निजी कामों में भी होतीं, कि औरत दूध तपा रही होती और अचानक उसे बच्चे को दवा पिलाने की याद आती और दवा देते-देते दूध की बात भूल जाती और जब किसी और काम से रसोई में जाती तो दूध खाक हुआ पाती, कि गुसलखाने में कपड़े ले जाना भूलती और आदमी जब देने आता तो अपना तनाव घटाने की गरज से कुछ छेड़खानी करता और वह उस डाँटती कि बच्चे की चिंता छोड़ दी क्या ? आदमी बाहर जाते हुए जूते पहनना भूलता और कभी दवाइयाँ लाना भी भूलता और फिर देर रात तक शहर-भर में उन्हें ढूँढ़ता फिरता। बच्चा खिलौने माँगता, औरत उसे खाना देती। पंखा बंद करना होता, लाइट बंद कर दी जाती। चाय में नमक डल जाता और सब्जी बिना नमक के रह जाती, कि एक के ऊपर एक गल्ती होती और जल्दी होती, कि उन्हें सोचने का मौका ही न मिल पाता और उनका इनके बारे में सोचना ही छूटता गया और गल्तियों की एक दुनिया ही बनती गई और सही कामों की दुनिया में भी यह घुसने लगी, कि सही करने पर भी उन्हें शक होता कि कहीं गलत तो नहीं कर रहे हैं।

गल्तियों का सिलसिला आदमी के दफ्तर में पहुँचा। बच्चे का ख्याल आते रहने से उसका काम पहले से ही पिछड़ रहा था। पर तब उसे भरोसा था कि बच्चा ठीक होते ही वह काम में भिड़ जाएगा और बकाया काम निबटा देगा। लेकिन गल्तियाँ होने लगने पर यह भरोसा डिग गया। उसकी गल्तियाँ पकड़कर उसके प्रतिद्वंद्वी मजे लेते जिससे वह और हतोत्साहित होता। उसने महसूस किया कि अगर बच्चे की फिक्र पूरी

तरह से औरत पर छोड़कर उसने दफ्तर के काम में मन नहीं लगाया तो बात हाथ से निकल जाएगी। नौकरी छूटने का खतरा दिखलाकर औरत को इसके लिए मनाने में वह कामयाब भी हो गया। इस व्यवस्था के तहत घर पर रहने पर भी वह बच्चे से दूर रहता और दफ्तर में झटके से घर को भूलते हुए काम में मन डुबाने की कोशिश करता। पर कागज पर के आँकड़े-इबारतें उसके दिमाग में कोई मायना ही न बनाते, कि जैसे कोई चीज़ इनके दिमाग में पहुँचने के आड़े आती हो। उसे लगा कि यह चीज जबरदस्ती रोकी गई बच्चे की चिंता ही है, कि जो जम गई है और जिसे झटके से हटाना नामुमकिन है, कि इसे धीरे-धीरे पिघलाकर ही हटाया जा सकता है और इसके लिए हर तरह की फिक्र से आजादी जरूरी है, कि कुछ समय के लिए दफ्तर की फिक्र से भी।

वह गप्पों-मटर्गश्तियों में अपना समय काटने लगा, कि इधर-उधर बैठता-घूमता और देर से घर पहुँचता और किसी ने बच्चे की तबीयत के बारे में पूछा होता तो ठीक हो जाने का झूठ बोलता, कि चलते-चलते यह झूठ उसके लिए भी सच बन जाए और वह बच्चे की फिक्र से उतना ही दूर होता जाए। घर पर बच्चे की देखभाल में वह मामूली हिस्सेदारी करता, पर इस सावधानी के साथ कि यह उसकी चिंता का हिस्सा न बने।

काम में ढील और गल्तियों से दफ्तर को नुकसान तो हुआ ही, पर एक फायदा भी हुआ, कि दफ्तर द्वारा किए जानेवाले भुगतानों में देरें हुई और इन तरह से लेन-देन का संतुलन माफिक रहा, जो वर्ना बिगड़ जाता। उसका आला अफसर इससे खुश हुआ और उसने उसकी गल्तियों को नजरंदाज करते हुए उसे काम में कुछ दिन और ढील करने को प्रोत्साहित भी किया, कि दफ्तर की फिक्र छोड़ो और बच्चे पर ध्यान दो।

औरत को मगर यही शक हुआ कि हो सकता है कि इस तरह से वह आदमी को निकम्मा कर देना चाहता है, जिससे कि आगे जाकर उसे निकालना आसान हो जाए। उसने आदमी को इस चाल से आगाह किया और अपनी तैयारी भी दिखलाई कि जिस तरह से इतने दिनों वह लगभग अकेली बच्चे की बीमारी झेलती रही है, वैसे आगे भी झेलती रहेगी, कि

अगर उसे नौकरी से हटाया गया तो उसके सामने और बच्चे के सामने भी एक और मुसीबत खड़ी हो जाएगी, कि बेचारे के लिए डॉक्टर की दवा का खर्च भी नहीं जुट पाएगा। इस शक ने उसे भी घेर लिया और इससे निजात पाने के लिए उसे यह तरीका सूझा कि आला अफसर से अच्छे काम और दफ्तर को फायदा पहुँचाने का एक प्रमाण-पत्र ले ले जो कि उसके खिलाफ हो सकनेवाली कार्यवाही के समय काम में आ सके। प्रमाण-पत्र की बात पर आला अफसर हँसा, कि क्या वह दूसरी नौकरी देखने की बात सोच रहा है? इससे उसकी यह दुविधा और बढ़ गई, कि अफसर उसके प्रति सच्चा है या कपट कर रहा है और तब उसका गपशप में मन लगाना भी जाता रहा, कि दफ्तर की कोई बात उठने पर उसे वह इसी शक से जोड़ता कि अफसर कहीं सचमुच ही तो उसे हटाने की जमीन तैयार नहीं कर रहा? वह काम करता और काम करते हुए डरता और डरते-डरते ज्यादा काम करने की सोचता और सोचने से बिलकुल ही काम न कर पाता और देर तक अपनी कुर्सी पर बैठा रहता कि काम शुरू हो और शुरू होते ही चिंता शुरू होती कि कितना सारा पड़ा है, कि जाने सही हो रहा है या नहीं और घर जाता तो दफ्तर की चिंता सताती और बेचैनी बढ़ती और ध्यान हटाने के लिए वह बच्चे की देखभाल में लगता, कि औरत के विरोध के बावजूद।

वह बच्चे की देखभाल पहले की तरह ही करने लगा। औरत की असहमति भी मूक होती गई, कि वह खुद अपने बारे में आश्वस्त जो न थी।

बच्चे की देखभाल करने में भी वह गल्तियाँ कर रहा है, इसका एहसास उसे तब हुआ जब एक बार उसने बच्चे का बुखार एक सौ तीन दशमलव छः पढ़ा और इस बात से घबराकर कि अचानक कैसे बढ़ गया, उसने औरत को इसे उतारने की दवा फौरन पिलाने को कहा। परेशानी और चिंता से फट रही उसकी आँखें अनजाने में ही फिर थर्मामीटर पर चली गईं और उसने पाया कि बुखार तो एक सौ एक दशमलव दो ही है। औरत ने दवा चम्मच में डाल ली थी फिर भी इसे पिलाने से वह रोक सकता था, पर वह कुछ कह नहीं पाया, कि उसे गल्ती इतनी भयानक

लगी कि इसे उजागर करने की हिम्मत ही न जुटा पाया। बच्चे को फालतू में दवा पिला देने की आत्मग्लानि से उसने अपने आप को यह समझाकर जरूर बचा लिया कि आते ही बाद के विशेषज्ञ ने एक सौ दो के ऊपर बुखार जाने पर इसे उतारने की दवा पिलाने के लिए कहा हो, पर पहले के विशेषज्ञ ने ऐसा एक सौ के ऊपर बुखार जाने पर ही करने के लिए कहा था। बच्चे के साथ गल्ती होने के अहसास से हुई कचोट से वह फिर भी नहीं बच सका। उसे लगा कि उसके इलाज में इस तरह से अब तक न जाने कितनी गल्तियाँ वह कर चुका होगा और औरत भी जरूर इस तरह की गल्तियाँ करती होगी, कि वह तो कब की दिमागी संतुलन खो चुकी है। यह सोचते हुए उसे और ज्यादा तकलीफ हुई कि वे लोग अपने बच्चे की देखभाल करने तक के कबिल नहीं रहे।

उसे लगा कि थोड़ा धीरज रखकर किसी एक का इलाज न कराना और इतने सारे इलाजों और उनके जानकारों के चक्कर में फँसना, उनकी सबसे बड़ी गल्ती रही, कि इससे दवाओं की तादाद और उनकी अलग-अलग तरह की खुराकें ही इतनी सारी हो गई हैं, कि इनसे समझदार से समझदार आदमी भी गड़बड़ा जाए, जिसमें वे दोनों तो तनाव के बीच काम कर रहे हैं और उसे विश्वास हो गया कि ठीक समय पर ठीक दवा की सही खुराक देने में भी जरूर गल्ती होती आ रही है, कि औरत से तो जरूर ही, कि वह सिड़बिल्ली-सी जो हो गई है। मगर उसे लगा कि इन गल्तियों पर टोकने के लिए अब बहुत देर हो गई है, कि सिर्फ तनाव और झगड़ा होने के डर से एक-दूसरे की आलोचना न करना भी एक भूल रही, कि वे अपनी-अपनी गल्तियों में जी रहे हैं और बच्चे को भी इन गल्तियों में उन्होंने घसीट लिया है, कि अब अगर एक-दूसरे की भूलों पर ध्यान दिया तो पिछला सबका सब उगल जाएगा और बहुत तगड़ा झगड़ा होगा और बच्चा रोएगा और रुकने का नाम न लेगा और यह सब सहने की हिम्मत अब उसमें नहीं बची है, कि हिम्मत का हिसाब ही चूक रहा है और यह ठीक करना अब उसके बस में नहीं रहा, कि हरि इच्छा।

फिर भी उसने तय किया कि आगे से बच्चे का हर काम कई बार जांच-जांचकर करेगा और औरत का काम भी जितना बन पड़ेगा, उतना

खुद जाँचेगा, कि इस सावधानी के साथ कि उसे इससे चोट न पहुँचे ।

कई-कई बार जाँच करने की वजह से बच्चे के काम में कुछ देर होती, जिसके लिए औरत ने एक-दो बार उसे टोका, कि यह क्या हो रहा है ? उसने औरत को सारी बात समझाने का तय किया और अपनी शंका जाहिर की, कि कहीं हम बच्चे की जिंदगी के साथ खिलवाड़ तो नहीं कर रहे, कि क्या पता दवाएँ भी उलट-पलट कर देते हों ? औरत खुद टूट चुकी थी और अपने पर का भरोसा खो चुकी थी और उसने आदमी से कहा कि अब बच्चे की देखभाल की पूरी जिम्मेदारी अपने ऊपर ले ले, कि काम वह सभी वैसे ही करेगी, पर उसकी समझ और उसी के बतलाए तरीके से, कि सो भी लिखित में, कि बाद में शक-ओ-शुबह की गुंजाइश ही नहीं रहे । पर आदमी को खुद पर पूरा-पूरा भरोसा नहीं हो पा रहा था, बावजूद इसके कि वह बहुत चौकस रहने लगा था, कि पाँच-पाँच, छः-छः बार पढ़ने के बाद ही बुखार कितना है, यह तय करता और चार-चार बार जाँच करने के बाद ही समझता कि सही समय पर सही दवा की सही खुराक दे रहा है । फिर भी उसे यह खुटका बना ही रहता कि कहीं उसके जोड़ने-घटाने का विवेक ही तो नहीं गड़बड़ा गया है ? कि क्या पता इसी वजह से दफ्तर में भी उसके हिसाब में इसी वजह से गल्तियाँ होती हों ?

फिर एक दिन बच्चे का बुखार ज्यादा नहीं चढ़ा और उसके अगले दिन भी नहीं चढ़ा और अगले के अगले दिन भी नहीं चढ़ा और उनकी राहत बढ़ती गई कि चलो निजात मिली, पर एक शक भी बना रहा कि कहीं अपनी गल्तियों की दुनिया में तो वे बच्चे का बुखार नहीं देख रहे ?

शायद यह आपके यहाँ की बात भी हो

बात की शुरुआत को लेकर थोड़ा मतभेद है। कुछ लोगों का कहना है कि बात की शुरुआत प्रधानमंत्री ने की, जबकि कुछ अन्य का दावा है कि प्रधानमंत्री द्वारा प्रक्रिया को केवल बढ़ावा दिया गया था और असली शुरुआत इससे करीब दो साल पहले राज्य के दूर-दराज के एक इलाके, सम्बोदीला, में हुई थी। उनके अनुसार हुआ यह कि सलोखे नाम के एक व्यक्ति ने, जो रंगमंचीय कलाकार के रूप में असफल रहा था, राज्य संसद के एक उपचुनाव में अपना भाग्य आजमाने का तय किया। अपनी नाटकीय प्रतिभा का उपयोग उसने भाषणों को प्रभावशाली बनाने में किया, जिससे एक बढ़िया वक्ता के रूप में उसे काफी लोकप्रियता मिली। यह चुनाव उसने शासक दल के एक बहुत बड़े नेता को हराकर जीता, जिससे खलबली-सी मच गई थी, लेकिन अधिकतर लोगों ने इसे उन अजूबों में से एक अजूबा समझा जो चुनाव जैसी गतिविधियों में हो जाया करते हैं। इसी समझ के कारण लगभग दो साल तक राज्य में हुए विभिन्न चुनावों में सलोखे की तरकीब का ढंग से इस्तेमाल नहीं किया गया। दो साल बाद हुए आम चुनावों में भी प्रधानमंत्री ने इसका उपयोग बिलकुल आखरी-आखरी में किया और वह भी बस संयोगवश।

बिगड़ती आर्थिक परिस्थिति के कारण आम चुनावों में शासक दल की हालत कमजोर लग रही थी। चुनाव-प्रचार के दौरान प्रधानमंत्री को अपने दल की सम्भावित हार का आभास होने लगा था। ऊपर से आत्म-विश्वास दिखलाने के बावजूद वे अंदर से घबरा रहे थे और इसी कारण उनकी बातों में कहीं-कहीं विरोधाभास तक झलकता था। विरोधियों का आत्मविश्वास बढ़ रहा था और कई विरोधी नेता तो अपनी जीत के प्रति

निश्चित तक हो गए थे। यह एक संयोग ही कहा जाना चाहिए कि चुनाव के दस दिन पहले प्रधानमंत्री का सलोखे के चुनाव-क्षेत्र में दौरा हुआ और वहाँ उन्हें उसके भाषण-कौशल के बारे में जानकारी मिली। यदि उनके दौरे में दो-चार दिन की भी देर हो जाती तो अपनी बदली हुई रणनीति लागू करने के लिए उन्हें पर्याप्त समय नहीं मिलता, और तब हो सकता है कि तैयारी के अभाव में उन्हें असफलता ही मिलती, जिससे कि प्रक्रिया के विकास में एक धक्का लगता। अपने अन्य चुनाव कार्यक्रम रद्द कर, प्रधानमंत्री तत्काल राजधानी लौट गए थे।

राजधानी पहुँचते ही उन्होंने एक नामी विद्याविद् से अपनी भावी नीतियों से सम्बन्धित एक भाषण तैयार करवाया। एक अच्छे हास्य-व्यंग्य लेखक ने इस भाषण में जगह-जगह हास्य-व्यंग्य जोड़ा। एक कुशल नाट्य-निर्देशक के निर्देशन में प्रधानमंत्री ने इस भाषण को प्रभावी ढंग से देने का अभ्यास किया और मतदान के हफ्ते-भर पहले उन्होंने जगह-जगह जाकर इसे दिया। चुनाव में शासक दल की अनपेक्षित जीत के लिए प्रधानमंत्री के इसी भाषण के श्रेय दिया जाता है।

उक्त आम चुनाव के पहले विरोधी दल अपना प्रभाव बढ़ाने के लिए मुख्यत: आंदोलनों का सहारा लेते थे। पर इस चुनाव के परिणामों ने पुरानी राजनीतिक गतिविधियाँ चालू रखने की निरर्थकता को उनके सामने स्पष्ट कर दिया। एक-दो पार्टियाँ आंदोलनों में उनकी निष्ठा के कारण सही सबक सीखने में ढीली रहीं, पर आखिरकार उन्हें भी दूसरी पार्टियों के रास्ते पर आना ही पड़ा। ऐसा नहीं कि उक्त चुनाव में विपक्ष के पास अच्छे वक्ता नहीं थे। असल में उस समय के चोटी के वक्ता विपक्ष में ही थे, पर उनकी प्रतिभा का ठीक से दोहन नहीं किया गया था, क्योंकि उनकी समझ यही थी कि चुनाव में जन-समस्याएँ तथा उनके निराकरण में शासक दल की असफलता ही मुख्य मुद्दे होते हैं और इन्हें ही उभारा जाना चाहिए।

चुनाव के बाद पार्टियों की समझ में आए बदलाव के कारण इनके ऊपर से लेकर नीचे तक के नेतृत्वों में परिवर्तन हुए। अच्छे वक्ता समझे जानेवाले नेता पार्टी-पदों पर चुनकर आए। यह नया नेतृत्व वक्ताओं की

फौज बनाने के काम में लग गया। कार्यकर्ताओं के लिए वक्तृत्व कला पर प्रशिक्षण शिविर, सम्मेलन, विचार-गोष्ठियाँ तथा वर्कशॉप आयोजित किए। पार्टी-पत्रों में भाषणों और उन्हें अच्छे ढंग से देने सम्बन्धी लेख, हिदायतें, सूचनाएँ आदि छापी जाने लगीं। अच्छे वक्ताओं की तस्वीरें तथा जीवन-चरित्र आने लगे। कुछ पार्टियों ने कार्यकर्ताओं के लिए वक्तृत्वोत्तेजक प्रतियोगिताएँ प्रारम्भ कीं। विद्यालयों, महाविद्यालयों और विश्वविद्यालयों की वाद-विवाद-प्रतियोगिताओं में पुरस्कार पानेवाले छात्रों पर नजर रखने और उन्हें अपने-अपने दलों की ओर आकर्षित करने की नेताओं में होड़ लग गई।

बाद के आम चुनावों में लगभग सभी पार्टियों ने अच्छे वक्ताओं को ही अपना प्रत्याशी बनाया। प्रत्याशी चुनते समय उम्मीदवार की ईमानदारी, पार्टी-नीतियों के प्रति निष्ठा जैसे गुणों अथवा घूसखोरी जैसे अवगुणों पर बिलकुल ही ध्यान नहीं दिया गया। चुनाव के नतीजों ने इन पार्टियों की यह समझ कि जीत के लिए अच्छे वक्ता ही चाहिए और मजबूत कर दी।

प्रक्रिया के प्रारम्भिक दौर में श्रोताओं को आकर्षित करने और सभा में बाँध रखने के लिए वक्तागण मुख्यत: हास्य-व्यंग्य का उपयोग करते। द्विअर्थी शब्दों के अटपटे प्रयोग से, दूसरी किसी भाषा के जीभ-मरोड़ शब्दों के उच्चारण से, विरोधियों की खिल्ली उड़ाकर, दूसरों की नकल उतारकर या सीधे-सीधे चुटकुले सुनाकर श्रोताओं को खुश किया जाता। कुछ सम्पन्न दलों ने हास्य-व्यंग्य की सामग्री प्राप्त करने तथा अन्य स्रोतों से प्राप्त सामग्री को दिलचस्प बनाने के लिए अपने मुख्यालयों पर बाकायदा हास्य-व्यंग्य लेखकों को अनुबंधित किया। गुप्त पत्रों द्वारा यह सामग्री पार्टी इकाइयों तक पहुँचाई जाती। साधनहीन दलों के नेतागण पत्र-पत्रिकाओं अथवा व्यक्तिगत गप्पबाजी से निकली फुलझड़ियों से ही अपनी हास्य-व्यंग्य सम्बन्धी जरूरतें पूरी कर लेते। इतने व्यापक उपयोग के लिए इस तरह की नित नई सामग्री मिलना असम्भव था। जनता की सीमित स्मरण-शक्ति का लाभ उठाकर नेतागण पुरानी सामग्री ही नए शब्दों में ढालकर या अधिक से अधिक उसे नया संदर्भ देकर उसका

इस्तेमाल करते।

पर लोग जल्दी ही इस खालिस हास्य-व्यंग्य से ऊब गए। यह ऊब उपेक्षा में बदले, इसके पहले ही नेताओं ने अपने भाषणों में काव्य का उपयोग चालू कर दिया। प्राचीन ग्रंथों से उद्धरण देनेवाले वक्ता विद्वान् समझे जाते। लेकिन प्रभावी वे ही होते जो अपने भाषणों में कविता और हास्य-व्यंग्य का संतुलित मिश्रण उपयोग में लाते। मीटरबद्ध तुकांत कविता को गाकर बोला जा सकता है, जिससे उसकी प्रभावशीलता बढ़ जाती है। इसी कारण गद्य काव्य की अपेक्षा पद्य काव्य का उपयोग अधिक हुआ। इस क्षेत्र के कुछ महत्त्वपूर्ण प्रयोग ये थे : एक वक्ता अपना सम्पूर्ण भाषण कविता में गाकर सुनाया करते थे। एक अन्य वक्ता, जो अच्छे गायक भी थे, हारमोनियम, ढोल आदि वाद्य-यंत्र भी मंच पर रखते थे और किसी कविता का उद्धरण देते समय उसे साज के साथ गाकर सुनाते थे। एक अन्य वक्ता श्रोताओं से आग्रह करते कि जब वे कोई छंद गाएँ तो वे भी उनके साथ दोहराएँ, लेकिन श्रोताओं के साथ न देने से उड़नेवाली भद्द के अंदेशे की वजह से वे इस बात का अतिरिक्त ख्याल रखते कि श्रोताओं से दुहराने के लिए तभी कहा जाए जब किसी भजन का पद गाने की बात हो।

केवल इस कारण कि प्रशंसा के मुकाबले आलोचना लोगों को अधिक आकर्षक लगती है, शासक दल की तुलना में विरोधी अधिक सुविधाजनक स्थिति में थे। लेकिन जल्दी ही शासक दल के लोगों को इस हानिकारक स्थिति का ज्ञान हो गया और वे भी अपने भाषणों में आलोचना को स्थान देने लगे। विपक्ष की आलोचना एक सीमा तक ही की जा सकती है, इसलिए शासक दल के नेतागण सरकार की असफलताओं के लिए प्रशासन को कोसने लगे। जब यह भी अपर्याप्त सिद्ध हुआ तो वे स्वयं की आलोचना करने लगे। ऐसा करने के तीन फायदे थे—एक, विपक्ष से आलोचना करने की पहल छीनना; दूसरे, यह दिखलाना कि शासक दल अपनी गल्तियाँ मानने की हद तक ईमानदार है; और तीन, अपनी गल्तियों का रोना रोकर जनता में अपने प्रति दया-भाव जाग्रत करना। शासक दल के नेता अपनी असफल नीतियों को गलत बतलाकर दूसरी नीतियाँ

अपनाने के आश्वासन देते। विरोधी दल भी इसके जवाब में शासन की सफल नीतियों को खुद की बतलाने लगे । यह काम सीधे-सीधे न होकर, इधर-उधर की खींचा-तानी करके किया जाता । पर इसके परिणामस्वरूप दलों के बीच के नीतिगत मतभेद कम होते गए। जहाँ तक सैद्धांतिक मतभेदों का सवाल है, प्रक्रिया के विकसित होने के साथ से ही, वे केवल किताबी दिलचस्पी की वस्तु रह गए थे। विभिन्न दलों के बीच की नीतिगत कट्टरता भी समाप्त प्रायः हो गई। एक ही दल में दक्षिणपंथी, वामपंथी और मध्यमार्गी, यहाँ तक कि घोर दक्षिण और वामपंथी नेता पाए जाने लगे । इतना ही क्यों, एक ही नेता कभी दक्षिण तो कभी वामपंथी हो जाता ।

भाषणबाजी की प्रतिद्वंद्विता तीव्र होने के साथ ही राजनीतिक दल वक्तृत्वकला में निपुणता हासिल करने के अलावा सभाओं के ताम-झाम पर भी ध्यान देने लगे । सभा-स्थल का चुनाव, मंच का आकार और सजावट, सभा-स्थल की सजावट, रोशनी की व्यवस्था, लोगों के बैठने खड़े होने की व्यवस्था, पीने के पानी की व्यवस्था, वक्ताओं की वेशभूषा आदि कुछ ताम-झाम सम्बन्धी विषय होते थे । बड़े नेता की सभा के लिए बड़ी तैयारी व्यवस्था सम्बन्धी एक आम नुस्खा बन गया था, इन चेतावनियों के साथ कि बड़े से बड़े नेता की लोकप्रियता भी स्थान और काल के अनुसार घटती-बढ़ती रहती है और बड़े पैमाने पर व्यवस्था होने के बावजूद यदि किसी सभा में कम श्रोता आते हैं, तो यह आयोजक, श्रोता और वक्ता सभी को एक हास्यास्पद स्थिति में डाल देता है । सम्पन्न और खाते-पीते लोगों की सभाओं में उत्कृष्ट व्यवस्था सराही जाती थी, जो स्वाभाविक था । पर गरीब लोगों पर भी इसका अनुकूल असर होना जरूरी नहीं था । जहाँ कुछ गरीब भव्य-व्यवस्था को अपनी सुप्त आकाँक्षाओं का प्रतिबिम्बित रूप मानकर इसकी ओर ललचाई निगाह से देखते थे, वहीं कुछ ऐसे भी थे जो इसे अपनी गरीबी का मजाक समझते थे । वैभवपूर्ण व्यवस्था से चिढ़कर लोगों द्वारा सभा में गड़बड़ी करने की कुछ घटनाएँ समाचारित भी हुई थीं, लेकिन दूसरी ओर साधारण किस्म की व्यवस्था सभा के प्रति लोगों में दिलचस्पी ही पैदा न कर पाए, इस बात की

सम्भावना भी बनी रहती थी। असल में गरीबों की सभाओं में ताम-झाम सम्बन्धी मामला बड़ा ही पेचीदा रहता था और स्थानीय नेताओं का जनसम्पर्क इसके बारे में निर्णय लेने में बहुत बड़ा सहायक सिद्ध होता था।

किसी जोशीले भाषण के दौरान हवा में काल्पनिक तलवार घुमाने जैसा कोई हाव-भाव गरीब लोगों को प्रभावित करता था, लेकिन विद्वत्-जनों के बीच इस तरह की बातें बिलकुल ही उल्टा असर छोड़ती थीं... ये लोग मुहावरेबाजी अधिक पसंद करते थे। कोई नया मुहावरा दिया जाने और विभिन्न कोणों से उसकी व्याख्या होने पर तो ये गद्गद हो जाते थे।

आगे चलकर राजनीतिक दलों की लोकप्रियता उनकी जनसभाओं के आकार से नापी जाने लगी। स्वाभाविकत: सभी पार्टियाँ अपनी सभाओं के आकार बढ़ा-चढ़ाकर और विरोधियों की सभाओं के खूब घटाकर बतलाने के मोह में पड़ती थीं, जिसके परिणामस्वरूप इस सम्बन्ध में विवाद भी होते थे। कुछ पत्र-पत्रिकाओं ने अनुमानों का औसत निकालकर सही आँकड़ा मालूम कर लेने की सरल तरकीब निकाली थी, पर तब औसत बढ़ाने या घटाने के चक्कर में राजनीतिज्ञ अपने अनुमान और भी ऊट-पटाँग बतलाने लगे, जिससे कि मूल अनुमानों और औसत का अंतर अनाप-शनाप दिखलाई देने लगा। जनसभाओं के आकार नापनेवाले स्वतंत्र संगठन इसी दौर में उभरकर आए थे। एक संगठन, 'सभामान' ने तो राष्ट्रीय ख्याति अर्जित कर ली थी, तथा बड़ी-बड़ी पत्र-पत्रिकाएँ इसी के अनुमान छापती थीं।

जनसभा के आकार और लोकप्रियता के समीकरण के कारण राजनीतिक दल अपनी सभाओं में लोगों को आकर्षित करने के लिए और भी ज्यादा सक्रिय होने लगे। इसके लिए हर प्रकार के तरीके इस्तेमाल किए जाते। धुआँधार प्रचार तो किया ही जाता, पर मुफ्त और आरामदेह वाहन-व्यवस्था करने तथा जरूरत पड़ने पर बेकारों को पैसे देकर लाने की तरकीबें भी चलती थीं। सभा-स्थल पर भाषणों का सिलसिला चालू होने के पहले सांस्कृतिक कार्यक्रम, गीत-संगीत-नृत्य, आयोजित किए जाते थे।

इस सबका जनता पर असर पड़ता था और सभाओं में जनता की असाधारण उपस्थिति आँकी जाने लगी थी। जनता की दिलचस्पी का कारण इन सभाओं में मुफ्त का मनोरंजन मिलना तो था ही, एक अन्य प्रमुख कारण यह भी था कि इनमें जाकर लोग अपना राजनीतिक दायित्व निर्वाह करने का संतोष भी पा लेते थे।

प्रतिद्वंद्विता के तीव्रतम होने के काल में वक्ताओं के बीच स्वर-मोडूलेशन के फैशन ने काफी जोर पकड़ा था। वैसे इसका उपयोग कुछ वक्तागण बहुत पहले से करते आ रहे थे, पर बाद के उपयोग में विशेषता यह थी कि वह शास्त्रीय आधार पर था और इसलिए कलात्मक था। भाषण के दौरान आवाज में उपयुक्त उतार-चढ़ाव लाना और उसकी गति को कम-ज्यादा करना इतना आसान नहीं है कि हर कोई उसका उपयोग ठीक से करने लगे। प्रशिक्षण जरूरी होता है। सम्पन्न दलों ने इसके लिए रंगकर्मियों को अनुबंधित किया और उनसे अपने नेताओं-कार्यकर्ताओं के लिए शिविर आयोजित करवाए। कुछ दुस्साहसी वक्ताओं ने प्रशिक्षण की खिल्ली उड़ाते हुए अपने भाषणों में बिना तालीम के ही स्वर-मोडूलेशन का उपयोग किया और गलत जगहों पर आवाज से उतार-चढ़ाव लाकर अपनी खिल्ली उड़वाई। इससे प्रशिक्षण की आवश्यकता की समझ और बढ़ गई। बढ़ती हुई माँग को पूरा करने के लिए कुछ जानकारों ने व्यावसायिक स्तर पर प्रशिक्षण-केंद्र खोले। साथ ही स्व-प्रयत्नों से इस कला में निपुण बना देने का दावा करनेवाली कुछ पुस्तकें भी बाजार में आईं। पत्राचार पाठ्यक्रम चल निकले। जड़ी-बूटियों और जादू-टोनों से पारंगत कराने के विज्ञापन भी कभी-कभी देखे जाने लगे थे।

अपने दल की लोकप्रियता बढ़ाना और विरोधियों को अलोकप्रिय करना एक-दूसरे के पर्यायी काम हैं और इसलिए विरोधियों को नीचा दिखलाने के मौके को कोई वक्ता नहीं चूकता था। गालियाँ देकर, चरित्र-हनन से या अफवाहें फैलाकर विरोधियों को बदनाम किया जाता था। किसी पार्टी से अधिक उस पार्टी के नेताओं की आलोचना की जाती थी। पार्टी की अधिक आलोचना सम्भव भी नहीं थी, क्योंकि बात के विकसित होने तक प्रमुख पार्टियों के बीच के न केवल सैद्धांतिक, बल्कि नीतिगत

मतभेद भी धूमिल हो गए थे। फिर लोगों में यह धारणा भी काफी व्यापक थी कि हर पार्टी में कुछ-न-कुछ तो अच्छा होता ही है, बुराई केवल उसकी नीतियों के लागू करने में आती है, मतलब उसके नेताओं में होती है। पार्टियों की नीतियाँ भी वैसे नारों में सिमटकर रह गई थीं, जिससे उनके बीच जो भी कुछ नीतिगत संघर्ष था वह नारों की उठा-पटक मात्र रह गया था। जैसे ही किसी दल द्वारा दिया गया कोई नारा लोकप्रिय होने लगता, दूसरे दलों के नेतागण उसकी दुर्गति करने के काम में लग जाते। इस नारे के कई अर्थ दिए जाते तथा अलग-अलग ढंग से इसकी व्याख्या की जाती जिससे कि जनता नारे के प्रति भ्रमित हो जाती और उसके लिए उसका मोह जाता रहता। इसका एक परिणाम यह हुआ कि शब्दों के अर्थ धुंधले होने लगे तथा इस कारण उनकी शक्ति भी क्षीण होती गई। शब्दों के इस अवमूल्यन के कारण वक्ता के हाव-भाव और उसकी आवाज का गुण श्रोताओं को प्रभावित करने के लिए और भी अधिक महत्त्वपूर्ण हो गए। राजनीति में अभिनय को पूर्ण वरीयता मिलने की शुरुआत यहीं से हुई होगी, ऐसा हम मान सकते हैं।

यह राजनीति के लिए ऐसे ही था, जैसे पानी में उबाल आने के लिए एक सौ डिग्री सेल्शियस का तापक्रम, मतलब गुणात्मक परिवर्तन के लिए जरूरी अंतिम संख्या। इसी के साथ अभिनय के एक-एक लगभग सभी पक्ष राजनीतिक भाषणों और पर्याय से ठेठ राजनीति में शमिल हो गए थे, जिसका प्रभाव राजनीतिक ढाँचे पर भी पड़ा। पार्टियों के संगठनों में अभिनय-प्रशिक्षण केंद्र भी जुड़ गए। रंगमंचीय कलाकारों का काम प्रदर्शन से अधिक प्रशिक्षण हो गया और इस कारण सभाओं में रखे जाने वाले सांस्कृतिक कार्यक्रमों का महत्त्व उतना ही रह गया जितना कि मुख्य वक्ता के भाषण के पूर्व छोटे-मोटे स्थानीय वक्ताओं के भाषण। जब भाषण देनेवाला खुद ही सम्पूर्ण अभिनय करने लगे तो अभिनेता का भाव घटना स्वाभाविक भी था। राज्य संसद के अधिवेशनों में भी सदस्यों की अभिनय-क्षमता देखने को मिलती। असल में अभिनय के विभिन्न अंगों एवं उनकी छटाओं के एक साथ प्रदर्शन के कारण राज्य संसद की बैठकें मुक्त नाटकों की तरह ही लगती थीं।

इसे आप इत्तेफाक कहिए या तयशुदा, हुआ यह कि हमारे यहाँ मैनेजमेंट साइंस का जोर भी इसी दौर में बढ़ा। कई विश्वविद्यालयों ने बिजनेस मैनेजमेंट और सिस्टम्स ऐनेलाइसिस के पाठ्यक्रम चालू किए। उद्योगों में इन्हें महत्त्व दिया जाने लगा और कुछ उद्योगों ने मैनेजमेंट का शास्त्रीय अध्ययन प्राप्त अपने नौजवान मैनेजरों के बलबूते पर अभूतपूर्व सफलताएँ भी हासिल कीं। कुछ राजनीतिज्ञों ने जो उद्योगों से अपनी दोस्ती के कारण इस प्रगति को देख रहे थे, मैनेजमेंट साइंस को राजनीति में लागू करने की बात सोची। कुछ-कुछ अमल में भी लाए। बात शासक पार्टी के उच्च नेतृत्व को भी जँच गई। आखिर राजनीति में भी लोगों के समूहों को व्यवस्थित करने की समस्या रहती ही है। पार्टी के उच्च नेतृत्व के सामने पार्टी-नेताओं, कार्यकर्ताओं और जनता के विभिन्न समुदायों को सम्भालने तथा इनके विभिन्न गुटों के आपसी सम्बन्धों को उपयुक्त स्तर पर बनाए रखने की समस्याएँ थीं। ये गुट इतने अधिक थे और इनके सम्बन्ध इतने जटिल थे कि उपयुक्त स्तर निकालने तथा उस तक पहुँचने के तरीके सुझाने के लिए मैनेजमेंट साइंस की तार्किकता लगभग अपरिहार्य लगने लगी। फिर इसमें चूँकि सिस्टम्स एनेलाइसिस का भी समावेश था, इसलिए सही और निर्विवाद परिणाम निकालने के लिए कम्प्यूटर का उपयोग भी जरूरी हो गया। एक कुशल नेतृत्व अपनी पार्टी के विभिन्न गुटों को अपनी जरूरत के हिसाब से एक-दूसरे से लड़ाता या उनसे सुलह कराता, उद्देश्य वही रहता : गुटों के आपसी सम्बन्धों का, सिस्टम्स एनेलाइसिस से निकला हुआ, उपयुक्त स्तर कायम रखना।

मैनेजमेंट विशेषज्ञों का राजनीति में आना भी इस हिसाब से एक गुणात्मक परिवर्तन कहा जा सकता है कि इसके बाद कला के साथ-साथ विज्ञान भी राजनीति में आ गया, कम्प्यूटर के उपयोग के कारण तो यह भी कहा जा सकता है कि टेक्नोलॉजी भी आ गई। ठीक से कहा जाए तो यह राजनीति के केंद्र में आ गई, क्योंकि टेलीविजन, माइक्रोफोन आदि के जरिए टेक्नोलॉजी यहाँ पहले भी थी, पर पहले टेक्नोलॉजी प्रसारण में मददगार होती थी, बाद में निर्धारण में भी होने लगी।

बड़े नेताओं की चलती-फिरती तस्वीरें लोगों के जेहन में बैठाने के

लिए टेलीविजन का उपयोग बहुत पहले से ही किया जा रहा था। इससे जिनकी तस्वीरें देखी हैं, वे नेता कैसे हैं, यह उत्सुकता भी लोगों को सभाओं में खींच लाने में अपनी मदद करती ही थी। नेतागण भी अपनी छवि के प्रति बहुत जागरूक रहते थे। वे इस बात का ध्यान रखते कि पर्दे पर उनका अधिकतर हँसमुख, प्रफुल्लित और उत्साही चेहरा ही दिखलाई दे। कठोर-गम्भीर केवल तभी दिखलाई दे जबकि संदर्भ की माँग हो। नाजुक मौकों पर सही तस्वीर पहुँचाने का सावधानीपूर्वक ध्यान रखा जाता। जैसे नेता के किसी प्रियजन की मृत्यु पर साधारण आदमी की तरह का शोक-विह्वल चेहरा उसकी कमजोरी की और कठोर-सपाट चेहरा उसमें मानवीय सम्वेदनाओं की कमी होने की निशानी समझ लिये जाने का खतरा होता था। नेता कोशिश करता कि उसका चेहरा ऐसा दिखलाई दे, जिससे यह प्रभाव पड़े कि उस पर दुख का पहाड़ टूट पड़ने के बावजूद, देश के प्रति अपनी जिम्मेदारी का ध्यान रखते हुए वह बहादुरी में इसको झेल रहा है। छवि में यह नाजुक संतुलन बनाकर रखने की क्षमता ही नेता को महान् या साधारण कोटि का बनाती थी।

कम्प्यूटर का उपयोग होने लगने के बाद अंशतः ही सही पर परिस्थिति-काल के हिसाब के छवि सँवारने का काम उससे लिया जाने लगा। एक्यूपंचर की विधि से इलैक्ट्रानिकी सिगनलों के जरिए चेहरे के हाव-भाव कम्प्यूटर से संचालित करने की दिशा में तो शोधकार्य बस चालू ही हुआ था, पर मौके के उपयुक्त पोशाक कैसी हो, टेलीविजन पर नेता की तस्वीर कितने समय के लिए हो कि भरपूर असर भी छोड़े और उबाऊ भी न लगे, यह तस्वीर किन-किन कोणों से दिखलाई दे, नेता के भाषण के पहले और बाद में क्या-क्या कार्यक्रम हों, भाषण के वक्त सेटिंग क्या हो आदि बातें कम्प्यूटर से तय कराई जाती थीं। चरित्र आदि से जुड़ी हुई छवि सम्बन्धी बातें अधिकतर अखबारों से ही प्रभावित होती थीं, पर इस सम्बन्ध में कम्प्यूटर से यह मालूम कर लिया जाता था कि एक अखबार किसी नेता के बारे में अवांछनीय टिप्पणी दे, इसकी सम्भावना कितनी है? इसके आधार पर अखबार को सँभालना नेता की क्षमता पर निर्भर करता था।

आंशिक ही सही, पर छवि की कम्प्यूटर पर निर्भरता के कारण बड़े नेताओं का केंद्र से जुड़े रहना जरूरी हो गया। अधिकतर टेलीविजन के जरिए ही जनता के सामने आना सुविधाजनक रहता। इसके साथ ही शासक दल की 'बुद्धि-इकाई' ने एक विश्लेषण प्रस्तुत कर इसे और भी अधिक जरूरी बना दिया। इस इकाई का कहना था कि यद्यपि नेतृत्व जन-समस्याओं के प्रति जागरूक है और उन पर सहानुभूतिपूर्वक विचार कर जनता को उचित आश्वासन भी देता है, पर भीड़ की मानसिकता अस्थिर होती है। कम्प्यूटर स्थान-काल को ध्यान में रखकर किसी जगह के लोगों की मानसिकता का कितना ही सही आकलन क्यों न करे, यह आकलन लोगों के व्यक्तिगत व्यवहार को ही ठीक-ठीक अनुमान दे सकता है, इससे भीड़ के व्यवहार का अनुमान लगाना खतरनाक सिद्ध होगा। अतः न केवल नेता और पार्टी के हित के लिए, बल्कि सारी व्यवस्था की सुरक्षा के लिए भी यह जरूरी है कि पहले के 'भीड़ को सम्बोधित करने' के आग्रह को छोड़कर 'व्यक्ति को सम्बोधित करने पर' जोर दिया जाए। इकाई ने सुझाव दिया कि इसके लिए टेलीविजन का अधिक से अधिक उपयोग किया जा सकता है। विश्लेषण में यह बात मानी गई थी कि कभी-कभी यह जरूरत भी महसूस हो सकती है कि नेता बहुत बड़ी भीड़ को सम्बोधित करे, जैसे कि यह दिखलाने के लिए ही कि उसे बहुत बड़ा जन-समर्थन प्राप्त है। पर ऐसे मौकों पर एक तो इस बात का ध्यान रखा जाए कि काफी अधिक तादाद में दल और नेता के समर्थक भीड़ में मौजूद हों, फिर चाहे उन्हें दूर-दूर से ही इकट्ठा क्यों न करना पड़े, और दूसरे ये लोग सभी जगहों पर बिखरे हों, जिससे कि किसी जगह पर अन्य लोगों द्वारा की गई गड़बड़ी पर नजर रख सकें और आवश्यकता पड़ने पर उसे रोक भी सकें।

सरकार ने टेलीविजन के राजनीतिक मंच के रूप में उपयोग के लिए जो नीति निर्धारित की, उसमें राजनीतिक दलों को पिछले आम चुनावों में मिले मतों के आधार पर आनुपातिक समय देने की बात रखी। विपक्ष ने इस आधार पर इसका विरोध किया कि पिछले आम चुनावों को हुए काफी समय निकल गया है, इसलिए राजनीतिक दलों की लोकप्रियता नापने

के लिए उन्हें पैमाना नहीं माना जा सकता। उन्होंने माँग की कि इस समय लोकप्रियता जांचने का कोई सर्वमान्य आधार न होने के कारण सभी दलों को समान समय दिया जाए। शासक दल का तर्क था कि यदि पिछले चुनावों को दलों की लोकप्रियता नापने का आधार नहीं बनाया जाता तो इस हिसाब से तो उसके सरकार में रहने का भी औचित्य नहीं है, और चूंकि संवैधानिक आदेश के तहत आज उसे सरकार बनाने का अधिकार है, इसलिए पर्याय से वह सर्वाधिक लोकप्रिय है और इसलिए टेलीविजन पर सर्वाधिक समय का भी हकदार है। इसके बावजूद अपने उदार, न्याय-प्रिय और अल्पसंख्यकों के संरक्षण के दृष्टिकोण के कारण वह इस बात को तय करता है कि यह आम चुनाव तो आनुपातिक समय के आधार पर ही होगा, पर अगले आम चुनावों में प्रचार के लिए हर मान्य दल को टेली-विजन और रेडियो आदि पर बराबर का समय दिया जाए। फिर भी सरकार द्वारा शासक दल की पक्षधरता करने का आरोप लगाते हुए विपक्ष टेलीविजन को सरकारी तंत्र से स्वतंत्र करने की माँग करता रहा। आगे जब विपक्ष ने सरकार बनाई तो उसने न केवल टेलीविजन को सरकारी तंत्र के अधीन रखा, बल्कि पहले की सरकार के आनुपातिक समय देने के निर्णय को भी नहीं बदला। उसका तर्क यह था कि ये बड़े पेचीदा मसले हैं और समुचित अध्ययन के बाद ही इन पर उचित निर्णय लेना देश के हित में रहेगा। उसने यह भी दावा किया कि पहले के मुकाबले अब सरकारी तंत्र बहुत अधिक निष्पक्ष है और इसीलिए टेलीविजन को इससे अलग करने से कोई विशेष अंतर नहीं पड़ेगा। चूंकि शासक दल और विपक्ष को मिले मतों में कोई बहुत विशेष अधिक अंतर नहीं था, इसलिए नए विपक्ष ने भी सरकार पर नीति बदलने के लिए दबाव नहीं डाला। उल्टे उसने यही प्रचार किया कि विपरित परिस्थितियों के बावजूद वह अपनी पुरानी नीतियों पर अडिग है और इसलिए अधिक विश्वसनीय है।

हमारे यहाँ बिना ज्यादा मेहनत किए इम्तिहान पास करने के लिए अलग-अलग विषयों की कुंजियाँ, प्रश्नोत्तरियाँ या 'दो दिन की पढ़ाई और

शर्तिया पास,' किस्म की किताबें मिलती हैं। जाहिर है कि इन किताबों की कोई अकादमीय प्रतिष्ठा नहीं हो सकती। इसी तरह की राजनीति-शास्त्र की एक किताब में, 'आज के संदर्भ में प्रजातंत्र की परिभाषा बताओ,' प्रश्न के नीचे यह उत्तर पढ़ने को मिला : 'वह शासन-व्यवस्था, जिसमें जनता वोट से अपने प्रतिनिधि चुनती है और ये प्रतिनिधि राज्य की संसद, टेलीविजन, समाचार-पत्र आदि के द्वारा अपने विचार जनता को बतलाते हैं।' मैं समझ नहीं पा रहा कि इसके लिए किताब के लेखक को अकेले कितना जिम्मेदार ठहराऊँ।

गणित के प्रोफेसर

गणित प्रोफेसर दीनानाथ पाठक की पहली प्रायोरिटी है। इसके लिए वे कोई भी काम छोड़ सकते हैं। वे हमेशा अपने पास एक डायरी और कलम रखते हैं तथा खाना खाने, चलने-फिरने, नहाने आदि कामों के बीच यदि गणित सम्बन्धी कोई बात दिमाग में आती है तो डायरी में उतार लेते हैं। संडास में उन्होंने किताबें, कलम आदि रखने का इंतजाम कर ही रखा है। उनका कहना है कि संडास जैसी एकाग्रता उन्हें कहीं नहीं मिलती और इसी कारण कई ऐसे हल जो बाहर घंटों मेहनत करने के बावजूद नहीं निकल पाते, वहाँ कुछ ही मिनटों में निकल आते हैं।

यूनिवर्सिटी में प्रोफेसर पाठक पिछले पंद्रह साल से हैं। इस दौरान उन्हें एक तरक्की भी मिली है। पर पदों के लिए उनमें लालच नहीं है। उनकी कामना गणित को अपने काम से एक यथेष्ट दैन देने की है, इसीलिए अध्यापन और शोध छोड़कर वे कोई तीसरा काम नहीं करते। इन दोनों में भी शोध को वरीयता देते हैं। पढ़ाते वक्त भी उनका उद्देश्य भविष्य में विद्यार्थियों को शोध के लिए तैयार एवं प्रेरित करना ही होता है।

प्रोफेसर यूनिवर्सिटी में आए ही आए थे, तब केवल एक पेपर पढ़ाते थे, पर अब चार पढ़ाते हैं। उनका पढ़ाने का ढंग भी मौलिक है। नया पाठ्यक्रम पढ़ाने के आठ महीने पहले से वे उसकी तैयारी करते हैं; मतलब विषय से सम्बन्धित पुस्तकों और शोध-पत्रों का अध्ययन करते हैं, नोट्स बनाते हैं, सम्बन्धित सवालों को एकत्रित करते हैं तथा उनके हल निकालते हैं। दो साल तक पाठ्यक्रम को पढ़ाते हुए हर लेक्चर का प्रस्तुतीकरण निश्चित कर लेते हैं। इसके बाद साल-दर-साल एक ही तरह से पढ़ाते जाते हैं, यहाँ तक कि किसी विषय-वस्तु को पढ़ाते समय उनके मुँह से

उसी क्रम में वे ही शब्द निकलेंगे, जिस क्रम में जो पिछली बार निकले थे, तथा ब्लैक बोर्ड पर भी वही स्टेप्स उसी क्रम में लिखे जाएँगे, जो पिछली बार जिस क्रम में लिखे गए थे। विद्यार्थियों की शंकाएँ और सवाल उनके पढ़ाने के सिलसिले में अड़चन पैदा करते हैं और इसलिए किसी विद्यार्थी को वे क्लास के बीच सवाल नहीं पूछने देते। उनका दवा है कि वे विषय की तैयारी इतनी परिपूर्णता से करते हैं तथा उनकी विषय-प्रस्तुति इतनी सरल होती है कि विद्यार्थी को समझ सम्बन्धी कोई कठिनाई आनी ही नहीं चाहिए। इसके बावजूद वे नहीं चाहते कि कोई विद्यार्थी बिना समझे विषय को पढ़े। अतः विद्यार्थियों की अड़चन दूर करने के लिए उन्होंने शंका-पुस्तिकाओं का रास्ता निकाला है। इसके अनुसार उनकी क्लास के हर विद्यार्थी के पास एक कॉपी होती है, जिसमें वह क्लास के बीच उठी शंकाओं को लिखता जाता है। क्लास खत्म होने पर प्रोफेसर ये कॉपियाँ इकट्ठी करते हैं तथा इनमें उठाई शंकाओं के समाधान लिख देते हैं। विद्यार्थीगण इन्हें पढ़कर और यदि जरूरत हुई तो क्लास के बाहर प्रोफेसर से चर्चा कर अपनी दिक्कतों को दूर कर लेते हैं।

शोध में भी प्रोफेसर की रुचि केवल बुनियादी समस्याओं में रहती है। यही कारण है कि पिछले सात सालों से वे एक ही विषय पर काम करते आ रहे हैं और उसमें भी उल्लेखनीय प्रगति नहीं हो पाई है। जैसे ही वे अपने अनुसंधान में कुछ आगे बढ़ते हैं, वैसे ही शोध के आधार से सम्बन्धित कुछ समस्याएँ उठ खड़ी होती हैं, जिसके आधार पर फिर से विचार करने के लिए उन्हें बाध्य होना पड़ता है। फिर आधार में संशोधन करने अथवा उसे पूरी तरह से बदलने के बाद ही आगे का काम चालू हो पाता है। शोध में प्रगति न हो पाने के कारण प्रोफेसर के साथ कोई भी शोध छात्र अधिक दिनों तक नहीं टिक पाता। शुरू-शुरू में बुनियादी शोध का आकर्षण उसे उनकी ओर खींच लाता है, पर जैसे ही उसकी समझ में आता है कि उचित समय के अंदर उसे कोई सफलता हाथ नहीं लगनेवाली, वैसे ही वह भाग खड़ा होता है। पर प्रोफेसर पाठक शोध छात्रों के उनके साथ न टिकने से बिलकुल विचलित नहीं होते, उल्टे इस बात को वे अपने शोध के लिए एक हिसाब से फायदेमंद ही मानते हैं। उनका तर्क है कि इस

तरह से जहाँ उन्हें शोध कार्य के लिए नए विद्यार्थी का नया उत्साह मिलता रहता है, वहीं पुराने छात्र के अपने आप भाग जाने से उसके भविष्य के प्रति किसी प्रकार की नैतिक जिम्मेदारी महसूस करने के बोझ से भी वे बच जाते हैं। वे इस बात को भी नहीं मानते कि उनके शोध कार्य में किसी तरह की तरक्की नहीं हो रही। उनका कहना है कि किसी बात का गलत साबित होना भी सही बात की दिशा में एक कदम आगे बढ़ना होता है।

प्रोफेसर पाठक अपने स्वार्थ को गणित का स्वार्थ और गणित के स्वार्थ को पूरे समाज का स्वार्थ समझते हैं। उनकी मान्यता है कि दुनिया की किसी भी समस्या का हल गणित द्वारा निकाला जा सकता है तथा दुनिया की सभी मुसीबतें अगणितीय तरीके इस्तेमाल किए जाने के कारण ही पैदा होती हैं। केवल गणित के लोगों से ही वे सम्बन्ध रखते हैं तथा गणित के विद्वानों को ही असली विद्वान् समझते हैं। अन्य लोगों को वे गणितीय वेरिएबल्स के रूप में देखते हैं, बिलकुल क, ख, ग की तरह। उदाहरण के लिए, 'समीकरण संख्या (3) को अ से गुणा कर उसे समीकरण संख्या (2) से घटाओ', की तर्ज पर वे परिवार के साथ बाहर जाते समय अपनी पत्नी से कहेंगे—खुद तैयार होकर दोनों बच्चों को तैयार करो और सभी खिड़कियाँ बंद कर बैठक में पहुँचो। पत्नी तथा बच्चे उनसे इस प्रकार के व्यवहार के विरुद्ध शिकायत करते हैं, पर अपने व्यवहार के समर्थन में प्रोफेसर का तर्क रहता है कि व्यवहार में अगणितीय तरीके प्रयोग में लाने का असर उनकी चेतना पर भी पड़ेगा, जिससे उनका तर्क प्रभावित होगा। इससे गणित की समस्याएँ हल करते समय उन्हें कठिनाई होगी। उनका आग्रह रहता है कि दूसरे लोग भी उनके साथ वैसा ही व्यवहार करें, जैसा वे दूसरों के साथ करते हैं। इससे जहाँ दूसरों को उनके व्यवहार का रूखापन नहीं अखरेगा, वहाँ उन्हें भी अपनी गणितीय चेतना को और अधिक विकसित करने में मदद मिलेगी।

लोगों के चेहरों की बनावट, तथा उनके बोलचाल के ढंग के हिसाब से प्रोफेसर ने उन्हें कई वर्गों में बाँट रखा है। जब कोई नया आदमी मिलता है तो उसके चेहरे की बनावट और बोलचाल के ढंग को देखकर

वे उसका वर्ग निश्चित करते हैं तथा इस पर से उसके स्वभाव का अंदाज लगाते हैं। उनका मत है कि इनमें आपस में सम्बन्ध है। उनका इरादा इस सम्बन्ध को गणितीय आधार देने का है, पर यह काम वे वर्तमान में चल रहा शोध कार्य पूरा होने पर ही हाथ में लेंगे। अन्य दो विषय जिन पर भविष्य में काम करने का उनका इरादा है, वे हैं : एक ऐसी प्रमेय निकालना जिसकी वर्तमान सभी प्रमेयें उपप्रमेयें हों तथा एक ऐसा पैमाना निकालना जिससे समय, दूरी और मात्रा एक साथ नापे जा सकें। प्रोफेसर का वर्तमान में चल रहा शोध कार्य अनंत संख्याओं का एल्जेब्रा बनाने से सम्बन्धित है।

गणित की छाप प्रोफेसर के मकान पर भी देखी जा सकती है। घर में हर चीज की जगह तय है और हर जगह के कोआर्डीनेट नम्बर मुख्य दरवाजे को केंद्र स्थान मानकर निकालकर रखे हुए हैं। घर में कोई नई चीज आने पर श्रीमती पाठक उसकी जगह तय करती हैं तथा इसकी जानकारी सबको देती हैं। शुरुआत में श्रीमती पाठक इस नापतौल से चिढ़ती थीं, पर फिर इसे समय गुजारने का एक साधन समझकर वे इसमें दिलचस्पी लेने लगीं। और जब से उन्हें इस काम की पूरी जिम्मेदारी सौंप दी गई, तब से तो उन्हें इसमें मजा आने लगा है। किसी चीज के जगह पर रखने में थोड़ी-सी भी गलती करनेवाले की वे अच्छी तरह से खबर लेती हैं। उनके डर से घर के लोग चीजों को उनकी सही जगह पर रखने के लिए बहुत जागरूक रहते हैं।

वेक्टर-टेंसर का तीसरा लेक्चर पूरा करने के बाद प्रोफेसर पाठक ने बोर्ड साफ किया तथा इस दौरान विद्यार्थियों से जमा की हुई शंका-पुस्तिकाएँ लेकर वे क्लास के बाहर निकल गए। इस बार न जाने क्यों उन्हें हमेशा की तरह का अच्छा पढ़ाने का संतोष नहीं हो रहा था, यद्यपि लेक्चर के दौरान उन्होंने किसी विद्यार्थी के चेहरे पर नासमझी का भाव नहीं देखा था। धीरे-धीरे उनकी मन:स्थिति संतोषहीन अवस्था से असंतोष की अवस्था की ओर बढ़ रही थी, पर वे इसका कारण नहीं समझ पा रहे थे। खिन्न भाव से वे अपने कमरे में आकर बैठ गए। न तो लेक्चर के बाद

का ग्लास-भर पानी पिया और न ही हमेशा की तरह पढ़ने के लिए कोई किताब ही उठाई।

लेक्चर के बारे में सोचते-सोचते उन्हें ध्यान आया कि क्लास में ब्लैक-बोर्ड पर वे एक स्टेप बिलकुल ही गलत लिख गए थे। बात ध्यान में आते ही वे बुरी तरह से घबरा गए। खुद से इस तरह की गल्ती होने की सम्भावना पर उनका विश्वास ही नहीं बैठ रहा था, और इसलिए बार-बार गलत स्टेप की ओर उनका ध्यान चला जाता था। आखिर नोट्स देखकर उन्होंने अपनी गल्ती का सत्यापन किया और फिर काफी देर तक निढाल होकर बैठे रहे।

स्टेप का गलत होना प्रोफेसर के लिए एक गम्भीर दुर्घटना थी। वे हमेशा क्लास में पूरी तैयारी के साथ जाते रहे हैं। इससे पहले न तो उन्होंने कभी कोई गलत बात लिखी और न ही कभी किसी जगह पर वे अटके। बार-बार यह अहसास कि विद्यार्थी उनकी गल्ती का शिकार हो गए—उन्हें साल रहा था और वे एक अपराध-भावना से जकड़े जा रहे थे। उन्हें लगा कि गल्ती तुरंत सुधार ली जानी चाहिए और इसलिए क्लास में जाकर सही स्टेप बताने का उन्होंने विचार भी किया, पर फिर यह बात ध्यान में आने पर कि विद्यार्थी अब तक क्लास से निकल गए होंगे, वे बैठे रहे। उन्होंने निश्चय किया कि भूल सुधार का काम अगले दिन अतिरिक्त क्लास लेकर पूरा करेंगे।

उन्हें बोध हुआ कि गलती समझ सम्बन्धी है और इसलिए उसकी गम्भीरता और भी अधिक है। उन्होंने हर हालत में अगले दिन इसे सुधारने के अपने निश्चय को दुहराया।

शंका-पुस्तिकाओं पर उनकी निगाह गई और वे उन्हें देखने लगे, स्टेप के सम्बन्ध में विद्यार्थियों की शंकाएँ जानने के लिए। यह जान-जानकर कि केवल दो विद्यार्थियों ने इस सम्बन्ध में लिखा है, उन्हें आश्चर्य हुआ। चालीस की क्लास में केवल दो विद्यार्थियों का गल्ती की ओर ध्यान जाना, अपने आप में एक पहेली थी। पर इस पर विचारकर गलत स्टेप से अपना ध्यान हटाना उन्होंने उचित नहीं समझा। उन्होंने निष्कर्ष निकाला कि अधिकतर विद्यार्थियों ने गलत स्टेप को सही समझ लिया है,

जिससे गल्ती की गम्भीरता और बढ़ जाती है। एक्स्ट्रा क्लास लेकर भूल सुधार करने के अपने निर्णय को उन्होंने एक बार फिर दोहराया।

क्षोभ की तीव्रता कम होने पर उनका ध्यान इस प्रश्न पर केंद्रित हुआ कि गल्ती कैसे हुई। उन्हें लगा कि लेक्चर के बीच जरूर कोई ऐसी बात हुई होगी जिससे उनका ध्यान कुछ क्षणों के लिए विषय पर से हट गया होगा और वे गलत स्टेप लिख गए होंगे। उन्होंने गलत स्टेप के आसपास के लेक्चर को याद कर ध्यान हटानेवाली बात को पकड़ने कि कोशिश की, पर कुछ भी हाथ नहीं लगा। उन्हें लगा कि गलती के अहसास ने इस समय उन्हें बुरी तरह से झकझोर दिया है और ऐसे समय में दिमाग स्थिर रखना मुश्किल है। समस्या पर बाद में ठण्डे दिमाग से विचार करने का निश्चय कर वे घर के लिए चल दिए।

रास्ते में उनकी समझ में आया कि यदि वे क्लास के लेक्चर को हू-ब-हू कागज पर उतार लें तो गल्ती के पीछे की बात पकड़ में आ सकती है। उन्हें आश्चर्य हुआ कि इतनी सीधी-सी बात उनकी समझ में अब तक क्यों नहीं आई। उन्होंने महसूस किया कि भावनात्मक संकटों का सामना करने के लिए उनका गणितीय तर्क अभी भी सक्षम नहीं है तथा इसके लिए उन्हें गणित को अपनी चेतना में और अधिक गहराई तक पैठाना होगा। यह संतोष कर कि देर से ही सही, पर आखिर सही तरीका उनके ध्यान में आ तो गया, उन्होंने तत्काल गल्ती का कारण खोज निकालने का फैसला किया और वापस यूनिवर्सिटी के अपने कमरे के लिए चल पड़े।

कमरे में आकर प्रोफेसर पूर्ण एकाग्रता से लेक्चर कागज पर उतारने लगे—इस सावधानी के साथ कि लेक्चर के दौरान क्लास में यदि कुछ घटित हुआ हो, ध्यान में आ जाए। पर क्लास के वातावरण को हू-ब-हू उतारने में उन्हें कठिनाई हो रही थी। उन्हें लगा कि क्लास रूम में जाकर बोर्ड पर लेक्चर उतारना अधिक सुविधाजनक होगा और इसलिए वे क्लास रूम के लिए चल दिए।

सौभाग्य से क्लास रूम खाली था। उन्होंने अन्दर से चटकनी लगा ली तथा खोजपूर्ण दृष्टि से टेबिल-कुर्सियाँ, ब्लैक-बोर्ड तथा उसके आसपास

की जगह का मुआयना किया । कोई विशेषता न पाकर वे याद कर पहले जैसे हाव-भाव लाने की कोशिश करते हुए तथा पूरी सतर्कता से इधर-उधर ध्यान देते हुए, बोर्ड पर लेक्चर दुहराने लगे । गलत स्टेप से तीन स्टेप पहले उनकी निगाह सामने की दीवार पर ऊपर की ओर लाल खड़िया से लिखे अक्षरों पर गई । उन्होंने लेक्चर दुहराना छोड़ दीवार पर लिखा वाक्य पढ़ा—प्रोफेसर दीनानाथ पाठक के किसी दोस्त का नाम बताइए ? यह समझने में उन्हें कुछ समय लगा कि प्रश्न उन्हीं के बारे में है । प्रश्न की प्रासंगिकता तो उनकी समझ में फिर भी नहीं आई । उन्होंने दुबारा पढ़ा और उसी समय उनका ध्यान उसके नीचे कुछ छोटे अक्षरों में पीली खड़िया से लिखे वाक्य पर गया । उन्होंने पढ़ा— नाम बतलानेवाले को सौ रुपए इनाम । उन्होंने गौर किया कि प्रश्न और उसके नीचे लिखा हुआ वाक्य अलग-अलग हस्तलिपियों में लिखे गए हैं और इसलिए बड़ी सहजता से यह निष्कर्ष निकाला कि दोनों दो अलग-अलग विद्यार्थियों ने लिखे हैं ।

उन्होंने सोचा कि यदि लेक्चर के बीच उनका ध्यान गया भी होगा तो वो केवल प्रश्न पर ही, क्योंकि नीचे का वाक्य न सिर्फ छोटे अक्षरों में लिखा है, बल्कि उसका रंग भी हल्का है । उन्हें प्रश्न में ऐसा कुछ भी नहीं दिख रहा था, जो उनका ध्यान आर्कषित कर सके । इस विश्वास के साथ कि ध्यान उचटने के पीछे और कोई कारण होगा । उन्होंने दीवार से अपना ध्यान हटाकर गलत स्टेप तक के बाकी स्टेप्स भी दुहरा डाले । पर कुछ हाथ न लगा । कुछ देर तक उन्होंने अपनी निगाह इधर-उधर डाली । क्लास के विद्यार्थियों का फिर से एक बार ध्यान किया और बिना निश्चित रूप से इस निष्कर्ष पर पहुँचे कि दीवार पर लिखे प्रश्न ने उनका ध्यान पढ़ाने से हटाया था या नहीं, वे क्लास के बाहर हो गए ।

उनके बारे में विद्यार्थियों का इस तरह से लिखना, उन्हें बड़ा अजीब लग रहा था । वे दीवार पर लिखे वाक्यों का विश्लेषण करने लगे । ऊपर का प्रश्न लिखनेवाले विद्यार्थी को उनका एक भी दोस्त होने के बारे में शंका है । नीचे का वाक्य लिखनेवाले लड़के का तो यह निश्चित मत है कि उनका कोई दोस्त है ही नहीं । यह लड़का उन्हें 'नकली घी साबित करनेवाले को पाँच सौ रुपये इनाम' का बोर्ड लगाकर घी बेचनेवाले की

मनोवृत्ति का लगा। उन्होंने यह निष्कर्ष भी निकाला कि वे विद्यार्थी दोस्त का न होना एक खराब बात समझते हैं। उन्होंने सोचा कि यद्यपि दोस्ती की बात पर उन्होंने कभी विचार नहीं किया, फिर भी यह कह सकते हैं कि दोस्त का होना अपने आप में कोई उपलब्धि नहीं है, और फिर इस तरह की बातों पर विचार करने के लिए उनके पास समय ही कहाँ है। इस पर भी कुछ लोगों का उनके बारे में इस तरह से सोचना उन्हें अन्यायपूर्ण लगा। वे दुखी होकर कुछ समय तक निश्चल खड़े रहे। उन्हें लगा, उनकी यह समझ कि लोग उनके वैज्ञानिक तर्क की कद्र करते हैं, गलत साबित हुई है। ज्ञान-विज्ञान के लिए समर्पित एक आदमी के प्रति आभारी होने के बजाय लोगों का उसकी खिल्ली उड़ाना उन्हें कचोट रहा था। उनके दुखी मन में बार-बार यही सवाल उठ रहा था कि उनके साथ ऐसा व्यवहार क्यों किया जा रहा है।

दुख का गुबार कम होने पर वे अपने को सँभालने की कोशिश करने लगे। उन्होंने अपने आपको समझाया कि विद्यार्थी आखिर बच्चे ही हैं तथा उनकी इस शरारतपूर्ण हरकत को उन्हें अधिक महत्त्व नहीं देना चाहिए। इसे एक बचकाना मर्ज समझकर बिल्कुल भूल जाने का उन्होंने निश्चय किया और तेज कदमों से घर की ओर चलने लगे।

निश्चय के बावजूद दीवार के वाक्य बार-बार उनके दिमाग में कौंध रहे थे। यह सोचकर कि इस मामले को निबटा ही लिया जाए, उन्होंने सबसे पहले इस बात को निर्धारित कर लेने का फैसला किया कि उनका कौन-कौन दोस्त है। घनिष्ठता के हिसाब से वे जान-पहचान के एक आदमी का नाम सोचते, विचार करते कि उसे दोस्त माना जाए अथवा नहीं और दोस्त मानने लायक न समझकर दूसरा नाम याद करते। ऐसा करते-करते जब एक नाम के बाद काफी देर तक अगला नाम उनके ध्यान में नहीं आया तो वे घबरा गए। यह सम्भावना उन्हें बहुत डरावनी लगी कि उनका एक भी दोस्त नहीं होगा। 'नहीं, ऐसा नहीं हो सकता। अभी एक नाम है, जो मेरे दोस्त का ही है,' यह सोचकर कुछ देर तक उन्होंने अपने मन को आशान्वित बनाए रखा। पर काफी माथा-पच्ची करने के बाद भी जब कोई नाम ध्यान में नहीं आया तो वे काँप गए।

उन्हें एकाएक सूझा कि दोस्त मालूम करने के पहले उन्होंने दोस्त की परिभाषा तो तय की ही नहीं। इतनी-सी बात पहले ही समझ में न आने के लिए उन्हें खुद पर तरस आया। तार्किक विधि से एक बार फिर भटक जाने के लिए उन्होंने अपने दिमाग को धिक्कारा। उन्होंने महसूस किया कि परिभाषा तय करने का काम बहुत जटिल है और इसे बाद में ठण्डे दिमाग से ही किया जा सकता है। फिलहाल सब कुछ भूलकर घर पर आराम करने का उन्होंने निश्चय किया।

घर पर केवल कुतूहलवश उन्होंने श्रीमती पाठक से अपने दोस्त का नाम जानना चाहा। श्रीमती पाठक ने पहले तो उन्हें टालने की काफी कोशिश की, पर जब प्रोफेसर जिद ही पकड़ बैठे तो वे रोने लगीं। हिचकियों के बीच उन्होंने बतलाया कि प्रोफेसर का तो कोई दोस्त है ही नहीं, उनकी खुद की भी अब कोई सहेली नहीं रही।

महात्माजी का शिष्य

छगनलाल पारिख के लिए महात्माजी पूज्यनीय रहे हैं। उनके बारे में आई हर खबर वह बड़े मनोयोग ले पढ़ता है और कोशिश में रहता है कि उनका लिखा हुआ उसे मिले और उसे वह पढ़े। सामाजिक रूप से कुछ करने की उसकी इच्छा इतनी बलवती तो नहीं हुई कि वह किसी आंदोलन या संगठन से जुड़े, पर महात्माजी द्वारा कहीं धार्मिक, सामाजिक या राजनीतिक बातों या उनके द्वारा चलाए आंदोलनों के समर्थन में वह अपने आप हो जाता है, कि जब कभी उसके सम्पर्क के लोगों के बीच कोई चर्चा छिड़ती है तो वह बड़े जोर-शोर से महात्माजी का पक्ष लेता है। उसके पास तर्क अधिक नहीं होते और इसलिए महात्माजी के विचारों की जानकारी देने के लिए वह किसी अखबार में छपी रपट या उनके किसी लेख या उन पर लिखी कोई किताब पढ़ने की सलाह देता है। वह अपने को बेझिझक महात्माजी का शिष्य बतलाता है और जब कभी कोई कटाक्ष से यह सवाल करता है कि दीक्षा लेने की तो बात ही अलग, वह महात्माजी से मिला तक नहीं, फिर उनका शिष्य कैसे हो गया, तो उसका जवाब होता है कि देश और दुनिया के लाखों-करोड़ों लोगों के लिए यह नामुमकिन है कि वे अपने इस महान् गुरु से मिलें और उसका समय नष्ट करें, कि गुरु हृदय में बसता है और उसी की प्रेरणा से शिष्यगण दीक्षाविहीन शिक्षा में आगे बढ़ते हैं, कि असली बात है गुरु के लिए भक्ति और आदर, जो कि बस महसूस करने की बातें हैं और जो एक सच्चे शिष्य में गहरे तक समा जाती हैं और ऐसे प्रकट होती हैं जैसे कि एकलव्य में। और इस हिसाब से गुरु में शिष्य वास करे न करे, अर्जुन जैसे भाग्यशाली बहुत ही कम होते हैं, पर एक सच्चे शिष्य के हृदय में उसके गुरु का वास हमेशा

होता है, कि फिर चाहे यह गुरु बनाया हुआ हो या माना हुआ, और इसलिए हर सच्चा शिष्य ऐसा काम कभी नहीं करता, जिससे उसके गुरु की शान में कोई कमी आए, कि गुरु के पदचिह्नों पर पूरी तरह से चलने के लिए किसी शिष्य में योग्यता या हिम्मत या कूवत न हो, पर गुरु की किसी एक बात को पकड़कर भी यदि वह चल सका तो बहुत है और इसलिए मैं, छगनलालजी पारिख इस बात की घोषणा करता हूँ कि अपने व्यक्तिगत जीवन में पूरी तरह से महात्माजी का अनुयायी रहूँगा, कि समाज के लिए केवल एक व्यक्तिगत उदाहरण बनने की कूवत मुझमें है और इससे ज्यादा कुछ होने की न तो मुझमें हिम्मत है और न ही योग्यता, कि मैं महात्माजी के व्यक्तिगत जीवन का बस एक मूक अनुयायी हूँ।

अपनी बयालीस साल की उम्र में छगनलाल ने महात्माजी के यौन सम्बन्धी प्रयोगों के बारे में पढ़ा, कि अड़तीस साल की उम्र में उन्होंने अपनी पत्नी के साथ लैंगिक सम्बन्ध समाप्त कर लिये, कि अपने ब्रह्मचर्य की क्षमता बढ़ाने के लिए वे युवतियों के सम्पर्क में रहने लगे और नग्न युवतियों के साथ नग्न सोने लगे, कि अवचेतन में बसे यौन राक्षस को जीतने के लिए आहार और व्यवहार पर कठोर नियंत्रण रखने लगे, कि बार-बार अपनी परीक्षाएँ लेने लगे, कि उन्होंने खुद को स्त्री मानने तक का अभ्यास भी किया, कि उनका तर्क यह रहा कि ब्रह्मचर्य में अपार शक्ति है और इसे विकसित कर इसका राजनीतिक, सामाजिक तथा आध्यात्मिक कामों के लिए उपयोग किया जाना चाहिए और इसलिए, यद्यपि मैं तीन साल तक असफल रहा, पर हर किसी को पैंतीस के बाद पूर्ण ब्रह्मचर्य का पालन करना चाहिए, क्योंकि यही अधिकतर सामाजिक बुराइयों को समाप्त करने और सामाजिक समस्याएँ पैदा न होने देने का कारगर तरीका है।

छगनलाल महात्माजी के इन प्रयोगों के बारे में पढ़ता और चकराता। उसके मन में अपने गुरु पर सवाल उठते, यद्यपि ये इस अपराध-बोध के साथ होते कि उन पर सवाल उठाने का मुझे अधिकार ही कहाँ है? सबसे बड़ा सवाल जो उसके मन में उठता, वह यह था कि महात्माजी का यौन-सम्बन्धी यह विधान प्रकृति के नियमों के विरुद्ध नहीं है क्या?

कि प्रकृति ने यद्यपि धीरे-धीरे बढ़ती वृद्धावस्था और उसके साथ धीरे-धीरे घटती काम-शक्ति तथा काम-इच्छा के विधान से स्वयं ही प्राणियों की यौन-क्रिया पर अंकुश लगाया है, पर यौन-सम्बन्ध पर पूरी रोक किसी भी उम्र में नहीं लगाई है, कि एक उम्र के बाद स्त्री की प्रजनन-क्षमता पर तो रोक है, पर इससे ज्यादा उसके लिए भी कोई रोक नहीं है, कि जहाँ तक ब्रह्मचर्य की शक्ति के उपयोग का प्रश्न है, उसका खुद का व्यक्तिगत अनुभव तो यह कहता है के लैंगिक क्रिया के बाद जो मुक्ति और युवा बने रहने की भावना आती है, वह उसे नकारते रहने से नहीं आती और जहाँ तक इस भावना को रचनात्मकता के रास्ते की ओर मोड़कर रचनात्मकता को बल देने का प्रश्न है, यह काम महात्माजी जैसे महापुरुषों की प्रेरणा जितनी अच्छी तरह से कर सकती है, उतनी अच्छी तरह से और कोई बात नहीं कर सकती, कि उल्टे इस तरह के प्रयोगों से महात्माजी स्वयं अपनी प्रेरणा-शक्ति को कम कर रहे हैं।

पर उसे यह भी लगता कि महात्माजी को लेकर इस तरह के तर्क-कुतर्क करना आसान नहीं है, कि एक पैमाने पर जो तर्क लगता है, वह दूसरे पर कुतर्क भी सिद्ध किया जा सकता है, कि महात्माजी ने ये प्रयोग भी आखिर अपने गहरे अनुभवों के आधार पर ही किए होंगे ? फिर उन पर प्रश्नचिह्न लगाने का उनके एक अनुयायी को क्या अधिकार है, कि एक स्तर पर ये प्रश्न तर्कहीन नहीं हैं क्या ? उसे शंका हुई कि गुरुभक्ति में कमी तो कहीं इस तरह के उल्टे प्रश्न उसके दिमाग में नहीं उठा रही है ?

इसी के साथ उसे महात्माजी के इस तर्क में तत्त्व दिखलाई दिया कि ब्रह्मचर्य से प्राप्त शक्ति का उपयोग सामाजिक काम में बढ़ोतरी और आध्यात्मिक उपलब्धि में गुणात्मक विकास में किया जा सकता है, और इसी संदर्भ में राहत महसूसते हुए उसने निष्कर्ष निकाला कि चूंकि वह किसी प्रकार का सामाजिक-राजनीतिक-आध्यात्मिक काम नहीं कर रहा है और न ही किसी आध्यात्मिक उपलब्धि की साधना में लगा है, इसलिए महात्माजी का यौन-क्रिया पर रोक का विधान उस पर लागू नहीं होता, कि एक व्यक्तिगत अनुशासन के दायरे में होने के बावजूद इसका उद्देश्य

व्यक्तिगत जीवन के परे की लक्ष्य-प्राप्ति है।

लेकिन कुछ समय बाद उसने इस पर फिर से गौर किया तो उसे शंका हुई कि इस तरह का सोच कहीं खुद को बचाने के लिए तो नहीं है ?, कि ऐसे अन्य अनेक अनुशासन हैं, जिनके उद्देश्य व्यक्ति के बाहर के हैं, कि सामाजिक को अपने व्यक्तिगत से इतनी आसानी से काटा जा सकता है क्या ?, कि चाहे भले ही बहुत ही अपरोक्ष रूप में हो, पर खुद उसका हर कार्य कहीं-न-कहीं सामाजिकता से जुड़ा है। उसे लगा कि जैसे अब तक वह महात्माजी के अनुशासनों को मानता आ रहा है, वैसे ही इस बार भी मानना पड़ेगा, कि न मानना महात्माजी का शिष्य होने को झुठलाएगा और उसे नष्ट करेगा।

इसी दौरान उसके सम्पर्क के लोगों ने इन प्रयोगों को लेकर महात्मा जी का मजाक उड़ाना शुरू किया, कि नपुंसकता छिपाने का चालाक तरीका, कि जवान लड़कियों के साथ मजा लूटने का अच्छा बहाना और वे उसे भड़काते कि अब चलो अपने गुरु के पदचिह्नों पर। कभी-कभी वह इन पर भड़कता कि आप तुच्छ प्राणी महात्माजी के प्रयोगों की शक्ति को क्या जान पाओगे, कि इन्हें समझने के लिए बहुत बड़ा नैतिक बल चाहिए, कि हो सकता है मैं महात्माजी का अनुशरण करूँ या यह भी हो सकता है कि मैं कच्चा पड़ जाऊँ, पर इससे महात्माजी के बड़प्पन में कोई कमी नहीं आएगी, कि वे बहुत ऊँचे हैं।

और वह अपने से सवाल करता कि अगर मैं महात्माजी का अनुसरण करने का तय कर भी लूँ, तो क्या इस व्रत के पालन और अपने संयम को जाँचने के प्रयोगों को करने की मुझमें कूवत है क्या ? और सोचता कि आसान नहीं है; और तब उसने निश्चय किया कि पूर्ण संयम के लिए धीरे-धीरे अपने को तैयार करेगा, कि आहार, विचार और व्यवहार— तीनों ही स्तरों पर, कि दैनिक जीवन में इससे सम्बन्धित छोटे-छोटे लक्ष्य रखकर, कि जैसे युवतियों की ओर बिलकुल न देखने का लक्ष्य और पत्नी से कटकर सोने का लक्ष्य। उसे लगा कि अपने व्रत के बारे में प्रकट रूप से किसी से जिक्र भी नहीं करना चाहिए, कि पत्नी से भी नहीं। उसे विश्वास हुआ कि इन छोटी-छोटी तैयारियों से उसका मनोबल बढ़ेगा

और एक दिन ऐसा आएगा कि पूरे आत्मविश्वास के साथ वह पहले पत्नी और फिर सभी के सामने घोषणा कर सकेगा कि मैं छगनलाल पारिख महात्माजी के एक सच्चे अनुयायी की तरह शेष जीवन पूर्ण ब्रह्मचर्य के पालन की घोषणा करता हूँ और इसके लिए संयम रखने की कठिन से कठिन परीक्षा के लिए अपने को प्रस्तुत करता हूँ, कि मैं विजयी ही रहूँगा।

उसने अंदाज लगाया कि उसके कटे-कटे रहने से पत्नी सवाल करेगी कि ऐसा क्यों और उसे कोई बहाना बनाना पड़ेगा और यह झूठ बोलने जैसा होगा और इस तरह से महात्माजी की हमेशा सच और स्पष्ट बोलने की सीख का उल्लंघन होगा, कि पाप···। फिर उसने सोचा कि यह छोटा पाप एक बड़े पुण्य के लिए ही तो होगा और आगे जब वह अपने ब्रह्मचर्य की घोषणा करेगा और अपने निश्चय पर टिके रहने और अपना आत्मबल बढ़ाने की कोशिशों के बारे में बतलाएगा, तब यह छोटा पाप भी न रहेगा।

उसे फिर शंका हुई कि उसके कटे-कटे रहने से पत्नी शंका करेगी और सवाल करेगी कि ऐसा क्यों और उसे एक नहीं, कई-कई बहाने कई-कई बार बनाने पड़ेंगे और यह काम भी अपने आप में आसान नहीं होगा, कि दूसरे तरह की कठिनाइयाँ, जो संयम पालने की कठिनाइयों के विरोध में ही होंगी और हो सकता है कि ये उसके निश्चय को तोड़ने में सफल हों, और तब उसे लगा कि काम आसान नहीं है और उसे महात्माजी की एक सीख याद आई कि कठिनाइयों से गुजरना ही मजबूती देता है और संयम रखने के अपने निर्णय को उसने दोहराया।

एक महीने तक अनुत्तेजक और बिलकुल सादा आहार, उपवास और औरत जाति से दूर-दूर का सम्पर्क रखने और अपने मन को हमेशा शुद्ध रखने में सफल होने के बाद छगनलाल को विश्वास हुआ कि वह अपने को छोटी-छोटी परीक्षाओं में डाल सकता है और उसने इसलिए स्त्री-जाति से पहली निकटता, अपने यहाँ मेहमान आए अपने भतीजे की छह साल की लड़की के साथ स्थापित की, कि एक दिन वह नहाने जाने की बात कर रही थी और उसने खुद पहले नहाने के लिए जाने की घोषणा की और

देर लगाता रहा, और लड़की ने जब कहा कि दादाजी जल्दी जाइए न, तो बोला कि अच्छा आज तुम्हें भी हम नहला देते हैं और उसे नहलाया और संतोष के साथ पाया कि इस बीच उसमें केवल वात्सल्य की भावना ही रही, कि परीक्षा में उत्तीर्ण··· और उसी दिन शाम को बाकी बाहर गए थे और वह अकेला था कि पड़ोस की दस साल की मनू बच्चों के बारे में पूछने आयी, कि काकाजी पुच्छू, लच्छू कहाँ हैं, और इतनी जल्दी अपने आत्म-अनुशासन की जाँच का और कठिन अवसर पा, उसने खुशी-खुशी लड़की के गाल पर चिकोटी लेते हुए कहा कि बाहर घूमने गए हैं बेटी, और लड़की जब बोली कि मैं समझ गई कि घर पर कोई नहीं इसलिए आपने मेरा गाल पकड़ा है तो वह चकरा गया और चिंतित भी हुआ कि इतनी छोटी लड़की का भी उस पर विश्वास नहीं। लड़की ने यह बात अपनी माँ को बतलाई और उसकी माँ ने उसका छगनलाल के घर जाना रोक दिया और बात दूसरे पड़ौसियों को मालूम हुई और वे उसे तिरस्कार से देखने लगे और बात उसकी पत्नी तक पहुँची और पत्नी ने उससे पूछा कि इतनी उम्र में इतने सारे नेम-नियम पालन करने के बाद भी तुम्हें यह क्या हो रहा है, कि एक छोटी बच्ची के साथ छेड़छाड़ ?

छगनलाल को तब अपने व्रत के बारे में बतलाना पड़ा और इसके लिए खुद को तैयार करने के प्रयत्नों के बारे में बतलाना पड़ा और अपने भतीजे की लड़की को नहलाने और मनू के गाल पर चिकोटी काटने के पीछे खुद को जाँचने के उद्देश्य का होना बतलाना पड़ा और शपथपूर्वक कहना पड़ा कि उसके मन में इन लड़कियों के लिए केवल वात्सल्य ही वात्सल्य था। उसने पत्नी से यह भी कहा कि इस समय तुम्हारे लिए भी मेरे मन में पूर्ण अलैंगिक भावना है और इसी पवित्र भावना के साथ अगला जीवन बिताने का मेरा निश्चय है और तुम्हें इस ध्येय में सफल होने में मेरी मदद करनी चाहिए, कि तुम्हारे सहयोग के बिना इस व्रत पालन मेरे लिए सम्भव ही नहीं, मेरी अलैंगिक सखी !

उसकी पत्नी ने समझाया कि महात्माजी युगपुरुष हैं और उन्हें सब प्रकार के प्रयोग और सब प्रकार के व्रत शोभा देते हैं, पर एक साधारण व्यक्ति के लिए उनका हू-ब-हू अनुसरण करना न तो सम्भव है और न ही

योग्य, कि उसका उनके प्रति आदरभाव होना ही पर्याप्त है। छगनलाल ने बतलाया कि उसने इन बातों पर कई-कई दिनों तक गौर किया है और खुद को एक साधारण आदमी समझकर ही किया है और इसके बाद पाया है कि चूँकि यह व्रत व्यक्तिगत आचरण से सम्बन्धित है और इस तरह का महात्माजी का हर नियम वह अपनाता रहा है, इसलिए इसे अपनाना भी जरूरी है, कि असफल न होऊँ इसलिए धीरे-धीरे छोटे-छोटे कदम उठाकर मैंने इसकी तैयारी की है, कि उनके आशीर्वाद से मैं अब तक सफल भी रहा हूँ और अब तक की एक आदर्श पत्नी और अब से एक अलैंगिक सखी होने के नाते तुम्हें मेरी मदद करनी ही चाहिए, कि मेरा मनोबल बढ़ाना चाहिए और जब मैं कमजोर पड़ने लगूँ तो सहारा देना चाहिए और डाँट और दंड तक देना चाहिए।

पत्नी को लगा कि तत्काल छगनलाल से बहस करना और उसे समझाना व्यर्थ है, कि इनकी वासना की कमजोरी मैं जानती हूँ और आगे इनका संयम अपने आप डिगेगा और मनू की बात भी पड़ोसी जल्दी ही भूल जाएँगे और एक बार गलतफहमी का शिकार होने का अहसास तो हो ही गया है, सो ये भी अपने प्रयोगों में अब सावधान होंगे, कि भगवान की दया से सब ठीक ही होगा और वह अलग होकर सो गई।

छगनलाल को लगा कि अभी पत्नी को शामिल कर अपने प्रयोगों को आगे बढ़ाना अतिरेकी कदम बनने की सम्भावना है, कि साथ होने का यह अवसर अचानक ही आया है और पत्नी भी मेरे व्रत से सहमत नहीं है और इसे मेरा सौभाग्य ही कहना चाहिए कि मुझे उत्तेजित करने या मुझसे ज्यादा तर्क करने के बजाय वह एक ओर होकर सो रही है, कि मैं भी अलग ही···।

अगली सुबह उसकी पत्नी ने अपनी लड़की को समझाया कि देख, अगर पिता कोई विचित्र व्यवहार करें तो उन्हें गलत न समझना, कि उनका मन निर्मल और पवित्र है। पर थोड़ी देर बाद उसे लगा कि केवल उनका मन पवित्र होने से क्या होगा, कि बेटी की उम्र है और उनके विचित्र व्यवहार से लड़की की उत्सुकता जाग सकती है और आगे कभी किसी लड़के के साथ हुई और वह छेड़खानी करने लगा और अपनी जगी

उत्सुकतावश लड़की उसे आगे बढ़ने की छूट देने लगी तो अनर्थ हो जाएगा। और तब उसकी समझ में आया कि उसके पति कितना खतरनाक खेल खेल रहे हैं और उसने निश्चय किया कि किसी भी कीमत पर अपनी बेटी को उनके प्रयोगों में इस्तेमाल नहीं होने देगी और उसने उस रात छगनलाल को इस बारे में आगाह भी कर दिया, कि देखो जी, अगर तुमने बेटी के साथ दूरी का व्यवहार न रखा और भूले से भी उसे अपने प्रयोगों में शामिल करने का सोचा या बिन सोचे ही शामिल किया तो मेरा मरा मुँह देखोगे।

बेटी का विचार करते-करते उसे खुद का भी खयाल आया कि मेरा आदमी जिद्दी है और न जाने कब खुद कपड़े उतारकर सोए और मुझसे हट करने लगे कि सब कपड़े उतारो और बिना कोई हरकत किए मेरे साथ सोओ और मुझे रात-भर जागते हुए पड़े रहना पड़े, कि कहीं अनजाने ही हाथ या और कुछ ऐसी-वैसी जगह न लगे। उसे अहसास हुआ कि इस तरह के प्रयोगों में औरत की हालत सिर्फ एक 'वस्तु' की है, कि फिर चाहे वह महात्माजी की पत्नी हो, उनके साथ सोनेवाली दूसरी लड़कियाँ हो, या खुद मैं, कि मेरी 'औरत' की जरूरत चाहे भले ही अलसायी या सोयी हो पर यह मरी नहीं है, कि भले ही मैं काम-वासना की भूखी न होऊँ, पर ऐसा भी नहीं कि इससे मुझे नफरत हो, कि पहले कभी-कभार जब नफरत हुई भी थी तो कौन इन्होंने मुझे छोड़ दिया था और कौन मैं भी इनसे छिटककर अलग हो गई थी, कि मन मारकर सब करने ही दिया था न! और एकाध बार तो ऐसा भी हुआ था कि शुरू की नफरत बीच में ही पिघल गई और उत्तेजना आनंदित करने लगी, कि उच्च आनंद की प्राप्ति।

और उसने सोचा कि तब की बात और अब की बात में तो एक और भी बड़ा अंतर है, कि सब इनकी इच्छा के सामने अपनी अनिच्छा दबानी पड़ती थी, पर अब इनकी अनिच्छा टिकाने को अपनी इच्छा दबाना है और सो भी सब कुछ खुला-खुला होने पर। उसे अजीब लगा कि महात्मा जी जैसे महिला सुधारक भी ऐसे प्रयोग करने के पहले स्त्री-भावना का विचार नहीं करते। उसे सूझा कि एक पत्र लिखकर उनसे इस बाबत पूछे

और तय किया कि सुबह एकांत मिलते ही पहला काम महात्माजी को पत्र लिखने का ही करेगी।

महात्माजी को पत्र लिखने की हिम्मत तो खैर वह नहीं जुटा पाई, पर छगनलाल का संयम जाँचने के प्रयोग में खुद के इस्तेमाल को वह रोकती रही, कि वह कहता तो साथ सोती पर दूसरी ओर मुँह कर, कि आज मेरी कमर में थोड़ा दर्द है जी, कि दिन-भर काम करके बहुत थक गई हूँ जी, सो ऐसे ही पड़े रहने दो। पीछे से छगनलाल उसे छूता तो छूने देती और कुछ क्षण बाद खुद उसके हाथ को सहलाने लगती और जब वह कहता कि तुम कुछ न करो अभी, कि मैं पूरी तरह से तैयार और आश्वस्त हो जाऊँ तो फिर कुछ भी करना, तो उसका हाथ झटककर और दूर हो जाती और अगली बार जब वह पास सोने के लिए बुलाता तो कटाक्ष करती कि मेरा अभी कोई भरोसा नहीं कि कहाँ तक रुकूँ और इसलिए पहले तुम अपना संयम अच्छी तरह से पक्का कर लो।

प्रयोगों को आगे बढ़ता न देख छगनलाल ने पत्नी को समझाया कि देखो मेरा उद्देश्य यांत्रिक तरीके से एक व्रत पालना-भर नहीं है, कि यह अपनी मानसिकता को इतना अधिक विकसित कर लेना है कि अवचेतन से भी कामेच्छा पूरी तरह से निकल जाए और इसलिए प्रयोगों के जरिए खुद को जाँचना बहुत ही जरूरी है और यह काम तुम्हारी मदद से ही सम्भव होगा, कि शनैः-शनैः संयम रखने की क्षमता को जाँचते, मजबूत करते हुए मैं इसे इतनी कठोर बनाना चाहता हूँ कि काम-इच्छा इसके नीचे दबकर मर जाए और तब संयम की जरूरत ही न पड़े, कि महात्मा जी के साथ न केवल उनकी पत्नी बल्कि आश्रम की अन्य स्त्रियों ने भी सहयोग किया, कि असल में यह सिर्फ सहयोग ही नहीं त्याग भी है, कि खुद की भावनाओं और इच्छाओं का त्याग और खुद को भी उस हवन में झोंक देना, जिसे जीवन-साथी अपने को झोंकते हुए कर रहा है, कि इसमें पुरुष और स्त्री में किसी एक के बड़े और दूसरे के छोटे होने का प्रश्न नहीं है, बल्कि किसी एक की बड़े काम और बड़ी तपस्या की पहल में दूसरे के पूरी शक्ति से सहयोग देने का है, कि ऐसा न करने का अर्थ प्रयोग का असफल होना और मेरा मिट जाना ही होगा, कि असफलता से मैं

खुद की दृष्टि में गिर जाऊँगा और बुझ जाऊँगा और महात्माजी की प्रेरणा से अपनाए सभी नेम-नियम टूटते जाएँगे और सालों की लगन मिट्टी में मिल जाएगी और जिंदा रहकर भी एक लाश की तरह रहूँगा।

उसकी पत्नी ने सवाल किया कि ध्येय क्या है, कि ब्रह्मचर्य साधन है कि साध्य ? उसने जवाब दिया कि ब्रह्मचर्य तो मन और आत्मा की शक्ति बढ़ाने का साधन ही है और इस शक्ति का उपयोग वह अपनी मानसिक और आध्यात्मिक क्षमता बढ़ाकर अपने काम में ज्यादा से ज्यादा कुशलता लाने में करेगा, कि अपने साधारण नागरिक के स्तर पर जितनी बन सके उतनी जनसेवा करने में भी करेगा।

पत्नी ने तब वचन दिया कि अपनी ओर से वह उसका संयम तोड़ने में कारण नहीं होगी, कि न उसे रिझाएगी और न उत्तेजित करेगी, कि बड़े शौक से वह उससे पूरी तरह से कटकर रह सकता है और एकांत साधना से अपनी कामेच्छा को समाप्त कर सकता है, लेकिन संयम जाँचने के उसके प्रयोगों के लिए वह अभी खुद को प्रस्तुत न कर सकेगी, कि उसकी तपस्या में खुद को होम करने और अपने पत्नीत्व को तिलांजलि देने की मानसिकता मैं अभी तक नहीं बना पाई हूँ, कि हो सकता है जल्दी ही ऐसी मानसिकता बन जाए और मैं स्वयं महात्माजी की शिष्या बन जाऊँ और तब बिना आग्रह के नग्न होकर खुद को आपके प्रयोगों के लिए प्रस्तुत करूँ और तब स्त्री-नग्नता के सामीप्य में संयम रखने की परीक्षा की आपकी पहली सीढ़ी पार हो जाए, और आगे मौका पाकर अन्य स्त्री के सामीप्य का अवसर भी आपको दिलाऊँ, कि तब यह सहज और सम्भव होगा मेरे जीवन साथी !

उसने आगे कहा कि फिलहाल तो न सिर्फ आपको लेकर बल्कि स्वयं को लेकर भी मैं शंकाओं से घिरी हूँ, कि मेरे अपने ब्रह्मचर्य से प्राप्त आध्यात्मिक और मानसिक शक्ति का मैं क्या करूँगी, कि वर्तमान में ही मैं अपनी पूरी शक्ति का उपयोग नहीं कर पाती, कि लड़के-लड़की बड़े हो गए हैं और अपना काम खुद देखने लगे हैं और घर का काम भी हो ही जाता है, कि पूजा-पाठ नियमित करती हूँ, और जब कभी मंदिर में प्रवचन आदि होते हैं तो जाती ही हूँ और इससे आगे क्या करना है, यह

सूझता ही नहीं, कि जब से आपने ब्रह्मचर्य का पालन शुरू किया है, आपसे भी दूरी का सम्पर्क रह गया है, कि डर जो रहता है कि जाने-अनजाने कहीं कोई ऐसी हरकत न हो जाए, जिससे आपमें आकर्षण और उत्तेजना पैदा हो और आपकी साधना भंग हो और मुझे इसका दोष लगे, कि असल बात यह है कि मैं एक साधारण स्त्री हूँ और साधारण ही रहना चाहती हूँ।

छगनलाल बोला कि हर असाधारण व्यक्ति भी कई स्तरों पर साधारण ही होता है और हर साधारण व्यक्ति के पास भी कुछ न कुछ असाधारण जरूर होता है और जीवन की सार्थकता अपने साधारण में पड़े न रहकर अपने असाधारण को खोजने और उसे विकसित करने में है, और हो सकता है कि हम दोनों की असाधारणता अपनी काम-इच्छाओं का उन्मूलन करने और इसके बावजूद साधारण बने रहने मे हो, कि आखिर पिछले तीन-चार महीनों में तो हम अपनी कामेच्छा पर पूर्ण नियंत्रण रखने में सफल रहे ही हैं और इसलिए हे मेरी अलैंगिक सखी ! तुम भी ब्रह्मचर्य रखने का निश्चय करो और अपने अलैंगिक जीवन-सखा को बल दो।

जैसे-जैसे दिन गुजरते गए, छगनलाल की पत्नी का मन शंका-कुशंकाओं से भरता गया। उसे लगा कि प्रकृति ने दिए अपने एक हिस्से को हमेशा-हमेशा के लिए मिटाना पड़ेगा, कि उसके खुद के साथ प्रयोग का दौर समाप्त होने के बाद अन्य युवतियों के साथ प्रयोग करने की पति की माँग न जाने कितने आकार की होगी, कि महात्माजी के पास ढेरों काम हैं और वे ब्रह्मचर्य से बढ़ी अपनी शक्ति को इनमें खपा सकते हैं, पर हम दोनों तो साधारण व्यक्ति हैं जिनके पास करने को खास कुछ है भी नहीं और शक्ति का यदि पूरा उपयोग न हुआ तो न जाने इससे कौन-कौन से विकार पैदा होने लगें और उसे उन कहानी-किस्सों की याद आई जिनमें कि साधना की अति से साधक अपना मानसिक संतुलन खो बैठे थे और फिर बड़ी कठिनाई से सामान्य जीवन के लायक हो सके थे, कि कुछ तो जीवन-भर असंतुलित ही रहे।

दूसरी ओर पत्नी का सहयोग न मिलने के कारण छगनलाल के प्रयोग आगे नहीं बढ़ रहे थे। अब तक संयम और उसके जाँचने के प्रयोगों में जो गति थी वह टूट गई थी, कि शुरुआत में वह औरतों-लड़कियों की ओर देखता ही न था जिससे कि उनके प्रति आकर्षण पर अंकुश लगे और जब लगा कि आकर्षण में पर्याप्त कमी आई है तो वह उनकी ओर देखने लगा, पर हमेशा इस सावधानी के साथ कि अवचेतन में किसी प्रकार का लगाव पैदा न हो। पर वह हमेशा सावधान न रह पाता और कभी-कभी आकर्षण पैदा हो ही जाता और तब वह खुद को लताड़ता और अपने शरीर को यंत्रणाएँ देता, कि इनकी चोटें आगे उसे सजग बनाए रखें और सड़क पर या दफ्तर में किसी लड़की या औरत की ओर काफी देर तक देखता रहता और कोशिश करता कि इस देखने में निर्मलता हो और देखना पूरा होते ही उसे पूरी तरह से भूल जाए और यदि यह लड़की या औरत याद रहती तो अपने शरीर को कष्ट देता और एकाध बार जब स्वप्न में ऐसी लड़की आई तो लगातार दो दिन तक उसने खाया-पीया नहीं। आगे फिर वह युवतियों से टकराने की कोशिशें करने लगा और इसके लिए खुद भी अवसर पैदा करता और यदि उसे ऐसा लगता कि उनके प्रति आकर्षण बचा है तो खुद को प्रताड़ित और दंडित करता, कि कामुक नीच···!

यह सब करने के बाद ही संयम की परीक्षा के लिए उसे पत्नी के सहयोग की जरूरत महसूस हुई थी और पत्नी के इस तरह से अड़ियल बने रहने से उसे क्रोध भी आया और तब उसे महात्माजी की क्रोध पर लगाम रखने की सीखों का ध्यान हुआ और उसने तय किया कि पत्नी को निर्णय के लिए और समय देना ही उचित है। उस दौरान उसे लगा कि महात्माजी के लिए अपने प्रयोगों के अवसर पाना कितना आसान होता होगा, कि उनके महापुरुष होने से उनकी पत्नी ही नहीं, आश्रम की युवतियाँ भी खुशी-खुशी अपने को इनके लिए प्रस्तुत कर देती होंगी और दूसरी ओर वह एक अभागा है कि जिसकी बीस साल से ब्याही और तीन बच्चों की माँ बनी पत्नी तक आनाकानी कर रही है। उसने सोचा कि इसके लिए न केवल उसका भाग्य, बल्कि आध्यात्मिक शक्ति की कमी भी जिम्मेदार है, कि वर्ना इतने वर्षों तक अपने व्यक्तिगत जीवन में महात्माजी

के नेम-नियम पालने के बावजूद वह अपने लिए अपनी पत्नी में समुचित भक्तिभाव और समर्पण क्यों नहीं पैदा कर पाया ? और तब उसे खयाल आया कि पिछले तीन महीनों से अधिक समय तक ब्रह्मचर्य के पालन से उसकी मानसिक और आध्यात्मिक शक्ति में बढ़ोतरी भी तो हुई होगी, वह कहाँ गई ?, कि कहीं ब्रह्मचर्य को सँभालने में ही तो नहीं खप गई ?

...उर्फ शुरुआत एक कस्बाई प्रेम की

लड़की देखते ही वह जगमगा गया। इसलिए नहीं कि वह उसे बहुत सुंदर लगी थी, बल्कि इसलिए कि पहली बार कोई ढंग की लड़की उसके पड़ोस में आई थी और इस तरह से किसी लड़की से सम्पर्क बढ़ाने और फिर इससे भी आगे जाने की सम्भावना उसके सामने बन रही थी। लड़की मतलब विपरीत योनि। एक ऐसा शरीर जो उसके शरीर से अलग तरह का है। मतलब एक मजा, एक संतोष जो मिलना तो सम्भव होता है, पर अब तक उससे चूकता रहा है। मतलब एक आकार जो दिमाग में बनते ही रगों में सुरसुरी पैदा कर देता है, एक रिश्ता जो दो और केवल दो के बीच ही होता है, एक प्रकृति जो अब तक उससे कटी रही है, और सबसे बढ़कर उसके संदर्भ में न केवल एक जरूरत, बल्कि एक उद्देश्य भी।

कॉलेज में उसके साथ दो लड़कियाँ थीं, दिखने में साधारण, पर उसके अनुमान से उसके लिए उपयुक्त। दोनों में से जो ज्यादा ठीक लगी उसके लिए वह उत्सुक रहा, इस तैयारी के साथ कि अगर यह जवाबी झुकाव न दिखलाए तो वह दूसरी की ओर मुड़ जाएगा। उसका दुर्भाग्य यह था कि उसके क्लास में कुछ हीरो किस्म के लड़के भी थे, जो उन लड़कियों के लायक न होते हुए भी हमेशा चुहलबाजी में उलझाकर उन्हें घेरे रहते थे। उसे पूरा भरोसा था कि लड़कों की उनमें दिलचस्पी उच्छृंखल किस्म की ही है और ऐन मौके पर वे उन्हें गच्चा दे जाएँगे। उसने सोच भी रखा था कि लड़कियों का विश्वास पा लेने के बाद वह उन्हें हीरो लड़कों के प्रति आगाह कर देगा।

घनिष्ठता बढ़ाने के अपने प्रयत्नों के तहत उसने एक दिन लड़कियों

को अकेले में गाँठा। इससे बने सूत्र को अगली मुलाकात में आगे बढ़ाने की कोशिश कर ही रहा था कि हीरो लड़के आ धमके और उन्होंने अपनी हरकतों से उसका खेल बिगाड़ दिया। पीछे हटते हुए उनके सामने अपने दब्बूपन पर उसे गुस्सा आया था। अगली बार के लिए हीरो लड़कों की हरकत का एक मारू जवाब सोचकर उसने अपने आप को सांत्वना दी। लेकिन अगली बार उनकी हरकत दूसरे ही किस्म की थी, जिसके लिए पहले सोचा हुआ जवाब उसे खुद ही अटपटा लगा और इसलिए एक बार फिर उसे पीछे हटना पड़ा। 'अबकी सालों को नही छोड़ूँगा' के निश्चय की ऊँचाई पर उसने उनकी सभी सम्भावित हरकतों का अंदाज लगाया, उन सबके उपयुक्त जवाब तय किए और उन्हें रट डाला। पर ऐन मौके पर जाने क्या हुआ कि जवाब लड़खड़ा गया, जिससे उसका रुतबा बढ़ना तो दूर और खिल्ली ही उड़ी। तब उसने पैंतरा बदलना ही उचित समझा और नाटकों में काम से, क्लास में अपने सवालों से पढ़ानेवालों को परेशान कर, शतरंज का मैच जीतकर या ऐसे ही किसी और काम में चमककर लड़कियों का अपरोक्ष रूप से प्रभावित करने का तय किया। इनमें से एकाध कामों में कामयाब होने के बावजूद जब एक भी लड़की उसकी और आकर्षित नहीं हुई तो उसने उनके बेशऊर होने का निष्कर्ष निकाला और अपने आपको बधाई दी की उनके चक्कर से बच गया।

किसी लड़की से प्रेम करने की इच्छा उसके वयस्क होने के पहले से रही है। वयस्क होने पर इसमें मजबूती अपनी भाभी के तीखे स्वभाव को देखकर आई, कि ठहरा कर की गई शादी में लड़की के स्वभाव की ठीक-ठीक जानकारी नहीं रहती और इससिए इस तरह से अच्छे स्वभाव की बीवी मिलना संयोग की बात ही रहती है। हम लोग जो दुनिया को बहुत कुछ देख-समझ चुके हैं, जानते हैं कि तरीका कोई भी हो, मेल खाते स्वभावों का जोड़ा केवल संयोग की ही बात होती है, और हमारे इस भाई को अगर प्रेम-विवाह से पति-पत्नी बने लोगों को झगड़ते हुए देखने का मौका मिलता तो हो सकता है कि प्रेम-विवाह के लिए यह इतना उत्सुक न होता। नहीं मिला, इसलिए यह पट्ठा प्रेम करने पर बिलकुल आमादा रहा है। अब इसे इसका दुर्भाग्य ही कह सकते हैं कि प्रेम हो जाने की

पहली जरूरी शर्त कि किसी लड़की के सम्पर्क में आए, काफी समय से पूरी ही नहीं हो पा रही थी।

उसके कोई बहन नहीं थी कि घर पर लड़कियाँ आएँ-जाएँ। भाभी के तुनक-मिजाज होने से भी उसके यहाँ बहुत कम लड़कियाँ आने की हिम्मत करती थीं। करीब के दो-तीन दोस्तों की बहनें उससे बड़ी बैठती थीं तथा इन बहनों की छोटी उम्र की सहेलियों तक पहुँचने के रास्ते उसके लिए खुल नहीं पाए थे। साथ के एक लड़के की बहन ठीक थी, पर उसकी शादी ही जल्दी हो गई, पड़ोस की एक लड़की से जमाने की उसने कोशिश की, पर लड़की के भाई को इसकी भनक पड़ गई ओर इसके बदले हुए तेवर देखकर आगे बात बढ़ाने की उसे हिम्मत ही नहीं हुई। किसी लड़की से लम्बा सम्पर्क न हो पा सकने के लिए हम उसकी मानसिकता या उसके व्यक्तित्व को दोषी ठहरा सकते हैं, पर तब इस हिसाब से उसकी कुल जमा सामाजिक पृष्ठभूमि, उसके परिवार की पूरी बनावट, उसके कस्बे की मानसिकता और इस तरह के अन्य घटकों का प्रभाव भी देखा जाना चाहिए। उस सूरत में यह एक बिलकुल ही अलग विषय बन जाएगा, मतलब ठेठ अकादमीय। हमारे लिए तो यहाँ पर महत्त्वपूर्ण तथ्य यह है कि कोशिशों के बावजूद हमारे नौजवान का किसी लड़की से लम्बा सम्पर्क नहीं हो पाया। इसीलिए घर से अलग इस शहर में पड़ोस के मकान में आए नए किराएदार के यहाँ जब उसे एक जवान लड़की दिखलाई दी तो उसमें यह उम्मीद जागी कि अब वह काम हो जाएगा, जिसकी बाट जाने कब से वह देख रहा है।

घर पर बहन का न होना जैसे उसके खिलाफ गया था, वैसे ही इस शहर में नौकरी पर आने के साथ-साथ भतीजे का पढ़ने के लिए उसके साथ आकर रहना भी खिलाफ गया था। लड़कियों से सम्पर्क बढ़ाने और फिर उनमें से किसी एक के साथ मजा लेने की योजनाएँ उसके पास थीं, पर इन्हें लागू करने का मतलब बेझिझक कार्यवाही करना था, जो भतीजे की उपस्थिति में सम्भव नहीं था। उसने बहुत कोशिश की कि भतीजा कस्बे के कॉलेज में ही पढ़ने चला जाए अथवा शहर में अलग रहने लगे, यहाँ तक कि इसके लिए उसे जान-बूझकर तंग भी किया, उससे झगड़ा।

पर घरवाले उसे उसके साथ ही रखने पर आमादा थे। उनके विचार से अलग-अलग रहने से दोनों के बिगड़ जाने की सम्भावना थी, जबकि साथ-साथ रहने से एक-दूसरे का पर्दा उन्हें बुरे काम और बुरे लोगों की संगत करने से रोकने के लिए कारगर था।

यद्यपि दूसरों को पक्का भरोसा करवाने लायक सबूत उसके पास नहीं थे, पर उसका खुद का यह पूरा विश्वास था कि उसकी इच्छाशक्ति मजबूत है। तीव्र इच्छाशक्ति के बावजूद किसी लड़की से सम्पर्क न हो सकने के लिए इसीलिए वह इस बात को जिम्मेदार ठहराता था कि उसे अकेले रहने का मौका ही नहीं दिया जा रहा। वह समझता था कि शहर बहुत बड़ा नहीं है और घर के बाहर भी यदि किसी लड़की से उसका मेल-जोल बढ़े तो भतीजे तक बात पहुँचेगी और घर पर दी गई समझ के वश में होकर वह उस पर जासूसी करेगा। मामला पक जाने पर जासूसी होने का उसे डर नहीं था, पर बीच में ही कोई गड़बड़ी हुई तो उसकी प्रतिष्ठा गिरने और इस तरह से आगे दूसरी लड़कियों तक पहुँचने का रास्ता रुक जाने का खतरा था। उसे विश्वास था कि यह केवल उसकी कल्पना नहीं है और बतौर सबूत के एक दो मौकों पर भतीजे द्वारा जासूसी किए जाने का शक होने की बात भी उसे याद आ जाती थी। फिर उसे यह भी याद आता था कि उस दौरान लड़की से मेल-मिलाप करने की दिशा में वह थोड़ा भी आगे नहीं बढ़ पाया था।

इसीलिए घर में कुछ दिनों बाद एक विवाह और कॉलेज में लम्बी हड़ताल के कारण भतीजे के घर चले जाने, और दूसरी ओर नौकरी की वजह से शहर में ही रुकने का बहाना मिल जाने से करीब एक महीने तक अकेले रहने का जब उसे मौका मिला तो इस विश्वास से कि इच्छा-शक्ति और बढ़ेगी, उसने बड़ी तीव्रता से लड़की की चाह चालू की। दफ्तर में दिन-भर वह देखी हुई किसी लड़की के बारे में सोचता और शाम को मुख्य बाजार तथा नगरपालिका के बगीचे में उसके मिल जाने का इंतजार करता। वहाँ नहीं दिखलाई देती तो रात घर आकर उसका इंतजार करता। जैसे-जैसे समय गुजरता जाता, उसकी उम्मीद बढ़ती जाती और उसे लगा रहता कि अब दरवाजा खटका, अब खटका। उम्मीद से पैदा हुई उत्तेजना

में दरवाजा खोलकर न केवल वह बाहर झाँकता था, बल्कि कुछ दूरी तक जाकर देख भी आता था। और इसीलिए पड़ोस में जल्दी ही लड़की का आ जाना उसे अपनी इच्छा-शक्ति का परिणाम ही लगा। इतना ही नहीं, उसे यह तक विश्वास था कि यदि थोड़ी और तीव्रता से वह चाहना करता तो लड़की दरवाजा खटखटाते ही उसके पास आती।

पहली नज़र में लड़की उसे अपने लायक लगी। पहनावे पर से उसने अंदाज लगाया कि वह अभी कॉलेज में पढ़ रही होगी। उसने यह भी अंदाज लगाया कि चूँकि वे लोग दरोगा के दो कमरोंवाले मकान में किराएदार बनकर आए हैं, इसलिए हैसियत में बहुत ज्यादा ऊँचे नहीं होंगे। उसने कामना की कि वे लोग माहेश्वरी ही हों, इसलिए नहीं कि वह जात-पाँत में विश्वास करता था, बल्कि इसलिए कि एक तो इससे लड़की के घरवालों का खुद-ब-खुद उसकी ओर ध्यान जाने की सम्भावना थी, और दूसरे अगर प्रेम जम ही गया तो दोनों ओर के घरवालों को आसानी से शादी के लिए मनाया जा सकता है।

उसे सूझा कि लड़की की ओर दुबारा देखकर मुस्कराए, जिससे कि उसकी प्रथम प्रक्रिया से तो अवगत हो ही जाएगा। वह खिड़की पर जाकर खड़ा हो गया। कुछ देर बाद उसे लगा कि फालतू में खिड़की के पास खड़ा हुआ देखे जाने पर उस पर शक किया जा सकता है, और इसलिए हट गया। लेकिन यह समझकर कि इस तरह से तो बात आगे ही नहीं बढ़ेगी, झाड़ू लेकर खिड़की साफ करता खड़ा रहा। झाड़ू फटकारते-फटकारते उसके ध्यान में आया कि झाड़-पोंछ का टाइम न होने के बावजूद उसके ऐसा करने से किसी का विशेष रूप से उस पर ध्यान जा सकता है। वह फिर वहाँ से हट गया। पर लड़की को दुबारा देखे बगैर उसे चैन भी नहीं पड़ रहा था। पास में ही खड़े होकर बीच-बीच म खिड़की के दूसरी ओर झाँकने का उसने तय किया। ऐसा करने पर चोरी-छुपे काम करने के अहसास से उसकी धड़कनें बढ़ गईं। आखिर उसे लड़की दिखलाई दी और वह उसकी ओर देखकर मुस्कराया भी, पर बाद में उसे लगा कि घबराहट की वजह से मुस्कराहट रोअतली बन गई होगी। आईने में उसने अपनी सूरत देखी, जो घबराई लगी। मुस्कान में यह घबराहट आई थी

या नहीं, यह जाँचने के लिए वह मुस्कराया, पर ठीक-ठीक अंदाज नहीं लगा सका। उसे लगा कि ऐसा इसलिए हो रहा है, क्योंकि अब घबराहट कम हो गई है और इसलिए कृत्रिम रूप से घबराहट बढ़ाने की कोशिश करने लगा, पर बात बनी नहीं।

बार-बार उसे यह बात साल रही थी कि लड़की को देख लेने के विचार मात्र से उसे घबराहट हुई थी। उसे चिंता हुई कि अगर इतने पर ही यह हाल है तो आगे उसके पास जाने पर क्या होगा ? इससे छुटकारा पाने के लिए उसने तय किया कि नियमित रूप से प्राणायाम और समाधि करेगा। थोड़ी देर बाद उसे यह भी शक हुआ कि हो सकता है कि यह उसकी व्यक्तिगत कमजोरी न हो और प्रेम के मामले में सभी के साथ ऐसा होता हो ! इस सम्बन्ध में सिनेमा में देखे या किताबों में पढ़े पर विश्वास करना उसे उचित नहीं लगा। एक-दो दोस्तों के सीधे-सीधे लड़की का हाथ पकड़ लेने और उसके सामने एकांत में मिलने का प्रस्ताव रखने के कहे किस्से उसे याद आए, पर इनके बारे में वह यह नहीं तय कर सका कि ये सही थे या शेखी बघारने की कोरी बातें।

मायूसी का असर कम होने पर उसका ध्यान इस बात पर गया कि लड़की ने भी उसकी ओर उत्सुकता से देखा था। उसे यह भी याद आया कि कुछ क्षणों के लिए वह बँध भी गई थी। उसने सोचा कि इससे वह एक निष्कर्ष तो निकाल ही सकता है कि पहली नज़र में उसे खारिज नहीं किया गया है।

पूरे मामले पर फिर से गौर करने पर उसने पाया कि यह ठीक है कि देखने के विचार मात्र से उसे घबराना नहीं चाहिए था, पर एकदम से साहस दिखलाना भी दुस्साहसपूर्ण हो सकता है, जिससे लेने के देने पड़ जाने की बात आ सकती है। उसने तय किया कि आगे के कदम बहुत सोच-समझकर और योजनाबद्ध तरीके से ही उठाएगा। योजना पर विचार करते हुए उसे सूझा कि सबसे पहले उसके अभिभावक, जो कि बहुत करके उसके पिता ही होने चाहिए, से परिचय प्राप्त करना चाहिए। पर अपनी ओर से परिचय के लिए पहल करना उसे इसलिए ठीक नहीं लगा कि इससे वे लोग उसकी नीयत पर शक करने लगेंगे, विशेषकर तब जबकि वह जल्द

ही इस तरह की कोशिश करेगा। सहज और आकस्मिक ढंग से काम होने की बात उसे जमी और इसलिए उसने तय किया कि लड़की के अभिभावक से आमना-सामना हो, इसके लिए वह कमरे से बाहर और बाहर से कमरे में कई बार आता-जाता रहेगा। उसे विश्वास था कि अखबारी खबरों और मौसम की चर्चाएँ करने के अलावा बातचीत करने पर कुछ ऐसे व्यक्ति या परिवार निकल आएँगे जो कि दोनों की ही जान-पहचान के हों। यह उसे इसलिए जरूरी लगा कि उसकी राय में इस तरह के परिचित दो लोगों के बीच के सम्बन्धों में विश्वास पैदा करने में अपनी अनुपस्थिति में भी महत्त्वपूर्ण योगदान करते हैं।

उसे लगा कि कितना अच्छा हो यदि नए पड़ोसी पर उसके मिलनसार स्वभाव का आदमी होने का असर पड़े। पर फिर उसे ध्यान आया कि इस तरह का असर डालने का काम तो पड़ोसी ही कर सकते हैं और उसका अपने पड़ोसियों, यहाँ तक कि बिल्कुल बगल में रह रहे सिंह साब से भी ज्यादा मेलजोल नहीं रहा है। 'खैर, इस वजह से कटे मार्क्स को कहीं और ले आऊँगा' सोचकर उसने अपने आपको दिलासा दिया और इसे पक्का करने के लिए अपनी इच्छा-शक्ति का ध्यान किया।

योजना के दूसरे चरण के रूप में उन लोगों के घर आना-जाना चालू होने की बात उसकी समझ में आई। एक बार यह चालू होने पर लड़की से बात हो सकती है। 'नाम पूछने की जरूरत नहीं पड़ेगी, क्योंकि घरवालों के पुकारने पर यह मालूम हो जाएगा,' वह सोचने लगा, 'यह घर का नाम होगा, पर मुझे तो इसी से मतलब है।' फिर बस इस सवाल पर गौर करने लगा कि बात कैसे चलाएगा? उसने तय किया कि पहले यह पूछेगा कि किस क्लास में पढ़ रही है? और फिर उसके बाद क्या विषय या हैं?, कॉलेज कौन-सा है?, कौन-कौन पढ़ाता है? आदि पूछेगा और फिर धीरे से उसकी हॉबीज़ के बारे में भी सवाल पूछ डालेगा। इससे आगे का सवाल उसे नहीं सूझ रहा था। असल में हॉबीज़ का सवाल ध्यान में आते ही उसे कुछ गुदगुदी होने लगी थी और फिर जब यह ध्यान में आया कि जवाब देते हुए वह लजा जाएगी, तो थोड़ी घबराहट भी हुई। घबराहट की बात के सबूत के लिए उसने अपने चेहरे पर हाथ फेरा था और उसे वहाँ

भी पाकर तय किया कि अपने आपको मजबूत बनाने के लिए हॉबीज़ वाला सवाल ही सबसे पहले पूछेगा।

परिचय के लिए उसे ज्यादा कोशिश नहीं करनी पड़ी। सिर्फ दो दिन वह छोटे-छोटे कामों के बहाने कई बार कमरे से आया-गया। बार-बार कमरे से निकलने के लिए, कितना ही छोटा काम हो, एक बार में एक ही काम करता था। जैसे सिगरेट और माचिस अलग-अलग बार लेने निकला। लेकिन तीसरे दिन उसे यह नहीं करना पड़ा। नए पड़ोसी केला साब खुद ही सुबह-सुबह उसके यहाँ आए और अपना परिचय देकर उसका परिचय ले गए। दोनों के बीच नौकरियों, दफ्तरों की जानकारी आदि का आदान-प्रदान हुआ था। दोनों ने कोशिश की, फिर भी एक ही जाति के होने के बावजूद दोनों के परिचय का एक भी व्यक्ति नहीं निकल सका। जब साधारण हैसियत के लोगों का जायजा ले लिया गया और उनमें से कोई जान-पहचान का नहीं निकला तो उन्होंने अपने-अपने इलाकों के बड़ों के नाम यह कहकर कि 'अच्छा, आपने इनके बारे में तो सुना ही होगा' लेना चालू किया। मौके का फायदा उठाते हुए उसने केला साब के अहम् की संतुष्टि यह बतलाकर की कि उनके द्वारा लिया हुआ नाम बहुत ही बड़ा आदमी समझा जाता है।

परिचय के बाद उसका उनके घर आना-जाना चल पड़ा। तब तक उसने उनके कुछ और परिचितों के नाम मालूम कर उनके खुद के परिचित होने की बात भी निकाल ली थी। केला साब के घर जाकर बार-बार वह इनकी बातें कुरेदता और यह जतलाने की कोशिश करता कि वह भी उनके काफी करीब है। उसे लड़की का नाम गुल्लन मालूम हो गया था, पर पहली बार मिलने पर उसने उसका नाम ही पूछा। आगे क्या बात करे, यह उसे काफी देर तक नहीं सूझा और जब पहले से तय किए सवालों को याद करने की कोशिश की तो घबराहट में 'तुम क्या पढ़ती हो ?' की जगह 'तुम क्यों पढ़ती हो ?' पूछ बैठा। गुल्लन चकरा गई, परेशान-सी बोली, 'क्यों न पढ़ूँ ?' उसे अपनी गलती का आभास हुआ और ज्यादा ही सकपकाया। झेंप मिटाने के लिए कई बार 'मेरा मतलब' कहते हुए आखिर सही सवाल पूछ लिया। गुल्लन ने 'बी० ए० फाइनल'

बतलाया, पर इसे सुनने के लिए उसके पास ध्यान ही नहीं था। वह तो इस निश्चय में लगा था कि अगला सवाल ठीक से मन में दुहरा लेने के बाद ही पूछेगा। पर उसके सवाल पूछने के पहले ही गुल्लन 'जाती हूँ' कहकर अंदर चली गई।

खुद पर उसे बहुत कोफ्त हुई। उसे लगा कि लड़की के सामने घबरा जाने का उसका स्वभाव मर्दानगी की कमी जाहिर करता है और शायद यही अब तक उसके किसी से प्रेम न कर पा सकने के पीछे का बुनियादी कारण रहा है। इस अहसास से वह और अधिक मायूस हो गया। इसलिए नहीं कि स्त्री-प्रवृत्तियों का पुरुषों में होना वह बुरा समझता था, बल्कि इसलिए कि अब तक जिस पौरुष के दंभ को वह सँभालता-सहलाता रहा था, वह उसके भ्रम का हिस्सा ही निकला। अपने आपसे उसे चिढ़ हुई। आत्म-हत्या से अपने को खत्म करने, परिचित दुनिया से भागकर इधर-उधर भटकते रहने, सब कुछ तोड़-फोड़कर बरबाद करने के विचारों के बाद बस यह एक विचार उसके साथ बना रहा कि खूब शराब और सिगरेटें पीकर वह अपने इस कम आदमियतवाले शरीर को घुला डाले।

खरीदते हुए पहचाना न जा सके, इसलिए वह लुकते-छिपते दूर-दराज की एक शराब की दुकान में घुसा और वहाँ भी 'बच्चे के लिए चाहिए' कहकर ब्रांडी की एक अद्धी ली। लौटते में सिगरेट की पाँच डिब्बियाँ खरीदीं और घर पर पहली बार तथा ज़िंदगी में दूसरी बार शराब पीने के लिए वह कमरे में घुसा।

शराब पीते हुए उसे गुल्लन का ध्यान आता रहा। कुछ देर बाद उसके लिए लालसा भी जागी, जिससे उसकी आदमियत तनने लगी। उसे बेहद खुशी हुई, पर अपने ठीक-ठाक होने को लालसा के साथ जोड़ने की जगह इसे उसने शराब और सिगरेट से जोड़ा। अपने को और अधिक तैयार बनाने के लिए सिगरेट पीने की आदत बनाए रखने और वक्तन-फवक्तन शराब पीने का उसने निश्चय किया। विश्लेषण करने पर गुल्लन के सामने की अपनी घबराहट उसे स्वभावगत लगी, जिसके लिए शुरू से ही लड़कियों से कम सम्पर्क में रहने की बात को उसने जिम्मेदार पाया। लड़कियों के सामने खुलने की आदत डालने के लिए हर उम्र की औरत जात के साथ

सम्पर्क बढ़ाने के निश्चय को ग्यारहवीं बार दोहराते हुए उसने तीसरा पेग इस अहसास के साथ आखिरी समझा कि उसे अपने को गुल्लन के लिए बचाना है और ज्यादा पीना तंदुरुस्ती के लिए ठीक नहीं होता।

सुबह जब वह दफ्तर जा रहा था तो गुल्लन उसे अपने घर के दरवाजे पर खड़ी दिखी। उसकी ओर देखकर मुस्कराई भी, जिसके जवाब में वह भी मुस्कराया। उसका उत्साह उछल गया। दफ्तर के पूरे रास्ते उसे गुल्लन की मुस्कान दिखलाई देती रही। दफ्तर में अपनी सीट पर बैठकर उसने पूरी बात पर गौर किया। उसकी समझ में आया कि सवाल पूछते समय घबरा जाने का गुल्लन पर प्रतिकूल असर पड़ने की जगह अनुकूल असर ही पड़ा है, और उसकी घबराहट एक प्रकार से प्रेम करने की उसकी इच्छा का पैगाम बनकर ही उस तक पहुँची है। उसे लगा कि गुल्लन का उसकी ओर मुस्कराना इस पैगाम का सकारात्मक उत्तर होने का इशारा भी हो सकता है। उसे यह भी शक हुआ कि गुल्लन जान-बूझकर उसके दफ्तर के समय दरवाजे पर आकर खड़ी हो गई होगी। 'अगर ऐसा है तो मामला पक गया,' उसने खुशी-खुशी सोचा, पर थोड़ी देर बाद यह भी सोचा कि जल्दबाजी में इस तरह के निष्कर्ष निकालना ठीक नहीं है। सावधानी से सँभल-सँभलकर कदम रखने का अपना निर्णय उसने याद किया और सामने रखी फाइल उठा ली। पर कुछ देर बाद ही उसका फाइल से मन उचटने लगा। बलपूर्वक गुल्लन से ध्यान हटाकर फाइल में लगाने की उसने कोशिश की, तो ध्यान कहीं भी न लगा और बेचैनी होने लगी।

दफ्तर में ज्यादा देर तक बैठना मुश्किल होने लगा तो आधे दिन की छुट्टी लेकर वह कमरे के लिए चल दिया। रास्ते-भर वह इसी खयाल में रहा कि गुल्लन दरवाजे पर खड़ी होगी और सोचने लगा कि रुककर उससे बात करेगा। उसकी इच्छा हुई कि कोई ऐसा विषय निकले कि बातचीत लम्बी खिंच जाए और बातों ही बातों में वह उसके घर जाकर बैठे। वह विषय खोजने लगा, पर फिर यह सोचकर कि इस तरह पहले से सोचने पर ऐन मौके पर घबराहट होने लगती है, उसने खोज बंद कर दी, 'हाँ, एक बार का घबराना भले ही फायदेमंद साबित हुआ हो, पर

बार-बार ऐसा होना तो नुक्सान ही करेगा' यह समझाकर उसने अपने को आश्वस्त किया।

गुल्लन के दरवाजे पर खड़े होने का सवाल ही नहीं था। इधर-उधर भी वह नहीं दिखी। यदि दृष्टि की आड़, पर ध्वनि की परिधि में हो तो उसका ध्यान खींचने के लिए वह जोर से खाँसा और कमरे का ताला-दरवाजा भी जोर की आवाज करते हुए खोला। अंदर जाकर भी उसने एक तो दरवाजा खुला छोड़ा और दूसरे ट्रांजिस्टर चालू कर दिया। काफी देर तक जब उसकी कोई हलचल न मिली तो उसके ध्यान में आया कि वह तो कॉलेज गई होगी। जल्दबाजी में बिना सोच-विचार किये दफ्तर छोड़ने के लिए उसने आपको कोसा और ट्रांजिस्टर बंद कर दिया।

गुल्लन यह समझकर कि तबीयत खराब हो जाने की वजह से वह दफ्तर से जल्दी चला आया है, गुल्लन की माँ उससे मिलने आई। उनके 'तबीयत तो ठीक है ?' सवाल के जवाब में तो उसने 'हाँ' कह दिया, पर जब उन्होंने, 'जल्दी आ गए, इसलिए पूछा' कहा तो सिर में दर्द होने का कहना पड़ा, जिसे सुनकर उन्होंने चिलकती धूप में बाहर ज्यादा न घूमने की हिदायत दी। गर्मी की बात सुनकर उसे ध्यान हुआ कि ठंड के मौसम में दोनों घरों की खिड़कियाँ बंद रहेंगी और वह गुल्लन को उतना भी नहीं देख पाएगा, जितना इन दिनों देख लेता है। पर फिर उसे यह भी लगा कि तब तक उनका प्रेम काफी कुछ जम गया होगा और उस स्थिति में खिड़कियाँ-दरवाजे बंद रहना ही ठीक रहेगा। गुल्लन की माँ लगातार मौसम पर बोले जा रही थीं, जबकि उसकी इच्छा थी कि वे गुल्लन के बारे में कुछ कहें। उसने 'आप दिन में अकेली बोर हो जाती होंगी' आदि कहकर उन्हें अपने हिसाब से मोड़ने की कोशिश की, पर मौसम के बाद वे कबूतरों पर बात करने लगीं, कि मरे घर में जगह-जगह बीट कर जाते हैं, कि दिन-भर गुटर गूं-गुटर गूँ करते रहते हैं और आराम नहीं करने देते, आदि-आदि। उसने यह कहकर कि 'मेरी बेटी को कबूतर बहुत अच्छे लगते हैं' फिर से एक बार बात गुल्लन की ओर मोड़ने की कोशिश की, पर तब वे महँगाई पर बोलने लगीं। उसने गुल्लन की जानकारी लेने की कोशिश छोड़कर खुद ही उसके बारे में सोचते रहने का फैसला किया और

तय किया कि यद्यपि कबूतरों में उसकी दिलचस्पी नहीं है, पर गुल्लन के थोड़ा नजदीक हो जाने पर उससे यह जरूर पूछेगा कि उसे कबूतर अच्छे लगते हैं या नहीं ।

गुल्लन की माँ के जाने के बाद वह उनके व्यवहार पर सोचता रहा। उसे वे सहृदय लगीं। उसने तर्क किया कि यह सही है कि उन्होंने गुल्लन का कोई जिक्र नहीं किया, पर उसके दफ्तर से जल्दी चले आने की बात को उन्होंने उसकी बीमारी से जोड़ा और तत्काल उसे देखने भी चली आईं। उसे लगा कि इसमें उसके लिए उनकी दिलचस्पी भी झलकती है। फिर उसे यह भी लगा कि गुल्लन का बिलकुल ही जिक्र न आने देना इस बात का इशारा भी तो हो सकता है कि वे लोग उसके साथ उसके सम्बन्ध पर विचार कर रहे हों, और जान-बूझकर गुल्लन का जिक्र टाल रहे हों । 'उनका आना ही मेरे लिए बहुत है,' सोचकर वह गुल्लन के घर लौटने का इंतजार करने लगा ।

गुल्लन की माँ का आना उसे इसलिए और भी अच्छा लगा कि इससे औरत जात के साथ उसके सम्पर्क करने और इस तरह से गुल्लन की उपस्थिति में उसके सहज होने की तैयारी आगे बढ़ी । इसीलिए बाजार जाते हुए नुक्कड़वाले सरदारजी की सात साल की मोनू जब उसे अकेले खेलती हुई दिखी तो वह उससे बोलने के लिए खड़ा हो गया और 'क्या हो रहा है मोनू ?' पूछा। उसके पूछने के ढंग में मोनू को न जाने क्या लगा कि वह 'हम बड़े लड़कों से बात नहीं करते' बोली । पहले तो वह इसे बड़ों की नकल करने की बालसुलभ चेष्टा समझकर हँसा, पर फिर उसे लगा कि हो सकता है कि सरदारिन दकियानूसी हो और इतनी छोटी उम्र से ही पुरुषों से अलग रहने की भावना बच्ची में पैंदा कर रही हो, इसलिए पूछ बैठा, 'मम्मी ने ऐसा करने को बोला है बेटे ?' मोनू इस पर तनक कर बोली, 'आपको शरम नहीं आती लड़कियों से बात करते ?' इसे सुनकर वह सकपका गया और यह खैर मानते हुए कि अच्छा हुआ औरों ने नहीं सुना, आगे बढ़ गया ।

सुबह केला साब का दरवाजा खुला देखकर वह घुस गया। बाहर के कमरे में कोई नहीं था, इसलिए बिना रुके अंदर चला गया । दूसरे कमरे

में गुल्लन पलंग पर बैठी कुछ पढ़ रही थी। उसने 'अंकल नहीं हैं गुल्लन ?' पूछा। गुल्लन कुछ न बोली। यह समझकर कि गुल्लन का चुप रहना केला साब की अनुपस्थिति तो जतलाता ही है, पत्रिका का दिलचस्प प्रसंग खत्म होने तक उससे भी रुकने का इशारा करता है, वह रुक गया। खड़े-खड़े अजीब लगा, इसलिए दूसरी कोई बैठने की जगह न दिखने पर कोने में रखे अखबार की रद्दी के ढेर पर ही बैठ गया। कुछ देर बाद उकताकर उसने 'क्या पढ़ रही हो ?' पूछ लिया। गुल्लन माँ से झगड़कर बैठी थी, इसलिए खीजकर 'अपना सिर !' बोली। परिस्थिति की नाजुकता समझकर उसे 'व्हेरी गुड' या ऐसा ही कुछ कहकर निकल आना चाहिए था, पर उसे इस बात की खुशी हो रही थी कि गुल्लन की उपस्थिति के बावजूद उसे घबराहट नहीं हुई है और इसलिए खूब बातें करने की इच्छा जागी। बोला, 'बहुत बड़ा काम है अपने सिर को पढ़ लेना। लेखक, कलाकार आखिर यही तो करते हैं। गुल्लन ! तुम एक बहुत बड़ी कलाकार होनेवाली हो !' गुल्लन कुछ कहे, इससे पहले ही उसकी माँ आ गई। उसने 'आंटीजी नमस्ते' कहा, जिसके जवाब में उसे 'बाहर बैठक है, वहाँ बैठिए' सुनने को मिला। आवाज के रूखेपन को उसने पहचान लिया। फिर भी यह उम्मीद करके कि केला आंटी को खुद ही अपनी इस तत्काल प्रतिक्रिया का पछतावा होगा और वे विनम्र होकर कुछ कहेंगी, उसने उठने में सुस्ती दिखलाई, पर जब वे 'और ये घोड़ी ! इत्ती बड़ी हो गई पर अक्ल नहीं आई ! बाहर नहीं बिठा सकती थी ?' कहतीं गुलनार पर बरसीं तो उसे अपना अपमान होने का अहसास पूरी तौर पर हुआ और फुर्ती से उठकर चला आया।

उसने पहला नतीजा यही निकाला कि अब सब कुछ खत्म हो गया है, न केवल उनकी ओर से बल्कि उसकी खुद की ओर से भी। उसने तय किया कि उनकी ओर से पछतावे का कोई संकेत आए तो भी वह इसे अब खत्म ही समझेगा, क्योंकि इतने बड़े अपमान के बाद भी अगर वह ऐसा नहीं करता तो उस जैसा गया-बीता कोई नहीं। उसका दूसरा नतीजा यह था कि प्रेम हो जाने के लिए की जानेवाली बेवकूफियों को करने की उसकी क्षमता बहुत ही सीमित है। टाइम खराब करो, फालतू का इंतजार

करते रहो, सब काम-धंधों पर से अपना ध्यान हटा लो, छोटी-छोटी बातें, जैसे—सिर्फ एक नजर देखने-भर के लिए घंटों बरबाद करो और वो भी बिना किसी नतीजे के, आदमी होकर चींटी की चाल चलो। उसने तय किया कि यह सब वह अब और अधिक नहीं कर सकता। अब तक जितना कर लिया, बहुत है। उसने यह भी तय किया कि वैसे तो अपनी ओर से पूरी कोशिश करेगा कि शादी के चक्कर से भी पूर रहे, पर अगर शरीर ने बहुत ही जोर मारा तो भाभी से कह देगा कि कोई भी लड़की तय कर दे।

उसे गुस्सा गुल्लन की माँ के दुर्व्यवहार का इतना नहीं आ रहा था, जितना कि गुल्लन की निर्लिप्तता का। 'जैसे उसे कोई मतलब ही न हो ! कम-से-कम इतना तो कह ही सकती थी कि आओ, बाहर चलकर बैठें।' उसने सोचा, 'पत्रिका ही तो पढ़ रही थी, कोई कोर्स की किताब तो नहीं पढ़ रही थी ?' उसने निष्कर्ष निकाला कि इसे तलीका न होना और केवल सलीका न होना ही कहा जा सकता है।

गुल्लन के चक्कर में ऑफिस के काम में कितनी ढील दी, इसका उसे ध्यान आया। उसे लगा कि कोई सख्त अफसर होता तो उससे जवाब-तलब कर लेता। 'खैर, दफ्तर की यूनियन ताकतवर है' के ध्यानाकर्षण ने उसे आश्वस्त किया। फिर उसे एकदम सूझा कि जब प्रेम-व्रेम के चक्कर से छुटकारा पा ही रहा है तो क्यों न अपना ध्यान यूनियन के काम में लगा दे ? उसने तय किया कि इस काम में अब दिलचस्पी लेगा। नेताओं के साथ रहकर पहले काम सीखेगा और फिर अपना सारा जीवन अपने साथियों की भलाई में झोंक देगा। परोपकार का फैसला कर लेने की पवित्रता के बीच उसने अंतिम रूप से 'प्रेम का चक्कर खत्म !' की घोषणा की और सोने की तैयारी करने लगा।

सुबह उठने पर उसे लगा कि रात को फैसला भावुकता और ताव में लिया गया है। उसने सोचा कि फिलहाल अपने अहम् की तुष्टि के लिए यदि वह गुल्लन की ओर से मुँह मोड़ भी ले, पर उसके लिए झुकाव इतना आगे बढ़ गया है कि ज्यादा दिनों तक वह इसे टिका नहीं पाएगा। ऐसी सूरत में देखना-बोलना बंद करने से कुछ दिनों का नुकसान ही होगा, जो

कि इस बात को देखते हुए कि उसके पास अकेले रहने के बहुत ही कम दिन बचे हैं, जिंदगी-भर का नुकसान साबित हो सकता है। फिर उसे यह भी लगा कि अभद्र व्यवहार की पूरी जिम्मेदारी गुल्लन और उसकी माँ पर डालना पक्षपातपूर्ण होगा, क्योंकि बिना बहुत अधिक घनिष्ठता के उसका ठेठ घर के अंदर तक चले जाना और वहाँ जाकर भी चाहे जैसे बैठ जाना, शिष्ट नहीं कहा जा सकता। उसने हिसाब लगाया कि उन लोगों को पड़ोस में आए अट्ठारह दिन और केला साब से उसका परिचय हुए नौ दिन ही हुए हैं और उसका अपराध-बोध बढ़ गया। 'बुनियादी गलती मेरी ही है' को सोचते-सोचते वह खिड़की की ओर बढ़ गया।

दूसरी ओर की खिड़कियाँ बंद देखकर उसने समझ लिया कि नुकसान हो चुका है और यह आसानी से पूरा नहीं होगा। कैसे जल्दी से जल्दी बात सँभले, यह उसकी चिंता थी। घड़ी-घड़ी इस उम्मीद से कि अब शायद खिड़कियाँ खुल गई हों, खिड़की तक जाता और उन्हें बंद पाकर फिर बिस्तर पर आ गिरता। एक-दो बार बाहर जाकर दरवाजा भी देख आया, पर वह भी बंद मिला। जल्दी कुछ हो जाए, इसका अहसास और कुछ न हो पाने से बनी बेचैनी उसे घेरे थी। कैसे तो भी वह ऑफिस गया और इस उम्मीद से कि कॉलेज जाते हुए ही गुल्लन दिख जाए, वहाँ से जल्दी ही लौट आया। वह नहीं दिखी तो लौटकर इधर-उधर घूमता रहा और उसके कॉलेज के लौटने के टाइम के कुछ ही देर पहले आकर अपने दरवाजे पर खड़ा रहा, पर यह भी बेकार गया।

दो दिन बाद जब उस घर की खिड़कियाँ खुली दिखीं तो उसने राहत की साँस ली। थोड़ी-थोड़ी देर बाद खिड़की पर आकर खड़ा हो जाता कि अगर गुल्लन देख ले तो समझ जाए कि उसकी ओर से सुलह करने में कोई अड़चन नहीं है। पर उसे देखा गुल्लन की माँ ने। बोलीं, 'मौसम में आज कुछ बेचैनी है।' उसने 'हाँ' कहा और 'अंकल क्या कहीं बाहर गए हैं ?' पूछ लिया। 'आज शाम को आ जाएँगे' का जवाब सुनकर उसने इस सम्बन्ध में आगे कोई भी सवाल पूछना अनुचित समझा और बातचीत जारी रहे, इसलिए अपने दफ्तर के मोड़ पर हुए एक्सीडेंट की खबर दी। फिर इस पर के सवालों के जवाब भी विस्तार से देने लगा,

कि गुल्लन भी सुनने आ जाए। उसकी माँ के बीच-बीच में अंदर की ओर झाँक लेने पर उसे लगा भी कि वह आ रही है, पर वह नहीं आई। उसने इस बात से ही संतोष कर लिया कि स्थिति तो सामान्य होने की ओर बढ़ रही है। स्थिति के उम्मीद से भी अच्छा होने की बात उसे तब दिखलाई दी, जब शाम को गुल्लन के साथ खड़े केला साब ने उसे देखकर 'हॅलो' कहा और उस समय गुल्लन ने भी उसकी ओर देखा। सिर्फ देखने से, देखकर मुस्कराने तक आने में दो दिन लगे, पर इसके बाद उसमें उसे देखने की उतावली फिर जोर मारने लगी। फिर जब गुल्लन ने उसे घूरा तो अपनी गलती उसकी समझ में आ गई।

उसने गौर किया कि इस तरह से उसका दीवाना बन जाना न केवल उसे बचकाना बना देता है, बल्कि गुल्लन के लिए भी एक समस्या पैदा कर देने की सम्भावना रखता है, क्योंकि आखिर वह एक लड़की है और उसके लिए इस तरह से विकसित हो रहे सम्बन्धों को—कम-से-कम शुरुआत में तो—घरवालों और पास-पड़ोस के लोगों की निगाह से बचाकर रखना जरूरी है। उसने तय किया कि प्रेम का यह प्रकरण अपनी स्वाभाविक रफ्तार से ही आगे बढ़ने देगा और साथ-साथ अपने कैरियर पर भी ध्यान देगा। उसने गौर किया कि दफ्तर के इम्तिहान में बैठने और उसमें पास होकर अगली ग्रेड में पहुँचने की बात तो जैसे वह भूल ही गया है। 'नहीं नहीं! प्रेम अपनी जगह, कैरियर अपनी जगह!' सोचकर उसने 'सरलीकृत दफ्तरी काम-काज', किताब उठा ली।

घंटा-भर एकाग्रता से पढ़ने का उसे समाधान हुआ। उसने नोट किया कि अमूमन वह इतनी एकाग्रता से नहीं पढ़ पाता और मनन करने पर पाया कि उपजी एकाग्रता के लिए भी गुल्लन ही जिम्मेदार है, क्योंकि प्रेम की सम्भावना बढ़ने के साथ ही वह भविष्य के प्रति अधिक आश्वस्त हुआ है और पढ़ाई में मन लगना इस भविष्य को बेहतर बनाने की उसकी अवचेतन इच्छा का ही द्योतक है। उसने निष्कर्ष निकाला—किसी की रूक्षता अगर भविष्य के लिए एकाग्रता से काम करने के लिए प्रोत्साहित करती है तो इसका साफ-साफ मतलब यही निकलता है कि अवचेतन में दोनों के भविष्य एक हो गए हैं या कम-से-कम मजबूती से एक-दूसरे से

जुड़ गए हैं।

गुल्लन के रुक्षता से देखने की उसे याद आई तो उसे लगा कि अब समय आ गया है कि वह भी कुछ-कुछ अपने आत्मसम्मान वाले पक्ष को दिखलाए और इसलिए तय किया कि जब तक गुल्लन उसकी ओर देखकर न मुस्कराए, तब तक वह नहीं मुस्कराएगा।

पहले एक-दो बार उसने गुल्लन की ओर देखकर एकदम निगाहें हटा लीं। फिर कुछ बार केवल गम्भीर चेहरे से देखा-भर, मुस्कराया नहीं। गुल्लन उसके इसी व्यवहार के कारण मुस्कराई, जिसे उसने उसकी सुलह की पहल समझा और हँस दिया। गुल्लन भी हँसी, तो उसने पूछ लिया, 'इम्तिहान का टाइम-टेबल आ गया ?' और नकारात्मक उत्तर मिलने पर यूनिवर्सिटी को कोसने लगा। केला आंटी की पुकार पर जब गुल्लन आँखों के इशारे से 'अच्छा' कहकर चली गई तो वह पहली बार पूरी तौर पर आश्वस्त हुआ कि प्रेम दुतरफा हो गया है।

उसे लगा कि बात अब एक-दूसरे को देखने, मुस्करा देने और अधिक से अधिक थोड़ा-सा बोल लेने से आगे बढ़कर छूने-छुलाने के स्तर पर जानी चाहिए। उसने तय किया कि अब जब कभी वह उसके आस-पास रहा तो अपने हाथ से उसका बदन इस तरह से छू लेगा, जैसा कि अनजाने में हुआ हो। 'कितना अच्छा हो कि वह कमरे में ही आ जाए।' उसने रोमांचित होते हुए सोचा और फिर आगे तय किया कि अगर वह कमरे में आती है तो केवल उसे छूकर ही नहीं रुकेगा, उसे चूम भी लेगा। इससे आगे बढ़ने की बात उसे अव्यवहारिक लगी।

वह देखने लगा कि उसके आने पर कैसे क्या होगा। एकदम से आ जाएगी तो वह चौंक जाएगा। वह कहेगी, 'बोर हो रही हूँ, आपके पास पढ़ने को कुछ होगा ?' वह 'हाँ-हाँ ! क्यों नहीं' कहकर उससे बैठने को कहेगा और उसके बैठ जाने पर कोई एक किताब निकालेगा, उसे देने के लिए उसकी ओर बढ़ेगा और किताब देते-देते उसका हाथ छू लेगा। वह लजाकर गर्दन नीची कर लेगी और तब वह उसका मुँह ऊपर की ओर कर उसे चूम लेगा। उत्तेजना में उसकी आदमियत तन गई, जिसे सँभालने के लिए उसने हाथ से पकड़ा। उसने तीव्रता से इच्छा की कि गुल्लन इस

वक्त आ ही जाए ! 'आ जा ! आ जा ! आ जा !' बढ़ती उत्तेजना की रौ में वह रटने लगा और उसके साथ ही हाथ भी चलने लगा। उसे लगा कि गुल्लन उसके पास ही है और वह उसे अनंत की गहराइयों में कहीं भी ढूंढ़ रहा है और खुद कहीं खो रहा है। उत्तेजना का चरम बिंदु बीत जाने पर एक क्षण के लिए तो उसे यही लगा कि गुल्लन बगल में ही है, फिर जब बात समझ में आई तो लगा कि फालतू में बेवकूफी कर बैठा। थका-हारा चित्त लेट गया।

गुल्लन द्वारा किताब माँगने की बात सोचने का ध्यान में आने पर उसने गौर किया कि उपन्यास, कहानियों की किताबें उसके पास बहुत ही कम हैं और लड़कियों को अमूमन पसंद आनेवाली गुलशन नन्दा, प्रेम वाजपेयी की किताबें तो हैं ही नहीं। उसने तय किया कि अगले दिन ही उन्हें लाकर रखेगा।

कुछ देर बाद उसे स्पष्ट हुआ कि गुल्लन के उसके कमरे में आने की बात सोचना असम्भव की इच्छा करना है। यह ध्यान में आने पर कि उसकी इच्छा-शक्ति फलदायी होती है और इस तरह से सोचना अपने मन देवता की परीक्षा लेना हुआ, उसने अपने कान पकड़े और मन देवता से अनुरोध किया कि गुल्लन के उसके फिलहाल कमरे में आने की बात को उसकी इच्छा न समझें। थोड़ी देर बाद इसमें उसने यह और जोड़ दिया कि गुल्लन और उसका प्रेम गुल्लन के घरवालों की जानकारी में आ जाने के बाद वह ऐसी इच्छा करेगा और तब मन देवता भी उसे पूरी करेंगे ही।

पर फिर भी गुल्लन से मिलने की चाह बनी रही। उसे लगा कि कमरे में न सही, पर कहीं तो उसे मिलना ही चाहिए। वह मिलने की जगहों के बारे में सोचने लगा। हर जगह को लेकर उसे यही अंदेशा लगता कि वे लोग देख लिये जाएँगे। परेशान हो गया तो एकदम से विचार आया कि इधर-उधर के चक्कर छोड़े और घर में जहाँ गुल्लन हो वहाँ सीधा चला जाए और छूटते ही कह दे, 'आ जा री मेरी गुल्लन ! लिपट जा !' सँभलते हुए उसने मुस्कराकर अपने आपसे 'पिटना है ?' पूछा और आगे इस विषय में सोचना बंद करने का तय

किया।

पर दो दिन बाद गुल्लन उसके कमरे में आई। वह केरोसिन-स्टोव के पास बैठा सुबह का दूध पी रहा था कि वह दरवाजे पर दिखी। वह सकपका गया। कुछ न सूझा तो पूछ लिया, 'दूध पियोगी ?' वह चौंकी। एक क्षण बाद सँभलकर मुस्करा दी, 'नहीं, आप पीजिए।' वह अपना आधा ग्लास छोड़कर उठ खड़ा हुआ तो गुल्लन बोली, 'पूरा पीजिए न !'

उसने खड़े-खड़े झुककर ही ग्लास उठाया और गटागट पी गया, पर खड़े होने से ग्लास रखने की जगह उसे नहीं सूझ रही थी और इसलिए भ्रमित-सा इधर-उधर देखने लगा। गुल्लन ने नीचे रखने को कहा तो उसकी समझ में आया कि नीचे भी रखा जा सकता है और इसलिए आँखों से उसके प्रति कृतज्ञता दिखलाते हुए उसने ग्लास नीचे रखा। उसके ध्यान में आने पर कि गुल्लन खड़ी है, उसने उससे बैठने को कहा और जब वह कमरे में रखी एकमात्र कुर्सी पर बैठ गई तो यह सोचकर कि उसके बिलकुल पास बैठेगा, वह आगे बढ़ा। पर बैठते समय कुछ ऐसी झिझक हुई कि पलंग पर थोड़ा दूर हटकर ही बैठा।

"आज क्या छुट्टी है ?" बातचीच चलाने के लिए उसने पूछ लिया।

"हाँ, बोर हो रही थी।" जवाब उसे पसंद आया। उसे लगा कि अगर यह बहाना भी हो तो भी बेझिझक बहाना है।

"बोरियत मिटाने के लिए ही तो पड़ोसी होते हैं।" जवाब में उसने कहा और फिर अपनी हाजिर दिमागी पर खुश होता रहा।

"आपके पार्टनर कहीं बाहर गए हैं ?" दूसरा पलंग देखकर गुल्लन ने पूछा।

उसने अपने भतीजे के बारे में बतलाया और कहीं गुल्लन उसके बहुत अधिक उम्र के होने का अंदाज न लगा बैठे, इसलिए जोड़ दिया कि वह उसके सबसे बड़े भाई का लड़का है।

गुल्लन काफी देर तक बैठी रही। अपने कॉलेज के बारे में और छुट्टियों में भैया-भाभी के पास शिमला जाने के बारे में बतलाती रही। रह-रहकर उसकी इच्छा हो रही थी कि पास खिसककर उसे छू ले, पर झिझक इतनी अधिक हावी हो गई थी कि छूना तो दूर अपनी जगह से

रत्ती-भर भी उसकी ओर न हिला।

गुल्लन के जाने बाद 'मौका चूक गया' के पछतावे से वह छटपटाता रहा। उसे फिर एहसास हुआ कि उसमें हिम्मत की कमी है और इसके रहते वह कभी आगे नहीं बढ़ सकता। उसे लगा कि प्रगति के इस पड़ाव पर पहुँचने के बाद आगे न बढ़ना कायरता ही कहा जा सकता है। 'नहीं नहीं !' उसने अपने आपको झकझोरा और फैसला लिया कि जल्द से जल्द मौका निकालकर गुल्लन को पकड़ेगा, फिर चाहे इसके लिए उसे उन लोगों के घर ही क्यों न जाना पड़े।

अगले ही दिन यह निश्चित कर लेने पर कि गुल्लन अगले कमरे में अकेली है, वह उन लोगों के यहाँ गोंद की शीशी माँगने के बहाने गया। गुल्लन जब शीशी ढूंढ़ने लगी तो वह भी उसकी बगल में जाकर ढूंढ़ने का बहाना करने लगा। बहाना करने और गुल्लन को छूने की मनःस्थिति के बीच ही यह सावधानी भी आ फँसी कि कोई उसे देख तो नहीं रहा। उसने इधर-उधर निगाह चौकस रखते हुए, गुल्लन के कंधे पर अपना हाथ रखने के लिए उसे ऊपर उठाया। कंधा पकड़ने के लिए सूत-सूत नीचे गिरता हाथ उसे अपने पूरे शरीर से बहुत भारी लगा। आखिर हाथ गुल्लन के कंधे पर हल्के से टिक गया, पर गुल्लन ने इसके बाद उसकी ओर देखा या नहीं, यह मालूम करने के बजाय उसने यह देखने के लिए कि कोई आ तो नहीं रहा, दोनों दरवाजों की ओर देखा। यह ख्याल आने पर कि काफी देर हो चुकी है और कोई भी किसी भी क्षण इधर आ सकता है, उसने 'अभी इतना ही बहुत है' सोचा और हाथ हटाकर बिना गोंद लिये चल दिया। गुल्लन जो कि इस इंतजार में थी कि हाथ का दबाव कुछ बढ़े तो वह उसकी ओर देखकर मुस्कराये, खड़ी की खड़ी ही रह गई।

कमरे पर आकर उसे इस बात का संतोष तो हुआ कि आगे की ओर कदम बढ़ गया है, पर भारी हाथ हो जाने की बात से चिंता भी हुई। निष्कर्ष उसने यही निकाला कि प्रेम एक चोरी ही होता है।

पुनर्जन्म

बजाजखाने में भीकमचंद खटीकचंद की कपड़े की दुकान होती थी। दुकान पर घनश्याम के पिता गनपत सेठ बैठते थे। वे जब खाना खाने जाते या छते-चौमासे और किसी काम से कहीं जाते तो दुकान पर घनश्याम बैठता था। बाद में बड़ा हो जाने पर उसका छोटा भाई भी बैठने लगा था। बड़ा मतलब दस ग्यारह साल का। घनश्याम तो और भी पहले से बैठने लगा था। घनश्याम का बड़ा भाई बाबू भी दुकान पर बैठता होगा, पर मेरे जानते-जानते वह आगरे में पढ़ने गया था और फिर वहीं नौकरी करने लगा था। वह कस्बे के उन इने-गिने होनहार लड़कों में समझा जाता था, जो बाहर जाकर कस्बे का नाम ऊँचा कर रहे थे। लोगों में उसकी पढ़ाई, होशियारी और आगरे जैसे बड़े शहर में नौकरी को लेकर दबदबा था। कुछ लड़के ऐसे भी निकले थे जो बम्बई, अहमदाबाद और इंग्लेंड तक में चले गए थे, पर बाबू की चर्चा अधिक होने का कारण कस्बे में उसका अमूमन आते-जाते रहना था। छुट्टियों में जब वह घर आता तो अपनी उम्र के लड़कों के साथ सिगरेटें पिया करता। तब सिगरेट पीने का चलन इतना नहीं बढ़ा था और इसलिए केवल यही एक आदत हम पर उसका रुतबा डालने के लिए काफी थी। वह घरवालों के सामने पीने से घबराता था और इसलिए उसकी बैठकें दूसरों के घरों पर, या किले के मंदिर पर या फिर आमखो में जमती थीं। उसके पास लच्छेदार बातों का खजाना होता था और इसलिए वह हमेशा दोस्तों से घिरा रहता था। मैंने भी एक-दो बार उन लोगों की संगत करने की कोशिश की थी, पर घनश्याम का दोस्त होना मेरे लिए नुकसानदेह बनता था। वे लोग मुझे काट देते थे। बाजार के लोग उसे गुप्ताजी कहकर बुलाते थे, जबकि घनश्याम को

उसके नाम, यहाँ तक कि घर के नाम घन्नू से ही बुलाते रहे। उसके पढ़ाई छोड़कर पूरी तौर पर दुकान पर बैठने लगने और शादी-शुदा हो जाने के बाद भी। हाँ, साथ के लोग जरूर उसे कभी-कभी घन्नूसेठ कह देते थे। और तो और गनपत को कभी की किसी ने गुप्ताजी नहीं कहा। अब तो खैर अग्रवाल साब, शर्माजी, गोपीरामजी आदि कहने का रिवाज ही चल गया है, जो अगले की इज्जत करने से ज्यादा यह बतलाने के लिए है कि हमने बचपना छोड़ दिया है।

आगरे में पढ़ रहा है, सिर्फ यही एक बात बाबू के लिए अच्छे रिश्ते आने के लिए काफी थी। उस पर उसकी होशियारी का डंका बजा ही हुआ था। अच्छे रिश्ते, मतलब पैसेवाले घरानों के। जब पहला सम्बन्ध लौटा तो घनश्याम ने मुझे बतलाया कि आज कक्का ने भैया के लिए आधा बीस हजार का ब्याह लौटा दिया। यह रकम दूसरी बार रिश्ता लौटने पर पचीस हुई, तीसरी बार भी पचीस ही रही और उसके बाद पैंतीस हजार पर गनपत सेठ ने पिन्हाट का एक सम्बन्ध पक्का कर लिया था। उस पर भी शादी होने के बाद घनश्याम ने बड़े गर्व से मुझे बतलाया था कि हम चालीस से ऊपर ही झटक लाए हैं। घनश्याम की भाभी दिखने में अच्छी लगती थी। अब मुझे जरूर लगता है कि वह कुछ ज्यादा ही मोटी थी। आगरे में बाबू की नौकरी लगने के बाद भी वह कस्बे में ही रही। जहाँ तक मुझे याद आता है, वह कभी आगरे गई ही नहीं। बाद में अपने काम के सिलसिले में जब मेरा आगरे आना-जाना चला तो मालूम हुआ कि बाबू वहाँ यूनिवर्सिटी में अपर ग्रेड क्लर्क है।

गनपत सेठ की दुकान पर कोई बोर्ड नहीं था। पेंट या खड़िया से कहीं दीवार-फीवार पर भी नाम नहीं लिखा था। कैशमेमो होने का तो खैर सवाल ही नहीं था। बही-खातों में जरूर नाम दर्ज होता था। पर इसके बावजूद दुकानदारों को ही नहीं, कस्बे के करीब-करीब सभी लोगों की दुकान का सही नाम मालूम था। धार्मिक या सामाजिक समारोहों में जब कभी गनपत सेठ दान देते तो लाउडस्पीकर के ऐलान में दुकान का नाम लिया जाता, 'फर्म भीकमचंद खटीकचंद के श्री गनपतलालजी सेठजी ने भगवान राम के चरनों में दो रुप्ये का दान दिआ। लीला कमेटी सच्चे

दिल से उनको धन्यबाद देती है ।' पर बोलचाल में लोग गनपत सेठ की दुकान या सिर्फ गनपत की दुकान ही कहते। दुकान के पहले 'कपड़े की' लगाना जरूरी नहीं समझा जाता था, क्योंकि गनपत नाम का दूसरा कोई दुकानदार नहीं था। एक खोमचेवाला जरूर था, पर खोमचे को दुकान का दर्जा हासिल नहीं होता।

कुछ सालों बाद दुकानदार संघ ने एक प्रस्ताव पास किया कि बाजार की शोभा बढ़ाने के लिए हर दुकान पर बोर्ड लगना चाहिए और जब गनपत सेठ जैसे लोगों ने बोर्ड पर फालतू पैसा खर्च करने में आनाकानी दिखलाई, तो संघ ने नगरपालिका-अध्यक्ष से गुजारिश करके आधा खर्च नगरपालिका द्वारा दिए जाने की बात मनवा ली। बाद में कमेटी की मीटिंग में इस पर वहुत बड़ा हंगामा हुआ। कुछ सदस्यों का कहना था कि बेचारे उन दुकानदारों ने क्या बिगाड़ा है, जिन्होंने बाजार की शोभा का पहले से हो ध्यान रखा और अपनी दुकानों पर बोर्ड लगाए। तब एक सुझाव यह आया कि नगरपालिका की ओर से सभी दुकानों के बोर्ड बनवाए जाएँ, जिससे कि एक-से बोर्ड हो जाएँगे, जो कि बाजार की सुंदरता को कई गुना बढ़ा देंगे। पर दूसरे लोगों ने इस दलील को इस तरह से मोड़ा कि सभी बोर्ड एक-से होने से किसी भी बोर्ड पर ध्यान नहीं जाएगा और इस नगर से बोर्ड लगाने का मकसद ही खत्म हो जाएगा। नये बोर्ड की वकालत करनेवालों की इस बात का कि नगर की जनता को बोर्ड पढ़ने की जरूरत ही कहाँ पड़ती है, इन लोगों ने यह जवाब दिया कि बाहर से आए लोगों को तो पड़ती है, और बाहर का आदमी नगर का मेहमान होता है इसलिए उसे तो अड़चन में डालना ही नहीं चाहिए। अंत में यह तय हुआ कि पुराने बोर्डवाले दुकानदार अगर चाहें तो आधे खर्च पर नये बोर्ड बनवा सकते हैं, और यदि न चाहें तो उन्हें उनकी पुरानी लागत का एक चौथाई हिस्सा बतौर अनुदान दे दिया जाय।

बजाजखाने में आठ-दस कपड़ों की दुकानें थीं। पर बजाजखाना नाम रखकर हम बड़े शहरों के गर्व को महसूसते थे। बात यह थी कि हमारे यहाँ के दुकानदार माल आदि लेने के लिए या रिश्तेदारी में, आगरा-

दिल्ली जाते रहे हैं और इसीलिए वहाँ की लोहामंडी, चूनामंडी, लकड़ी-टोला, पराँठेवाली गली आदि की तर्ज पर हमारा बजाजखाना हो गया। वैसे कस्बे का लगभग पूरा बाजार एक ही सड़क पर था, जिस पर बजाजखाने के अलावा गंज, सब्जीमंडी, पीपल चौखट्टा, बिसरांत भी थे, और बाद में गनेसीलाल का चाय का होटल जब खुला तो पुराने लोगों ने कटाक्ष की गरज से उस जगह का नाम चाइ अड्डा रखकर उसे भी इस लिस्ट में जोड़ दिया था।

गनपत सेठ की दिनचर्या सुबह साढ़े पाँच बजे से चालू होती थी। ठंड के दिनों में यह खिसककर साढ़े छः बजे पर आ जाती थी। उनकी इच्छा तो और भी पहले उठकर बाहर निकल पड़ने की होती, पर अँधेरे में कस्बे के बाहर जाकर चोर-लुटेरों के चक्कर में पड़ने का खतरा उन्हें ऐसा करने से रोकता था। अपना लोटा और बेंत लेकर वे घर से बाहर निकलते और गुल्जारीलाल के नाम की आवाज लगाते, जो पड़ोस में रहनेवाले टीकमचंद परचूनीवाले, मायाराम पंसारी, कमठान वकील और देशबंधु को भी सम्बोधित होती। सब लोग अपने-अपने लोटे ले-लेकर निकल आते थे। बेंत कमठान वकील भी लेते थे। मायाराम अपने साथ एक खुरपी और लेते थे, जिससे कि लौटते वक्त वे अपने खरगोश के लिए घास छील जाते थे।

देशबंधु कुछ न करते हुए भी सब कुछ करते थे। अग्रवाल सभा के अधिवेशन से लेकर जात-बिरादरी में शादी-ब्याह ठहराने और हनुमानजी के मंदिर पर अखंड रामायण का पाठ करवाने तक के कामों में उनका योगदान रहता था। उन्होंने दो-तीन धंधे किए, पिटे और आखिर में अपने मकान के नीचे की तीन दुकानों के किराए से अपना रोटी-पानी बाँधना उन्हें जमा। कमठान वकील मुरैना में असिस्टेंट पुलिस प्रोसीक्यूटर रिटायर हुए और यह सोचकर कि पुलिस की पैरवी करते-करते मुरैना के कई मुल्जिमों से दुश्मनी हो गई होगी और उनमें से न जाने कौन कब क्या कर डाले, वे अपने भाई की सोहबत को ध्यान में रखकर, अम्बाह रहने चले आए थे। मायाराम का धंधा ठीक-ठीक चलता था और गुलजारीलाल जूते बेचते थे।

ये लोग कस्बे के बाहर के धरमवीर के कुएँ से अपने-अपने लोटे भरते और अलग दिशाओं को खेतों में नित्य कर्म से निबटने के लिए निकल पड़ते। इस काम के लिए 'दिशा-मैदान' तब प्रचलित मुहावरा था। पर इसकी उत्पत्ति का मर्म मुझे कई सालों बाद ही, इन बातों को कुरेदते-कुरेदते, समझ में आया था। फारिग होने के बाद जब ये लोग कुल्ला करने को फिर से कुएँ पर इकट्ठे होते तो जो सबसे पहले आता वो सबके लिए हाथ धोने का पानी भरता। पानी न भरना पड़े, इसलिए गनपत सेठ कभी भी पहले निबटकर नहीं आए। उन लोगों में ही नहीं और लोगों में भी इस बात का खूब मजाक होता कि घनश्याम को जब हम लोग इस बात के लिए छेड़ते तो उसका जवाब होता था कि कक्का को कब्ज़ की शिकायत है। पर बाबू के दोस्त बतलाते कि वह इससे ठीक उल्टा, 'मेरा बाप बड़ा हरामी है' कहता।

कुएँ के पास के नीम के पेड़ से अपनी ऊँचाई का इस्तेमाल कर गुलजारीलाल सबके लिए दतौन तोड़ते और सब लोग वहीं बैठकर दतौन करते। इस बार भी पानी न भरना पड़े, इसलिए गनपत सेठ भाँपते रहते कि किसकी बाल्टी में पानी बचता है, फिर मुँह धोने को उठते। जब उनसे कोई इस बारे में कहता तो वे जवाब देते कि बचा हुआ पानी ही तो ले रहा हूँ। इसमें किसी का क्या जाता है। लोग जब बहुत चेंटते तो 'देखो वकीलसाब ! बुजुर्गों का खयाल नहीं रखते साले,' कहते हुए कभी-कभार एकाध बाल्टी खींच देते। आगे चलकर उन्हें और देशबंधु को छोड़ बाकी के लोग बंदरछाप दंतमंजन इस्तेमाल करने लगे और इसलिए घर जाकर ही कुल्ला करते। गनपत सेठ के नीम के गुण बयान करने का उन पर कोई असर नहीं हुआ, तो वे 'हमसे पहले तुम्हारे दाँत न झड़ें तो नाम बदल देना' की धमकियाँ भी देने लगे। लोग भी उन्हें, 'क्या सुबह-सुबह मुंह कडवा करते हो ?' का जवाब देते। फिर 'तुम्हारे पुरखे बंदर छाप ई तो इस्तेमाल करते हते' से लेकर 'इसी बजेह से सेठ इत्ता कडबा बोलते हो' तक की बातें जुड़कर बहस लम्बी होती और सबको सबका कहा याद हो जाने के बावजूद दो-चार दिन बाद दोहराई जाती।

दतौन तोड़ने के लिए गनपत सेठ को गुलजारीलाल की मिन्नतें करनी

पड़तीं और गुल्जारीलाल को उनका कहा, 'गुल्जारी भैया रे !', 'ए लाला !' आदि इतना अच्छा लगता कि जब तक कई बार उनसे ये सब कहलवा नहीं लेते तब तक दतौन न तोड़ने, आगे देशबंधु ने कुएँ पर जाना बंद करने के बाद गनपत सेठ दतौन करनेवाले अकेले रह गये। दूसरे लोग उनकी दतौन पूरी होने तक रुकने में आनाकानी करने लगे तो वे रास्ता चलते-चलते ही इसे करते आते।

दिशा-मैदान के लिए या सिर्फ घूमने के लिए जानेवाली और भी टोलियाँ थीं, ज्यादातर ये पड़ोसियों की बनती थीं, पर अगर दोस्ती गहरी हुई तो दूर रहनेवाला कोई बंदा अपने दोस्तों की टोली में शामिल होने आता था। गनपत सेठवाली टोली की खासियत यह थी कि उसमें ज्यादातर पारिवारिक या फिर जात-बिरादरी की बातें ही होतीं, राजनीति की बातें बहुत ही कम होतीं, इसलिए कि हर आदमी की राजनीति की पकड़ अलग-अलग थी। गनपत सेठ की राजनीति राज परिवार के शासनकाल पर खत्म होती थी। कमठान वकील केवल पुलिस के किस्सों और उन मंत्रियों में दिलचस्पी रखते थे, जो वकील रह चुके थे। गुलजारीलाल अपने को विदेशी मामलों का विशेषज्ञ समझते और इसलिए देशी मसलों पर ध्यान देना अपनी शान के खिलाफ मानते। मायाराम कस्बे के नेताओं को तो पहचानते थे, पर वे किस पार्टी के हैं इससे उन्हें कोई मतलब नहीं था। देशबंधु की दिलचस्पी जरूर सभी मामलों में रहती थी, पर उनका बोलना इतना अटक-अटककर होता कि ज्यादातर उसी का मजाक उड़ने लगता। हाँ, नगरपालिका के मसलों पर जरूर बातें होतीं पर गनपत सेठ उनमें भी कोई खास दिलचस्पी न दिखलाते। जात-बिरादरी की बातें होती थीं, क्योंकि कमठान वकील को छोड़ बाकी लोग एक ही जात के थे···कमठान वकील की जाति के, कस्बे में दो-चार ही घर थे, पर वे दूसरी जातियों के मामलों में दिलचस्पी लेते थे, इसलिए कि अगर कोई कानूनी मुद्दा उठे तो सलाह दे दें।

गनपत सेठ हमेशा बाबू को गालियाँ देते, बिलकुल माँ-बहन तक कीं, उनका कहना होता कि वह जो कुछ भी कमाता है, उसे उड़ा देता है, लोग उसकी होशियारी की तारीफ करते तो वे और भड़क जाते, जिससे

उनको भी सुना देते, पर चूँकि बाबू को दी जानेवाली गालियाँ गनपत सेठ या उनकी बीबी-बेटी को लगती ही थीं, इसलिए खुद गालियाँ खाने के बावजूद लोगों को उन्हें भड़काने में मजा आता। घनश्याम को गनपत सेठ अच्छा समझते थे, पर उसकी तारीफ में बस इतना ही कहते कि लड़का ढंग का निकला, बहू के लिए 'समझदार', 'सुशील' आदि विशेषण इस्तेमाल करते थे। घरवाली के बारे में अपनी ओर से कभी बात नहीं करते थे, पर अगर उसका बहुत ज्यादा जिक्र छिड़ जाता तो 'बाल-बच्चे' जैसे सामूहिक शब्द से उसे सम्बोधित करते।

कमठान वकील को लड़कों-बहुओं पर अपना अच्छा-खासा दबदबा होने का घमंड था। उनका एक लड़का कानपुर में और दूसरा दिल्ली में था। दोनों ही नौकरियों में थे, जब कोई बहू उनके पास रहने आती तो उसे एंडेबेंडे टाइम पर एंडीबेंडी चीजें बनाने का कहकर अपना रुआब जताते। जैसे रात के बारह बजे पकौड़े बनाने का कहते और अगर उनकी घरवाली यह कहती कि 'मैं बना देती हूँ', तो उसे 'तू अच्छे नहीं बनाती' कहकर बहू को ही परेशान करते। इस पर भी 'इस घर में हमारी सुनने वाला कोई है ?' की तरह के ताने मारते। उनके दोनों लड़के नियमित रूप से उन्हें हर महीने मनिऑर्डर भेजते थे। बड़े लड़के को जब दूसरा बच्चा हुआ तो उसने पचास की पचीस रुपए का मनिऑर्डर भेजा। वकील साब बौखला गए। उसे चिट्ठी लिखी कि 'वा बेटा ! खूब हमारी सेवा कर रहे हो ? उधर नये-नये बच्चे पैदा कर रहे हो और इधर हमको भूखों मार रहे हो !' अब मुझे जरूर लगता है कि उसी समय यह भी मालूम कर लेना कि अगले महीने लड़के ने पचीस ही रुपये भेजे या पचास, दिलचस्प होता। पर तब यह बात सूझी ही नहीं थी।

कुएँ से आकर गनपत सेठ नहाते, पूजा-पाठ करते और दुकान खोलने निकल जाते। दुकान में कपड़े की बिक्री बस मामूली ही थी। उनका असली धंधा लेन-देन का था, जिसकी आमद से उन्होंने तीन मकान खरीदे थे। आमद से कहना पूरी तरह से ठीक नहीं है, क्योंकि ये पहले गिरवी रखे हुए थे और कर्जदारों की हैसियत उन्हें छुड़ा सकने की न होने की वजह से आखिर में उन्हें ये बेचने ही पड़े थे। पर अधिकतर लेनदार गाँव

वाले ही होते थे। बुधवार को हमारे यहाँ हाट होती और इसलिए बाजार में अतिरिक्त भीड़ होती। उस दिन स्कूल छोड़कर घनश्याम भी दुकान पर बैठने जाता। असल में उस दिन लगभग सभी दुकानदारों के लड़के स्कूल छोड़कर अपनी-अपनी दुकानों पर बैठते थे। पर इस बारे में स्कूल में किसी मास्साब ने एतराज नहीं किया और न ही कभी किसी की गैर-हाजिरी लगाई, बावजूद इसके कि हमारा स्कूल सरकारी था और हेड मास्साब और मास्साब लोगों के ट्रांसफर होते रहते थे। कहते हैं कि सिर्फ एक बार बाबू की हाजिरी कम हुई थी और इसलिए उसे इम्तिहान में बैठने से रोका जा रहा था। गनपत सेठ सीधे हेड मास्साब के पास पहुँचे थे और उन्हें खूब खरी-खोटी सुनाई थी। उनका कहना था, 'लड़का दुकान पर ही तो बैठता है, इधर-उधर घूमने तो नहीं जाता। जैसे स्कूल में थोड़ा-बहुत कुछ सीखता है, वैसे दुकान पर बैठकर भी सीखता है। तुम्हारी बॉल खेलकर अपना टाइम खराब तो नहीं करता।' हेड मास्साब ने उसको इम्तिहान में बैठने दिया था और तब से ही किसी की हाजिरी कम नहीं हुई थी। प्रसंगवश याद आया कि कॉलेज में भी हमारे साथ धौलपुर के एक सेठ का लड़का हुआ करता था, जो कई बार एक ही विषय में फेल होता रहा। एक बार उसका बाप आया और विषय के प्रोफेसर से मिला, जिसने उसे लड़के के बहुत कमजोर होने की बात बतलाई। सेठ का कहना था कि कमजोर है, इसलिए तो कॉलेज में डाला है। होशियार होता तो डालते ही क्यों, अपने धंधे में न लगाते ?

हाजिरी देने की एवज में मास्साब लोगों को दुकानदारों से किसी तरह की रियासत मिलती हो, ऐसी बात नहीं थी। उल्टे कुछ दुकानदारों के बारे में तो यह मशहूर था कि वे अपना बनाकर ही काटते थे। आपको लगता कि रियायत दी जा रही है, पर असल में आपकी उतार दी जाती थी। हाँ, कई दुकानदारों के और इसी तरह से दो-तीन वकीलों के और तहसील के हेडसाब जैसे लोगों के लड़के इम्तिहान के एक-दो महीने पहले से किसी-न-किसी मास्साब के यहाँ ट्यूशन पर पढ़ने जरूर जाते। पर ये हाजिरी पूरी होने के लिए न होकर इम्तिहान में पास होने के लिए होता था। मास्साब लोगों में एक-दूसरे के यहाँ पढ़ने के लिए आ रहे लड़कों

की मदद करने की समझ होती थी। मदद मतलब अपने पेपर में पास करना। एक बार घनश्याम मुझे अपने ट्यूशन के मास्साब के यहाँ ले गया, मास्साब ने सबके सामने मुझे कहा कि यहाँ कोई सदावरत नहीं बँट रहा कि कोई भी आए और जीम के चला जाए। बीस रुपये लेकर आऊँ तो बैठूं, वर्ना फूटूं। मैं मुंह लटकाये चला आया था और कई दिनों तक घनश्याम से बात नहीं की थी।

एक बार घनश्याम के घर के पास हम लोग हँस-बोल रहे थे। क्या देखता हूँ कि गनपत सेठ मैले-कुचैले कपड़ों में एक मरियल-से घोड़े पर बैठे चले आ रहे हैं। भरोसा नहीं हुआ, पर उनके और पास आने पर करना पड़ा। उनका वह रूप देखकर घबराहट ही हुई थी। हमारे कस्बे में कभी-कभी एक बहुरूपिया आता था। वह अलग-अलग किस्म के रूप, जैसे--बंदर, बही-खाता लेकर कर्ज वसूलता सेठ, पुलिस-दरोगा आदि, रखकर लोगों को हँसाता और पैसे माँगता था। यद्यपि गनपत सेठ द्वारा इस तरह से पैसे कमाने की बात मैं सपने में भी नहीं सोच सकता था, पर तब उन्हें उस भेस में देखकर मुझे उस बहुरूपिये की ही याद आई थी। घनश्याम कहीं और देख रहा था। मैंने उससे हल्के से 'अबे देख' कहा। बिना देखे ही उसने बतलाया कि इस तरह से भेस बदलकर कक्का गाँवों में देनदारों से रकम वसूलने जाते हैं, कि रास्ते में कहीं कोई लुटेरा उन्हें खाता-पीता समझकर लूट न ले। आज भी उनकी याद आने पर मुझे गनपत सेठ का वह रूप जरूर ध्यान में आता है और तब यह सोचकर हैरानी होती है कि उन दिनों के लुटेरों के सम्भावित शिकार उन्हें कितना भोला-भाला समझते थे।

आगरे में जब मेरा आना-जाना बढ़ा तो बाबू से भी सम्पर्क बढ़ा। असल में बाद में मैं उसी के कमरे पर रुकने लगा था। पर इसके बावजूद उससे दोस्ती का सम्बन्ध नहीं था। कारण यह रहा कि उसने हमेशा मुझे घनश्याम का दोस्त ही समझा, मतलब जूनियर। वैसे घनश्याम ने स्कूल के बाद पढ़ाई छोड़ दी थी और मैं कॉलेज पार गया था। कम-से-कम इसी हिसाब से बाबू को मुझे अपने ज्यादा करीब समझना चाहिए था। ठीक है रहा होगा घनश्याम दोस्त! वह बचपन की बात थी। पर यह

बाबू की समझ में नहीं आ पाता था। अपनी ओर से दोस्ती जतलाने के चक्कर में मैं उसे कई बार 'बाबू' कहता। वह इसका बुरा मान जाता और तू-तड़ाक पर उतर आता। जब मैं भी यही करता तो वह बोलना बंद कर देता। लेकिन आगरे में, कम-से-कम उस समय तो वही मेरा एकमात्र घनिष्ठ सम्पर्क था। उससे बिगाड़कर नहीं चल सकता था और इसलिए मैं फिर से उसे घनश्याम की तरह भैया कहने लगता।

शादीशुदा होने के बावजूद आगरे में वह बिल्कुल छड़ों की तरह रहता था। पड़ोस के कई लोगों को तो शायद ही उसके शादीशुदा होने का अंदाज रहा हो। उसके दोस्त ऊँची क्लासों के लड़के, कुछ शोधछात्र या फिर ज्यादा से ज्यादा नए-नए नौकरी में लगे लड़के हुआ करते थे। इन लोगों के यूनिवर्सिटी के काम वह बड़ी तत्परता से करा देता था और शायद यह इनके लिए उसकी दोस्ती का एक आकर्षण रहता होगा, कम-से-कम शुरुआत में तो रहता ही होगा। मेडिकल के लड़कों के साथ अपनी दोस्ती को लेकर बाबू को अतिरिक्त गर्व रहता था। जब-जब भी मैं उसके यहाँ गया, किसी-न-किसी मेडिकल के दोस्त का जिक्र वह ले ही आता और अगर ऐसे समय उसका कोई इस तरह का दोस्त होता तो उसकी उत्तेजना देखने लायक होती थी। उत्तेजना में हम कितने मूर्ख लगते हैं, यह बात पहले-पहले मुझे उसी दौरान समझ में आई थी।

बाबू ने अपने दोस्तों पर रुआब मारने के लिए बता रखा था कि उसके घर पर कपड़े के थोक का व्यापार होता है, जिससे कि अच्छी-खासी आमदनी हो जाती है। दोस्त इस पर विश्वास करते हों या न करते हों, उन्हें ताज्जुब जरूर होता था कि अम्बाह जैसी छोटी जगह में कपड़े का थोक व्यापारी भी हो सकता है, पर अगर कोई शक करता तो बाबू इसे और जोर देकर कहता और चुनौती देता कि शक करनेवाला जाकर देख आए। वैसे खैरियत यह थी कि उनमें से किसी ने अम्बाह देखा नहीं था और अगर देखा भी हो या किसी सगे-सम्बन्धी से जानकारी ले ली हो तो वह जाहिर नहीं करता था। वैसे यह भी हो सकता है कि पहले के उसके किसी दोस्त ने उसकी गप न चलने दी हो और इस वजह से उसे बाबू की दोस्ती से हाथ धोना पड़ा हो। पर अगर ठीक से देखा जाए तो बाबू की

इस बात में गप का अंश बहुत कम था। आखिर उसके घर आमदनी तो अच्छी थी ही, और कपड़े की दुकान भी थी। हाँ, थोक का व्यापार नहीं था। पर एक पढ़े-लिखे आदमी से आप यह उम्मीद कैसे कर सकते हैं कि वह अपने शहरी दोस्तों को यह बतला दे कि उसका बाप सूद-खोर है ?

उसके ये दोस्त कई बार मेरे और उसके बीच कटुता का कारण भी बने। ये लोग उम्र में मुझसे छोटे थे, तो भी बाबू इनसे बराबरी का व्यवहार करता और इनके सामने भी मुझसे वही छोटे का। उसकी देखा-देखी ये लोग भी मुझसे उसी तरह से पेश आते। कई बार मुझे इसका बुरा लगता और मैं उन्हें ठेठ गाँव गँवई की सुना देता। बाबू बाद में भिनभिनाता रहता। मैं कुछ कहता तो उसका तर्क रहता, 'तुम मेरे छोटे भाई के दोस्त, सो मेरे छोटे भाई जैसे। और इसलिए मेरे दोस्तों के लिए भी वैसे ही।' मैं कहता, 'वो साले कल के लौंडे और मैं एक खाता-कमाता आदमी, वो मुझसे तू-तड़ाक करेंगे ?' वह इससे बिल्कुल प्रभावित न होता और अपना तर्क आगे बढ़ाता, 'तुम्हारे बापू अगर कमाना छोड़ दें तो क्या वो तुमसे छोटे हो जाएँगे ?' और फिर सुझाव देता कि मुझे उसके कक्का का दोस्त होना चाहिए था, जिससे कि वह और उसके दोस्त मुझसे 'चाचा' कहते। मैं इसका क्या जवाब देता ? बस हँसी आ आ जाती। पर मेरे पास एक तुरुप की चाल भी होती। मैं चलते-चलते पूछ लेता, 'भाभी के लिए क्या दे रहे हो ?' वह लगभग तिलमिला जाता। शायद एक गाँव की लड़की से शादी होने की बात उसे याद आती हो या और कुछ हो, वह भड़ककर कहता 'बार-बार क्या भाबी को···?' फिर शायद उसे ध्यान आता कि मैं घर पर कह दूंगा और इसलिए सँभालता, 'सब तो मिलता है अब अम्बाह में ! और अच्छा ई मिलता है। शहर में साली ठगी बोहात हैं। तुझे तो मालूम ई है यार !' पर फिर भी उसे शयाद भरोसा न होता कि बात सँभल गई है और इसलिए कुछ देर बाद, 'कह देना, जब आऊँगा तो लेता आऊँगा कुछ', जोड़ देता।

गनपत सेठ अचानक ही मरे। एक दिन सुबह बिस्तर से उठते-उठते गिर पड़े और उसके दूसरे दिन खलास हो गए। 'दिमाग की नस फट

गई', 'दिल बैठ गया', 'आँतें अकड़ गईं' से लेकर 'किसी दुखी आत्मा ने पछाड़ दिया' तक के लोगों ने अंदाज लगाए। डॉक्टर की राय थी कि काफी दिनों से गुर्दे खराब रहे, जिसे सेठ ने बतलाया नहीं। डॉक्टर की बात पर बहुत कम लोगों को विश्वास हुआ था। पर इस बात पर सब लोग एक राय के थे कि बीमारी तो एक बहाना होती है, जब 'आ जाती है' तो कोई रोक नहीं पाता।

बाबू को खबर करने की बात थी। मैंने फोन से संदेशा देने का सुझाव दिया, पर उसकी अम्माँ की जिद थी कि उसे लेने को ही कोई जाए, क्योंकि खबर सुनकर वह घबरा जाएगा और कुछ का कुछ कर लेगा। इस बात की तो मुझे शंका नहीं थी कि उसकी अम्माँ उसे ठीक से नहीं पहचानती, पर 'बेटा बाप को कितना ज्यादा चाहता था' यह जतलाने के मौके से वो क्यों चूके, यह मैं समझ सकता था। बाबू को लेने मुझे ही जाना पड़ा।

खबर सुनते ही बाबू एकदम गुमसुम हो गया। कुछ देर बाद उसने पूछा, 'कब चलें ?' मैं उसकी मन:स्थिति समझ नहीं पा रहा था। सोचकर तो यह पहुँचा था कि बहुत रोयेगा-धोयेगा और इसलिए चिंतित था कि सँभाल पाऊँगा या नहीं। चिंता तो फिर भी हुई ही थी, पर यह दूसरी तरह की थी। बीमारी मालूम होने पर इलाज न कर पाने की चिंता नहीं थी, बीमारी ही मालूम न पड़ पाने की थी। तय नहीं कर पा रहा था कि उसे गहरा सदमा लगा है या साधारण दुख हुआ है। सदमा लगा हो तो सफर में सँभालना और भी मुश्किल होगा, सोचकर मैंने कुछ देर और उसके कमरे में रुकना ठीक समझा। पर बैठूं न बैठूं तब तक वह 'चलो' बोला और अपने कपड़े समेटने लगा।

सफर में मेरा पूरा ध्यान उसी पर था। वह लगभग चुप रहा था। मैंने खाने को पूछा, तो कोई जवाब नहीं दिया। मेरे दुबारा पूछने पर मुझे घूरकर देखता रहा। उसकी नजर में लाचारी थी, उदासी थी, पर खौफ नहीं था। मैं उसके लिए खाने को ले आया था, वह खाने भी लगा था, पर फिर न जाने क्या सोचकर रुक गया और मेरे लाख कहने पर आगे उसने दौना छुआ तक नहीं। गनपत सेठ के एकदम से बीमार हो

जाने, डॉक्टर के छिपी गुर्दे की बीमारी बतलाने आदि की बातें मैंने उससे कहीं, पर उसने कोई दिलचस्पी नहीं दिखलाई। उसे ललचाने के लिए मैंने यह तक कहा कि कक्का मरते दम तक उसको याद करते रहे, कि उसे बुलवाने के लिए उन्होंने दो-चार बार जिद भी की थी, पर उसे खबर करने का सोचा गया, इससे पहले ही वे चल बसे। उसकी तटस्थ चुप्पी में इससे कोई फर्क नहीं आया। मैं भी फिर चुप खा गया।

घर पहुँचकर वह अम्माँ से लिपटकर रोया। फिर एकदम चुप हो गया। अम्माँ, 'मेरे लाल !', 'मेरा बच्चा !' कहती रोती रही, पर वह कुछ न बोला। न जाने क्यों उसके रोने में मुझे किसी बच्चे के रोने जैसा आभास हो रहा था, जिसे उसके एकदम से चुप होने ने और पक्का कर दिया। लाश उसके इंतजार में बर्फ पर रखी थी, पर उसने उसे बस एक निगाह से देखा। उसके चाचा ने ले जाकर उससे लाश के पैर छुआए। उसने यह काम भी बिल्कुल गुमसुम रहकर किया। अर्थी उठाते वक्त भी अम्माँ, उसकी दोनों बहनें और घनश्याम रोये, पर उसकी आँखों में आँसू नहीं थे। पिता को दाग लगाकर आने के बाद वह नहाकर सो गया। जगा तो थोड़ा रोया, वही बच्चे की तरह। थोड़ा खाना खाया। दूध भी पिया। नहीं-नहीं ! बच्चे की तरह खेलने नहीं निकल गया, पर बात बहुत ही कम की—धीरे-धीरे सँभल-सँभलकर, जैसे बोलना सीख रहा हो। बोलने का ढंग निश्चित तौर पर उसका अपना नहीं था।

आप कहोगे कि बच्चे के साथ उसकी तुलना करने का मुझे मेनिआ हो गया है, पर क्या करूँ जब बाबू और घनश्याम ने अपने सिर मुड़वाये तो यही एक बात मेरे ध्यान में आई कि बच्चे का भी तो मुंडन किया जाता है। बाबू की ओर मेरा ध्यान बढ़ रहा था और मुझे ही इससे बेचैनी हो रही थी, इसलिए जब कुछ दिनों के लिए कस्बे के बाहर जाने का मौका आया तो मुझे राहत महसूस हुई।

गनपत सेठ को गए चौदह या पंद्रह दिन हुए होंगे, बाजार में गुलजारीलाल सुना रहे थे, 'आज लगाई साब ! बाबू सेठ ने सुबह साढ़े पाँच बजे आवाज—गुलजारीलालजी ! वही गनपत सेठ का लोटा और बेंत, वही देर निबटकर आना और वही नीम की दतौन !'

'नौकरी पर नहीं जाएगा ?' मैंने पूछा ।

'क्या पता ? और हिम्मत किस में है अभी पूछने की ?' वे बोले थे । वहाँ बैठे एक आदमी को किसी ने ताना मारा, 'तुम ई नजदीकी आदमी हो, पूछ लो !' मुझे उनके ताने की चिंता नहीं थी, बाबू के बारे में और जानकारी की जरूरत थी । वहाँ और अधिक नहीं मिली ।

उन लोगों के घर जाने की सोच ही रहा था कि क्या देखता हूँ कि वही मैले-कुचैले कपड़े पहने और उसी मरियल घोड़े पर बैठकर बाबू कस्बे के बाहर जा रहा है ।